ジョーゼフ・ケアリー

トリエステの亡霊

サーバ、ジョイス、ズヴェーヴォ

鈴木昭裕訳

みすず書房

A GHOST IN TRIESTE

by

Joseph Cary

First published by The University of Chicago Press, 1993

愚かにも悲しみにくれる、わが魂の獣！　そして陰鬱にも
トリエステで、ああ、陰鬱にも
トリエステの地で、私は自分の肝臓を喰らったのだ！
い、い、い、い、い、い、い、い、い、い、
もしそれが真実でなくとも、私は吟遊詩人だ。

ジェイムズ・ジョイス
『フィネガンズ・ウェイク』

tri-es-ti-ni-te（trē-ĕs-tē-nē´tā）1.「トリエスティニティス」。イタリアの町トリエステ、その住民、食べ物、建築などへの郷愁。そうしたものへの憧れを抱きやすい気質。2.トリエステに関するあらゆるものに反応して生じる、急性の炎症。しばしば一過性。3.「失われた」領土へのノスタルジー。病理学的症状になぞらえられる。（参考：プルースト、『ソドムとゴモラ』Ⅱ、第四章――「この敵意にみちた不可解な空気が立ちのぼってくるのは、トリエステからであり、アルベルチーヌがご満悦なのが感じられ、本人の想い出をはじめ幼なじみとの友情や恋心の残っている、あの知られざる世界からなのだ。……この町は、けっして抜けることのない釘のように、私の心に突き刺さっていた。」）

G・ジョカーレ
『秘義的語彙集』

目次

付　録

トリエステ

街を、端から端まで、通りぬけた。
それから坂をのぼった。
まず雑踏があり、やがてひっそりして、
低い石垣で終る。
その片すみに、ひとり
腰を下ろす。石垣の終るところで、
街も終るようだ。

トリエステには、棘のある
美しさがある。たとえば、
酸っぱい、がつがつした少年みたいな、
碧い目の、花束を贈るには
大きすぎる手の少年、
嫉妬のある
愛みたいな。

この坂道からは、すべての教会が、街路が、
見える。ある道は人が混みあう浜辺につづき、
丘の道もある。もうそこで終りの、石ころだらけの
てっぺんに、家が一軒、しがみついている。
そのまわりの
すべてに、ふしぎな風が吹き荒れる、
ふるさとの風だ。

どこも活気に満ちた、ぼくの街だが、
悩みばかりで、内気なぼくの人生にも、
小さな、ぼくにぴったりな一隅が、ある。

ウンベルト・サーバ（須賀敦子訳）

まえがき

トリエステ。

「街を、端から端まで、通りぬけた。」

サーバ★がこの詩行を書いた一九一〇年以降、町は広がりつづけた。そのすべてを訪ね歩いたなどというつもりはない。私にいえるのは、十ある丘のうちの半分（ロイアーノ、スコルコラ、サン・ジュスト、サン・ヴィート、セルヴォーラ）を登り、さまざまな公共スペースにつくねんと座り（市民図書館のカードカタログの前のスツール、カフェ・サン・マルコの椅子、アウダーチェ突堤の端の風配図、オピチーナ鉄道のがたがた揺れる座席など）、そして、八十年以上前の同じ日に、サーバが歩いたと思われる道を巡礼のごとくたどってみたということ。町の北、鉄道駅のそばにあるストック蒸留酒会社を過ぎ、「聖なる階段《スカーラ・サンタ》」の険しい坂道を登り、カルソの縁のオベリスクの足下を終着点とした。詩に歌われた「ぼくにぴったりな一隅」からは、すばらしい景観が見渡せ、サーバはそこで、人生についてのヴィジョンを思い描いた。「ぼくの街……」

もちろん、それは「私のもの」ではありえない。私はよそ者。風景はただの風景。灰色の海に臨む、経済的問題を抱えた、近代都市。詩に出てきたような、碧い目と、大きすぎる手の、セクシーな

★を付した人物の伝記情報については、二四五ページからの「登場人物名簿」を参照のこと。

少年《ラガッザッチョ》は見当たらない。人類学的な啓示も訪れない。私はただそこに座った。一人きりで。目を見開き、目を細め、目を閉じた。

だが、何も起きなかった。

故郷の町を人間と見立てたのはもちろん、ウンベルト・サーバが初めてではない。トリエステの初期の歴史家（イレネオ・デッラ・クローチェ神父、『トリエステの町の古代と現代、聖と俗の歴史』、一六九八年）は、司教の屋敷の中庭の壁に嵌めこまれているのが発見された、ローマ時代の浅浮き彫りについて述べている。そこには、トリエステが「ローブのような服を身につけ、大地の豊饒の象徴である林檎を盛った籠を手にした、見目麗しい若者」として描かれていた。その姿は、町の功労者であり、慈善家でもあったドメニコ・ロッセッティ★の心を動かすのに充分だった。一八一四年にナポレオンが最後の敗北を喫し、トリエステがオーストリアの手に戻されたとき、ロッセッティはこのローマ時代のイメージを借用して、返還記念の寓意劇を書き上げた。ただし、籠は花咲く小枝に置き換えた。

私が泊まったホテルから通り一つを隔て、旧証券取引所の建物の切妻屋根の上の欄干に居並ぶネプトゥーヌス、ミネルヴァ、ドナウ河の大理石像の横に立つのは、一八〇六年にアントニオ・ボーザが制作した、トリエステの守護神の彫像である。それはヒヤシンスのような髪型をした長身の青年で、無花果の葉を付けただけの裸体に、矛槍を浮き彫りにした市章の楯を持ち、新古典主義的なうつろな目をイタリア大通りに向けている。サーバの同時代人であり、トリエステ最初の詩人の栄誉をサーバと争うシピオ・ズラタペル★は、この町を道化師じみた青年パルジファルになぞらえた。ある日「レモンの籠とコーヒー豆の袋の間で」目覚めた青年は、自分には文化がないことに思い悩み、どうしたものかと思案に暮れる。

トリエステを女性に見立てた者もいた。たとえば、イタリア統一広場の四大陸（オーストラリアは当時の地図にはなかった）の噴水の上部は、小包、樽、その他の交易品をかたどった石灰岩のピラミッドになっているが、そのてっぺんのすぐ下に、乙女トリエステが腰を下ろす。乙女のかたわらに座るのは、髭をたくわえ、ターバンを頭に巻き、風格のある、いかにもアラビア人風の、商業の寓意像である。二人が大いなる賛嘆のまなざしを交わし合う頭上、噴水のてっぺんでは、翼を生やした勝利の女神らしき人物が、オーストリアの女帝マリア・テレジアの命をうけ、トリエステの名声を高らかに告げている。（頼もしいわが『トリエステ案内』の助けがなかったら、こんな絵解きはとてもできなかっただろう。）

トリエステはよく発達した胸をあらわにし、ローブは脚の上部と太ももの上に掛けられている。

彼女は市民庭園の中でも裸のままだが、戦いの足のかまえにあおられて、お腹の下に巻き付いた長いスカーフが後ろにはためいている。イタリア軍の功績を称え、一九二一年にミラノからトリエステに贈呈されたこの大きなブロンズ像は、熱情《アパッショナータ》みなぎるトリエステを表現している。彼女は啼きわめくオーストリア＝ハンガリー帝国の鷲を片手で肩から振り払い、もう一方の手は折れた剣を握りしめている（なぜ折れたのだろう?）。リソルジメント博物館に飾られている、一九三〇年代にカルロ・スビザが描いたフレスコ画においても、風に吹かれるトリエステの姿は、たくましく、若々しい。名高い北風ボーラに

吹かれて波打つ、ブロンドの髪。灰色のトーガ姿のトリエステは、浪立つアドリア海を背に、くぼめた左手にサン・ジュスト大聖堂を載せ、右腕は挨拶の形に持ち上げている。その瞳は碧い。彼女がこんな風に手を振る相手とは、ファシストの同志だろうか？

しかし、パスクァーレ・レヴォルテッラ★男爵の豪壮なビーダーマイヤー様式の宮殿の螺旋階段の足下に腰を下ろすトリエステは、四十代始めの女性であり、あの攻撃的な姿勢は影をひそめている。堂々たる大理石の女性像は、同世代のヴィクトリア女王を彷彿とさせる。ドゥイノの近くの地下水源から市内へと給水する水道管の完成を記念して彫られた、トリエステと、彼女が呼び寄せ、歓迎する噴水の精、そして、嬉しそうに渇きをいやす二人のプット（天使）。それらはすべて、レヴォルテッラ男爵の出版代理人が指摘するとおり、「アドリア海のシンボル」である巨大な円形の巻き貝の中に置かれている。彼の説明によれば、トリエステは「ぜいたくなローブを身にまとった、威厳ある姿で、頭には城壁の形の冠――この町の古いシンボル――を戴き、海水で洗われる断崖に右足を載せる形で腰を下ろしており、この町がゆるぎない繁栄を築いた海辺の商業都市であることをみごとに表現している……」

母なる姿のトリエステ。物静かな、愛らしさ。あるときは、年頃の美しい娘。あるときは、おおらかで、強健な美青年。約束されたもの、これからを約束するもののイメージの結晶。トリエステ。

もし今、目を閉じたら、私に見えるものはどれだろう。

私がトリエステを訪ねたのは、なにか取り組めることがあるのではないかと思ったからだ。「文学の町トリエステ」、リテラリー・トリエステの思いつきが私の頭の中にあり、トリエステに行けばそうした思いつきが明確な構想となって私を後押ししてくれるだろうと思っていた。しかし、実際トリエステに着いてみて私は気づいた。この町にいても、気鬱の種にしかならないかもしれない。まちがいなく、かつては新しさと魅力を持っていたこの町は、私を醒めた目であしらった。私がきまじめに眺めるなか、まわりで過ぎていく現実の温かな暮らし（サーバがいう「カルダ・ヴィータ」）は、私の漠然とした、頭でっかちの目的をあざわらった。滞在一週目の終わり頃には、私はすっかり意気消沈していた。この町を去る頃には、トリエステについて何を考え、この町について何をしようと思ったのか、訪れる前よりも確信が持てなくなっていた。

イタロ・ズヴェーヴォ（一九二八年没、本名エットレ・シュミッツ）★、ジェイムズ・ジョイス★（一九四一年没）、ウンベルト・サーバ（一九五七年没）……私がトリエステに到着した時点では、もちろん、彼らが亡くなってからずいぶんたっていた。私の思いつきと大いに関係していたのは、私が愛読していた本の著者である、彼ら三人の作家たちが、一九〇五年から一九一五年までの十年間、近くに暮らしていたことだった。ズヴェーヴォとサーバはトリエステに生まれ、トリエステで人生を送った。ジョイスはもちろんダブリン市民だが、この時期、まったくの偶然でやってきたこのオーストリア゠ハンガリー帝国の一都市で、英語教師として暮らしていた（「私は従順なトリエステに、シェイクスピアを解説する」）。彼の目的地はもともとパリだったが、運命が彼に与えたのはパリでもチューリヒでもなく、トリエステだった。これと逆の順序で彼が好きな都市を挙げるのは、かなりあとのことである。リテラリー・トリエステ、一九〇五年〜一九一五年。

当然——私の考えでは——当然、その時期はまだ、元ギムナジウム生のプリンツィプが、トリエステとさほど離れていないサラエヴォで、フランツ・フェルディナント大公の頭を銃撃してはおらず（葬儀はトリエステで行われた）、第一次世界大戦も勃発していなかった。当然、ハプスブルク家支配の最後の歳月に、「岩だらけの高地と、輝く海」（これもサーバの詩句）のはざまに広がる、こぢんまりとした、無関税の貿易都市の中で、彼ら三人は暮らし、（ズヴェーヴォを除き）それぞれの執筆活動を行っていた。私の思いつきでは、当然、彼ら三人の人生は、記録には残らない、興味深い形で接点をもっているはずだった。

私はノートに美しい正三角形を書いた。

そして、その下に「トリエステ、一九〇五年〜一五年」と記した。トリエステが鍵だった。それまでは、地名辞典の中の名前の一つ、地図の上のほんの小さな星、いくつかの詩や小説の舞台にすぎなかったトリエステが、みずから——性別は男？　それとも女？——私の袖を引き、私に取り組むべき仕事を示してくれるだろう。あの模糊とした、それでいて何かを予感させる景色を、私ははるばる海を渡って探しに行くことになるだろう。隣のヴェネトから一歩足を踏み入れただけで、一気に水平線が開けていくような印象を受けると、サーバは書いた。彼はまた、言う。そこでの暮らしは温かい。空気は碧く、不可思議だと……

トリエステに着いたあとは、そそり立つ丘や、栈橋が並ぶ埠頭や、歴史ある旧市街や、二十世紀後半のイタリア共和国の時代になってもなお、ハプスブルクの君主にちなむ名を残した比較的新しい行政区を、私は歩き回ることになるだろう。マリア・テレジア街区《ボルゴ・テレジアーノ》、ヨーゼフ街区《ボルゴ・ジュゼッピーノ》、フランツ・ヨーゼ《ボルゴ・フランチェス》フ街区《キーノ》。図書館や資料館や美術館をくまなく訪ね歩くだろう。巡礼のように、聖地をしげしげと眺めるだろう。何らかの形で文学の翼がかすめ過ぎたことで、すでに私にはなじみがあった、さまざまな場所を。たとえば、サーバの『カンツォニエーレ』で私が親しんだ、特別な響きをもつ通りの名。旧ラザレット通り、デル・モンテ通り、ドメニコ・ロッセッティ通り、オピチーナのオベリスクの下の「一隅《カントゥッチョ》」。リッサ島［現クロアチア領ヴィス島］で造られるお気に入りの白ワイン、オポッロ（「脳に働く前に、脚を水に変えてしまう、油断のならない白ワイン」）を飲むためにジョイスが通った、ウォーターフロントの居酒屋。ロイド・アウストリアコ造船所の南のサン・サッバ。そこでジョイスは、ニードルボートのレースを眺め、草原の草がプッチーニ「『西部の娘』のアリア」のため息をつくのを聞いた。セルヴォーラの丘の下、ズヴェーヴォが義母の経営を助けた船舶用塗料工場のそばに立つ、豪壮なヴィラ・ヴェネツィアーニ。エミーリオとゼーノがそれぞれの恋人とデートをした市民庭園。ジョイスによれば「世界で一番長い川」、大運河《カナル・グランデ》。ジョイスは大運河をダブリンのアンナ・リーフェイ川になぞらえ、その水の輝きをリヴィア・ズヴェーヴォの金髪の形容をもって讃えた。「文学的《リテラリー》」カフェ——サン・マルコ、トンマーゼオ、ステッラ・ポラーレ、ムニチピオ（のちにガリバルディに改称）——に、まちがいなく、彼らはつどい、会話を交わした……

リテラリー・トリエステ。そのテーマで、私は本を書くつもりだった。もしその着想の瞬間に目を閉じてみようと考えていたら、曲がりなりにもなんらかのヴィジョンを招喚する力があったなら、私には本でできた町が見えていたことだろう。それはたとえば、私を最初にトリエステに惹きつけた本の数々だ。『老年』、『トリエステとひとりの女』、『ジアコモ・ジョイス』、『ポームズ・ペニーチ』、『ゼーノの意識』。そして、これらの本に関する本。また、まだ私は読んだことがなかったが、奇妙な名前をもった作家たちの本。ベンコ★、ズラタペル★、バズレン★、ミヒェルシュテッテル、ジョッティ★（本名シェーンベック）、ストゥパリヒ★、マリン★……さらに、他の本から抜き出された断片が詰まったノートとアルバム。レヴォルテッラ男爵の出版代理人による、賛辞を連ねた広告。うなぎの精巣に関するフロイト★の論文。マクシミリアンとシャルロッテ夫妻を讃えたカルドゥッチの頌詩、マリネッティのラプソディー。トリエステの女性たち（ジェルティ、リューバ、ドーラ・マルクス、リヌッチャ・サーバ、ロベルト・バズレンの母）がずらりと陳列された、モンターレ★の十一音節詩……そして、こうした本でできた町の中心にかすかにきらめくもの、それこそがこの本、私が書こうとしていた本になるはずだった。

こうした本のタイトルによって、ある程度の現実の予想はついた。そこで、トリエステを訪れるまでの本書のタイトルは、『リテラリー・トリエステ』だった。みずからがどれほど文学的であるかは、トリエステが示してくれる。

トリエステに着いたとき、もちろん、通りはフィアットとモペットと、私と似ていて私と違う歩行者たちで一杯だった。空は碧くはなく、灰色で、排気ガスがたちこめていた（碧が詩の色であることくらい、想像がついたはずなのに）。一九八〇年代の現実の町は、当時の経済状況の犠牲者として、いくつかの丘に、不景気な顔でずっしりとへばりついていた。トリエステの人々は、あふれるばかりの現在を通じて、それぞれの秘密の道をあゆんでいた。そこはたしかに「温か」ではあっても、よそ者には閉ざされていた。

カフェには、当然ながら、私の目当ての客たちはいなかった。往時の下町の居酒屋はとっくの昔に店をたたんでおり、内装も新たに、別の店に代わっていた（最近、ドイツのテレビ局のクルーが文学的ドキュメンタリーを制作したが、ジョイスが『ユリシーズ』を書き始めたスカーラ・ジョイスでは、そうした店の存続を求める人物がインタヴューを受けていた）。一方、大運河は、その三分の一が係留施設となっていて、両岸には紫の帆を上げたスクーナーではなく、自動車が駐車していた。そこから一段下の汚れた水には、ヴェスパのタイヤフェンダーを取り付けたおんぼろのモーターボートが二列に係留されていた。詩に歌われたサン・サッバは、スラム化した工場地区で、一九四三年から一九四五年まで、イタリアで唯一、ユダヤ人の絶滅収容所が置かれていた。ＳＳが運営した収容所は米《こめ》の脱穀工場として建設されたものだった。ヴィラ・ヴェネツィアーニも塗料工場も、一九四五年の空襲で破壊されていた。それから、ずっと死に続けてきた町。亡霊の町。トリステ・トリエステ。陰鬱なるトリエステ。

わが美しき正三角形についていえば、一冊の本どころか、一段落の文章を書くことすらおぼつかなかった。もちろん、ズヴェーヴォとジョイスの間には、英語の授業があり、『死者たち』の朗読があり、リヴィアの花束のプレゼントがあり、ズ

ヴェーヴォの忘れ去られた二つの小説のジョイスによる精読と励ましがあり（「『老年』にはアナトール・フランスでさえけちのつけようのないほどのくだりがあります」）、それからだいぶ後になっての実際的な支援があった。しかし、どれも目新しい話ではない。一九二〇年代の何通かの手紙を除けば、二人の個人的関係は一線を画したものであり、ズヴェーヴォの死後にジョイスが弟のスタニスロース★に宛てた手紙で記しているとおり、授業に限られたものだった。「私は雇われ教師という立場を超えてヴィラ・ヴェネツィアーニの敷居《ソッリャ》をまたいだことはなかった。通りでノラに会うと、ズヴェーヴォの妻は目をそらした。」

　トリエステに生まれた詩人サーバは、その十年間のほとんどを、フィレンツェ、サレルノ、ボローニャ、ミラノと、イタリア各地で暮らした。サーバとジョイスが出会うことはなく、相手の名に言及することもなかった。サーバとズヴェーヴォは、社会的・経済的環境の隔たりの大きさからいっても、その個性は大きく異なっており、一九二八年にズヴェーヴォが亡くなる三年前にカフェ・ガリバルディでたまに出会った程度の付き合いにすぎなかった。批評家の黙殺という墓から甦った自称ラザロのズヴェーヴォは、掛け値なしの栄光に包まれ、世界的な注目を集める喜びを噛みしめつつあった。一方のサーバは心理的危機におちいり、一九二九年には精神分析を受けるにいたった。トリエステの中で（そしてトリエステによって）疎外されたという思いを次第に深めていったサーバは、文学を語ることをさげすむ、傷つきやすく、気難しい人間になり、限られた聞き手を相手に、師と仰ぐフロイトの教えを説くことを好んだ。もしサーバがときにズヴェーヴォの幸運をうらやむことがあったとしても、ズヴェーヴォの言葉にはイタリア語としての品格が欠けている、あれならドイツ語で書いた方がよかったのにと、彼は感じたことだろう（そう口にすることはなかったが）。かたや小説家、かたや詩人と、いかなる意味でも競い合うことのなかった二つの自我は、毎週十五分ほど、イタリア統一広場の同じテーブルに腰を下ろし――その様子を目にした人間の証言によれば――「相手をうらやむことなく、なごやかに笑顔を交わす」ことができた。

　わが美しき正三角形はここで役割を終え、私をトリエステに置き去りにした。だが、彼ら三人が暮らした町の正体は、彼らと同様、亡霊だった。

　トリエステでの延べ三週間の滞在中、私はいくつかの通りを選び、亡霊たちの足どりを追った。ときには、地図を片手に、何もないファサードの前に行き着いて、呆然とたたずむこともあった。ファサードの向こうには、おそらく七十年前は、しばらく誰かがいた、あるいは何かがあったのだろう。市民庭園では、柱の台座の上の胸像の写真を撮った。もちろん、いくつもの丘を登り下りもしたし、灰色の海に向かって、救いを求めるように伸びた、ほとんど人気のない突堤を眺めたりもした。「灰色の海を前に」、これらすべての記憶を呼び起こしながら、私は思いにふけった。

　本から得た知識ではとても太刀打ちできない方言で、学校に通う子供たちがささやき交わした。市民図書館の読書室で、彼らがくすくす笑い合うなか、私は自分が生まれる前のトリエステの地方紙『ピッコロ』――判型が小さい《ピッコロ》ことからそう呼ばれた――のバックナンバーの、破れそうなページに身をかがめていた。誰かのスラヴ人の祖母が、こまやかな心遣いで小包を包む間、私はカウンターで、イタリア語でワインオープナーは何といったかを思い出そうとしていた。あるときは、市電の運転手が、どもりのひどい女性の青白い顔に向かって怒声を浴びせる姿に、私は息をのみ、他の乗客たちは目配せをしたり、頭を振ったりした。映画館エデンでは、『101匹わんちゃん』を見ながら、あのダルメシアンたちを、ダルマチアの人々はどうやって生みだしたのだろうと考えていた。ヴィラ・ネッカーの裏のテニスコートで行われている試合を、かわいいブロンドの女の子が緑の垂れ幕の裂け目から覗き見するかたわらを、私は疲れた足どりで、亡霊のように通りすぎた。ホテルの薄暗い部屋のルーヴァー窓は、何時間もの間、街灯の灯りを淡いオレンジ色の縞模様に切り取り、天井に投影した。自動車が通るたびに、それはさざなみのようにゆらめいた。

　これは、そんなトリエステについての本である。興味深いトリエステの歴史。そこに暮らした人々の歴史もあれば、それを目にしようと歩き回る、おぼつかない私の足どりの歴史もある。二十年前、私はためらうことなくイタリア旅行協会のガイドブックを引用して、次のように書いた。「この町を訪れるには一日で充分である」と。だが、それはトリエステに行くまでの話だった。

　私がトリエステにいた延べ三週間は、わが家に戻った長い中断期間を含めれば、足かけ五年におよぶものとなった。自宅での生活を挟んだことで、トリエステ滞在だけでは見えなかったかもしれない展望が得られた。トリエステの現地では、たいがい一人で、地図と五感と忠実な『トリエステ案内』を頼りに、私は町じゅうを歩き回り、眺め、耳をすませ、ときには満足し、ときには悲嘆にくれた。帰国して、辛抱強い家族の輪の中に戻ったとき、ようやく一つの視点を手にすることができた。

　ようするにこれは、亡霊の町について、亡霊が語った亡霊の物語《ゴースト・ストーリー》である。それは、ほとんど本を通じて知ったにすぎない過去を思い出しながら、温かな暮らしが流れてゆく姿を見る物語。そのムードは、めまぐるしく姿を変える幻影のよう。ただし、マ・ノン・トロッポ。ほどほどに。

「悲嘆にくれる」とき、英語では「心を食べ尽くす」が、イタリア語では、「肝臓を食べ尽くす」という。私はトリエステで悲嘆にくれた。ミ・ソノ・マンジャート・イル・フェガト・ア・トリエステ。これはそのことについて書いた本である。

　ジョイスがたまに酒を酌み交わした友人、ダリオ・ディ・トゥオーニは、ジョイスが町で夜を過ごした後の帰り道、暗い通りのとりわけ深い闇の中で芝居がかった様子で立ち止まり、「謎めいた、嘆きのこもった」声色で、ポール・ヴェルレーヌの詩を暗唱するのを聞いている。「ああ、陰鬱な、陰鬱なわが心よ／ただ、ただ一人の女のために……」

　四半世紀後、トリエステでは筆が進まなかった二冊の本のうちの一冊の中で、ジョイスはそうした時代を、私がエピグラフに用いた一節の中に冗談めかして響かせた。「そして陰鬱にも《トリステ》／トリエステで、ああ、陰鬱にも／トリエステの地で、私は自分の肝臓を喰らったのだ！」トリステ・トリエステ。言い古された言葉遊び。だが、他の亡霊たちもトリエステに悩まされたことを知るのは、私にとっては心のはげみだ。

　とはいえ、ジョイスは決して「陰鬱な」作家ではない。だとしたらなぜ、自分の本を「陰鬱だ」と言い放つ地口を用いたのかは――もし彼が「ate I my liver 自分の肝臓を喰らった」に、「était mon livre 自分の本のことだった」を重ね合わせようとしたのだとするなら――謎である。しかしおそらく、謎だからこそ、亡霊の物語のプロローグを締めくくるにはふさわしい調子だともいえる。

　本書は、いずれにしても、読み終えたなら誰にでも明らかになる理由から、ハッピーエンドになる予定である。

いくつかの重要な日付

紀元前二～一世紀　城壁を巡らせた小さな交易拠点であるトリエステに、イリュリア人とケルト人が混血したイアポデス人が暮らす。

紀元前一七八年　トリエステの北西一二マイル、ティモーヴァ川の河口近くに、ローマ人の軍営が築かれる。

紀元前六〇年頃　ローマ帝国の植民市として、ヴェネティア、イストリア、イアポディア、カルニアからなる第十行政区ヴェネティア・エト・ヒストリアに編入される。

紀元前三三年　オクタウィアヌス勅令により、城壁を再築。

三九四～五六八年　幹線道となる北東の峠からやや南寄りに位置するトリエステは、イタリアをめざして移動する「蛮族」（ゴート族、フン族、ランゴバルド族）による度重なる侵入の波にさらされるも、それらをしのぐ。

六世紀初め　トリエステ、東ゴート王国領となる。スラヴ人がカルソに現れる。

六～八世紀　トリエステ、フランク王国領となる。（フランク族が課したゲルマンの慣習法ではなく）ローマ法の適用を認められる。

十一世紀　トリエステ、脆弱ながら、自治都市《コムーネ》となる。

十二～十三世紀　ヴェネツィアとのたびたびの抗争で支配下に入ることを断続的にくり返す。

一三八二年　トリエステ、表向きは自治都市を標榜する一方で、自らオーストリアのハプスブルク家の保護下に入る。

十四世紀〜十七世紀　自治権の蚕食と経済的停滞の中、辺境の地として生き延びた時代。

一七一九年　トリエステ、オーストリアのカール六世によって自由港とされる。

一七二八年　トリエステ〜ウィーン道路開通。

一七四八年　マリア・テレジアの皇帝勅令により、港湾施設の拡張および「新市街」(ボルゴ・テレジアーノ)の建設開始。

一七九七年、一八〇六年、一八〇九年〜一三年　ナポレオン軍による占領。

一八三〇年　トリエステとライバッハ(リュブリャナ)、グラーツ、ウィーンを結ぶ延伸商業道路の開通。

一八三三年　ロイド・アウストリアコ保険会社設立。一八三六年には船舶会社に業務拡大。

一八五七年　トリエステ〜ウィーン鉄道(ズュートバーン)開通。

一八六九年　スエズ運河開通。ヨーロッパの「東の玄関口」としてのトリエステ。

一八八二年　オーストリアへの帰属五百周年。オベルダン処刑。

一九一八年　オーストリア＝ハンガリー帝国瓦解。トリエステ、イタリア王国に併合。

一九四三年〜五三年　ドイツ、ユーゴスラヴィアを占領。戦後、連合国の統治下で、トリエステ自由地域の誕生。

一九五四年　トリエステ、イストリア半島とカルソの隣接地域の大部分を除き、イタリア共和国に返還される。

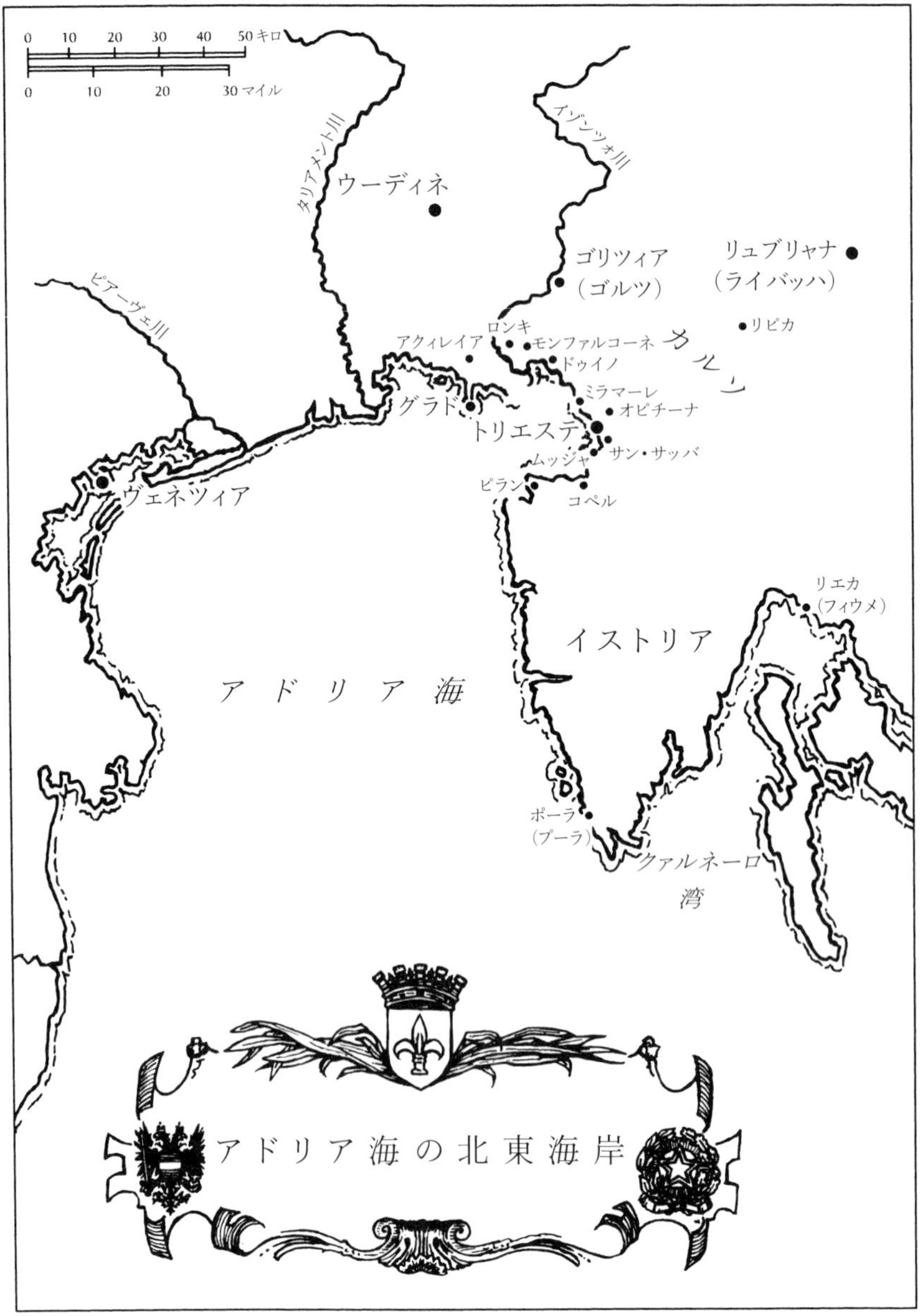

0 10 20 30 40 50キロ
0 10 20 30マイル
タリアメント川
イゾンツォ川
ピアーヴェ川
ウーディネ
ゴリツィア
（ゴルツ）
リュブリャナ
（ライバッハ）
リピカ
ロンキ
アクィレイア
モンファルコーネ
カルソ
ドゥイノ
ミラマーレ
オピチーナ
グラド
トリエステ
サン・サッバ
ムッジャ
ピラン
コペル
ヴェネツィア
リエカ
（フィウメ）
イストリア
アドリア海
ポーラ
（プーラ）
クァルネーロ
湾
アドリア海の北東海岸

景観はかつてのものではない。
クロードはとうの昔に死んでいる。
おまけに登山電車での頓呼法は禁止……

こんなものの中に、一体どんな構図があるのか——
細身の光に照らされた、細身のストックホルム、
潮満ちるアドリア海の海岸《リーヴァ》、
彫像、星々、
テーマもなしに？

列柱はひれ伏し、アーチはやつれ。
ホテルは閉鎖され、がらんどう。
けれども、こうした絶望の景観が
この法悦境にとっての
自慢の種のはずもなく。

ウォレス・スティーヴンス
『アルプスの植物学者（第一番）』

港はちゃんと揃っているが、
肝心の船にお呼びがない。

ジェイムズ・ジョイス
『ユリシーズ』（第十六挿話　エウマイオス）

ミラマーレ

現在のトリエステは、コネティカット州ニューヘヴンの二倍にやや欠ける程度の大きさの、古びた港町である。減りつづける一方の人口が、十ある小さな丘にしがみついている。なだらかな丘の裾には、海があり、桟橋をずらりとつらねた海岸《リーヴァ》があり、三つ矛のような形の港がある。町並みは明日に夢を託して、まどろんでいる。トリエステは、イタリアの縁《ふち》に位置しており、アドリア海の北東端と、六マイル幅でつづく石灰岩台地の南東端をなす断層崖とにはさまれた、細長い土地のうえに載っている。この石灰岩の台地のことを、かつての支配者オーストリア人たちは〈カルスト〉と呼び、第二次大戦後、沿岸部を残してこの土地をユーゴスラヴィアにやむなく割譲したイタリア人は〈カルソ〉と呼び、現在の主な住民であるスラヴ系スロヴェニア人は〈クルス〉と呼ぶ。

スロヴェニア人のいう〈クルス〉とは、第一に、鍬の刃も受けつけないごつごつとした岩のこと。地質学者にとっては、〈カルスト〉もまたおなじみの言葉であり、可溶性の岩石が高い比率で含まれた土壌を指す。ときとしてカルストはその副次的な産物として、表土の下に驚くべき自然をつくりだす。たとえば、複雑に分岐する水流によって入り組んだ岩床と水路が穿たれた、地底深くの鍾乳洞。あるいは、コールリッジの『クブラ・カーン』に歌われたアルフ川のような、地下河川。トリエステにも地下河川はあり、かつては聖なる川とされていた。ティマーヴォ川。スロヴェニア山脈から六〇マイル東、レカ墳墓に水源を発したこの川は、山脈の下にもぐりこみ、その山並みを半ば縦断する形で伏流したのちに、海岸線から一三マイルほど離れた町ドゥイノのあたりで、ふたたび地表に姿を見せる。高速道路沿いに建つゴシック教会のほど近く、柳の木立のはざまに湧き出た三つの冷たい池がそれである。

　そもそも港という場所は、陸地に背を向け、海から到来するものを待望する。トリエステもまた例外ではない。かつてはウィーンとオーストリア＝ハンガリー帝国のための巨港だったトリエステも、一九一八年に瓦解した帝国からイタリアが「領土の回復」を遂げてからは、イタリアのいわゆる「東の玄関口《ポルタ・オリエンターレ》」となった。そして、もはや異国となった内陸部からは顔をそむけ、湾の西側に広がる深い海原に臨んでいる。ただし、そこを出入りする船の数はひたすら減少の一途をたどっているのだが。

　イタリア統一（ウニタ・ディタリア）広場。その南東の角に立つ皇帝カール六世像は、十九世紀の建築様式が種々入り交じった立派なファサードのご近所たち（グランド・ホテル・ドゥーキ・ダオスタ、しゃれたかまえのカフェ・デリ・スペッキ、市庁舎や政府機関の建物《パラッツォ》に、船会社と保険会社を営むロイド・トリエスティーノ）に囲まれ、心細げに見える。イオニア式の台座に伸ばしたその背をあおぎ見る格好で、小さな煙草屋がある。ここで、私はみやげものを買った。絵葉書もそのひとつだ。I ♡ Trieste と英語で書かれたカード。カルソに吹きすさぶ北東の強風ボーラを描いた漫画シリーズもある。ご婦人方のスカートをめくり上げ、路面電車を海に吹き落とすボーラ。そして、オーストリア＝ハンガリー帝国の紋章、双頭の鷲が黒と黄二色で描かれた復刻絵葉書。鷲の下には、矛と槍とを組み合わせたトリエステの市章にくわえ、一八四八年の二月革命後にトリエステ市の忠誠を顕彰したフランツ・ヨーゼフの言葉が記されている。曰く、至誠なる町トリエステ《テルゲステ・ウルブス・フィデリッシマ》、と。

　ついでに私は、キーホルダー付きのペンも買いもとめた。プラスチックの透明なホルダーの内側に、

四か所の定番観光スポットが見える。つい目の前にひらけるウニタ広場。カルソを背にした町の、沖合から見た眺め。中世の聖堂とルネサンス時代の城とがパッチワークのように継ぎ合わさったサン・ジュストの丘の頂き（小邑トリエステの発祥の地）。そして、ミラマーレ城。ミラマーレ城は、北の海岸線に沿って五マイルほど西に行った町はずれにそびえ立つ。

ウニタ広場から海を見る。曇り空であろうとも、霧にすっぽり閉ざされないかぎり、ミラマーレ城を見落とすことはまずありえない。ミラマーレ、それは巨費を投じて埋め立てた人工の岬に浮かび上がる、おもちゃの城。詩人モンターレ★が「真珠のような」と形容した小塔のつらなるこの城を、「営まれずに終わった愛の巣」と詩人カルドゥッチは謳った。築かせたのはハプスブルク家のマクシミリアン。フランツ・ヨーゼフの弟で、ひとのいい、理想家肌のこのオーストリア大公は、痛ましくも短い生涯の最後の三年間をメキシコ皇帝として送り、一八六七年、現地の兵士によって銃殺刑に処せられた。私の脳裏を徘徊するミラマーレの亡霊のなかには、映画『ファレス』に出演した俳優たちの姿もある。夢遊病者のブライアン・エイハーン。大きな瞳の伴侶ベティ・デイヴィス。騎乗の美丈夫ルイ・ナポレオン役のクロード・レインズ。そして、ポマードで髪をかためた浅黒いすまし屋ポール・ムニ。

ミラマーレの公式ガイドブックの序文のなかで、観光局の局長はこう記す。「トリエステのシンボルというだけにとどまらず、ミラマーレ城はこの町の最大の見どころである」。私のとっておきのみやげものの一つが、その言葉を美しく証明している。それはプラスチックでできた小さなドーム型の置物で、揺すると、中で雪が降る。雪片はミラマーレ城のミニチュアの上に、はらはらと降りつもる。ベティ・デイヴィスの瞳のような碧い空を背に浮かび上がる、やわらかな緑の公園と淡い金色の塔の列。城の沖合、赤い三角旗をマストの先にたなびかせたヨットが、ブルーほのかなアドリア海を滑る。舵に身をかがめた、だれとも知れぬ黒い人影。船腹にかぶさるように、ブロック体でTRIESTEの文字。私のトリエステみやげはたいていそうだが、これもメイド・イン・ホンコンだ。

カルドゥッチはマックスとシャルロッテのために、サッフォー体を真似た仰々しい頌歌『ミラマーレに寄せて』を書いたが、とりわけ一八六四年の春のくだりには悲劇的アイロニーが効いている。できたての新居を――といっても、実際には完成にいたらないままで――あとにした夫妻にとって、それは最後の旅立ちとなった。Deh come tutto sorridea...

ああ、なにもかもがほほえんでいた、
あのうららかな四月の朝、
金髪の皇帝と、麗しい妃との、
船出のとき！

そのおだやかな面差しには、
帝国の力が雄々しく輝き、

妃の碧い瞳は、昂然と、
海の彼方へとそそがれた。

新しい、皇帝としての生活が待ち受ける西の方角を、二人はじっと見つめている。そうすることで、二人はまぎれもなく「ミラマーレ」を演じている。なぜならば、何百何千もの海辺の別荘に付けられたこのありふれた言葉には、明確な意味をもつ動詞がかくされているからだ。海《マーレ》に対して、うっとりと、賛嘆のまなざしを向ける《ミラーレ》こと。それが「ミラマーレ」。ミラマーレ城がトリエステを代表する象徴的モニュメントの一つとするならば、こうした「賛嘆のまなざしを海に向ける《ミラマーレ》」身ぶりこそは、おそらくこの町に似つかわしい象徴的行為といえるだろう。そうした身ぶりにゆかりの土地の姿があれこれと思い出される。

かつて領土回復論者が好んで口にした伝承では、ミラマーレ城のさらに七マイルほど先、ティマーヴォ川の河口近くに、流浪の詩人ダンテ・アリギエーリがたたずんだ浅瀬があるという。浅瀬はいまなお彼の名を冠する。イタリア旅行協会の州別ガイドブックの言葉にしたがえば、ダンテはここで「黙想にふけった」のである。ミラマーレという言葉の本義を伝えてあますところがない。詩聖のまなこと心眼とは、西空遠く、イタリアと、いまだ整わぬこの国のかたちへと向けられていた。

あるいは、ドゥイノ。一九一二年冬、トリエステに至る海岸沿いの古城。ミラマーレ城よりもはるかに古い歴史をもつこの城に、ライナー・マリア・リルケはトゥルン・ウント・タクシス侯爵夫人マリーの客として逗留した。古城の凍てつく稜堡を散策中のリルケは、思わず足を止めた。「なにがやって来るのか?」リルケはつぶやく。ありえざるものがやって来たのだ、「神」と彼が呼ぶ者の声が。眼下の海をうねらす嵐をぬって神の声は語りかけ、十年後にスイスの城で完成されることになる詩集の最初の詩、その冒頭の詩行を彼にさずける。詩集は誕生の地にちなみ、『ドゥイノの悲歌。ミラマーレ』と名付けられた。

カルソの端、市街地の頭上はるか。トリエステ郊外の村オピチーナの近くに、一本の太いオベリスクが立っている。グラーツやウィーンなど北の諸都市とトリエステ港をより密接に結ぶ駅馬車道路が開通したことを記念して、一八三〇年に据えられたものだ。オベリスクの足下は見晴らし台《ベルヴェデーレ》となっている。ここから西の海へと広がる古典的な眺望を見に訪れ、賛辞をつらね、スケッチを描く者は引きもきらない。そういえば、弱冠十八歳のマクシミリアンにも、一八五〇年に初めてこの絶景《ミラマーレ》に賛嘆のまなざし《ミラマーレ》を向けたときの興奮を書き留めた記録が残されている。マクシミリアンは、鉄道の終着駅で兄が執り行う定礎式に出席するために、ウィーンからの難儀な馬車の旅をつづけてきたのだ。

呪詛の言葉を積み重ねたような、石ころだらけのカルストの荒れ地の旅が何時間もつづく。岩は灰色のかたまりとなってそびえ、家々の、いや、町全体の廃墟を見るような思いにとらわれる。いじけた木々がひからびた枝を張る。風景を彩る生命の兆しはここにはない。カルストを覆い尽くすように、ただ延々とつづく、不可解な灰色の広がりがあるのみだ。いつ終わるともない旅路の果てにようやく、希望の象徴のように天を指すオベリスクを目にしたとき、疲れはてた瞳にふたたび生気がやどる……

待ちきれずに、馭者をせかせ、オベリスクまでの最後の短い坂道を一気に駆け登る。ついに来た。どこまでもつづく紺碧が眼前に開ける。陰鬱な、石ころだらけの荒れ地を目にしてきたあとだけに、感慨もまたひとしおだ。

足下を見れば、広がる海。まるで白鳥が泳ぐように、白い帆が航跡を描く。海を半円に縁取るのは、よく耕された段々畑がつづく丘。そのあちこちに、こぎれいな屋敷が点在する。ふもとの港町では、突堤に沿って錨を下ろした船が、そのままひとつの浮かぶ町となり、にぎやかにざわめいている。オピチーナからの眺めこそは、真実、この地上で最もすばらしいもののひとつだ。

二年後には提督となり、ほどなく帝国軍アドリア海艦隊の司令官に昇任したマクシミリアンは、トリエステに居をさだめ、レヴォルテッラ男爵、サルトリオ男爵、モルプルゴ男爵、その他新興の商人貴族たちと親交をもった。岬を埋め立ててミラマーレ城を建設するという魅力的なプランは一八五六年に生まれた。シャルロッテとの結婚の前年である。「なにもかもがほほえんでいた」、ああ、なぜなら、その城は一八七一年にようやく完成したから。その四年前、マクシミリアンはメキシコで処刑され、四年後、シャルロッテはトリエステを永久に去って故国ベルギーにもどり、正気と狂気のはざまをさまよったあげくに一九二七年に亡くなった。

（私が思い出すのは、肘掛け椅子にもたれ、独り《ソーラ》、陽射し明るい窓辺から外を見つめるベティ・デイヴィスの姿。……実際、シャルロッテはこの地で退屈していた。その退屈は、ノラ・ジョイスが友人に宛てた手紙のなかで打ち明けた心情にも通じるものだ。「贅沢な女とお思いでしょうね。でも、ひとは太陽と地中海の青さだけでは生きられませんもの。」）

ミラマーレ城建設の時代こそは、近代トリエステの運命の頂点でもある。この城は街の外郭に築かれ、ひと目でそれとわかる標識となったが、この城への賛嘆のまなざしは、合理的思考においても感情面においても、大いなる遺産の分与への期待に裏打ちされていた。実際、いっときではあったが、そうした期待はかなえられた。一八五七年にはトリエステ―ウィーン鉄道（ズュートバーン）がついに開通し、トリエステ港は晴れて中央ヨーロッパや北欧の有望な市場への利便性を誇れるようになった

(レヴォルテッラ男爵とその友人たちは、この事業の完成を記念して、四か国語で書かれた小さな案内書『トリエステの三日間《トレ・ジョルニ・ア・トリエステ》』を上梓した)。——一八六九年、レヴォルテッラ男爵のもう一つの事業であったスエズ運河が開通すると、トリエステは文字どおり、ヨーロッパ大陸の東の玄関口《ポルタ・オリエンターレ》となり、インドと行き来をするための無比の中継地点となった。一八七〇年にはトリエステは世界第七位の港にランクされ、地中海ではジェノヴァやバルセロナを抜き、マルセイユに次ぐ第二位の港となった。

海を眺望する《ミラマーレ》。少なくともトリエステにとって、この行為はかなり近代的なものである。オベリスク、ウニタ広場、ミラマーレ城からの眺め、あるいはミラマーレ城そのものの姿は、十九世紀になるまではまったく存在しないものだった。十八世紀の末頃までは、トリエステはほとんど常に、カルソの足下に広がる、城壁に囲まれた小さな港として、湾側からの視点、あるいは入港する船乗りが見たかもしれない、周航する船の視点あるいは沖合からの視点で描かれてきた。そうした視点によって際立つのは、小さな漁村、塩田、丘の中腹のブドウ畑、牧場、植林地、海に向かって砲台を備えたいくつかの要塞からなる、陸地としてのトリエステの姿である。そこにはかなりの程度自己完結した町の様子がうかがえる。

ただそれは、帝国を支える商業都市、中継港として完全に作り替えるという決定がウィーンにおいてなされ、十九世紀に実行に移されるまでのことである。肝心のウニタ広場からの海の眺望《ミラマーレ》でさえも、西側に船首のようにアドリア海へ突き出た城を含め、一八七二年までは――必要でもなく、望まれもしないのに――遮られていた。ヨーハン・ヴィンケルマンがセンセーショナルな横死を遂げたことで悪名高い「ロカンダ・グランデ［現グランド・ホテル・ドゥーキ・ダオスタ］」の四階建ての建物が、その年まで、海に面した一角を占めていたからである。（あたかも、磯臭い港町の姿や、無言のうちに広がる世界の水平線を見渡す海の眺望《ミラマーレ》は、誕生まもない国際都市が隠蔽すべきものであるかのように。）

マクシミリアンとシャルロッテが、ミラマーレ城の中に二人のために用意されていた住まいにつかのまの居をさだめた一八六一年は、イタリア王国誕生の年でもあった。そしてこのイタリアの登場とともに、（メッテルニヒの名言「イタリアとは地理的名称にすぎない」とは異なる意味で）一つの政治的現実、すなわち、「トリエステをイタリアの町に」というリソルジメントの夢が、にわかに政治的決着の可能性を帯びてきた。はたしてミラマーレ城は、一部の市民にとって、反オーストリアの象徴となった。実際、オベリスクを起点としてカルソの裾を通る「ナポレオンの遊歩道《パッセジャータ・ナポレオニカ》」の西端は、今も「イタリアの監視台《ヴェデッタ・ディタリア》」と呼ばれている。そしてついに、一九一八年、オーストリア＝ハンガリー二重帝国の瓦解と共に、トリエステはイタリア領となった。ウニタ広場の右端から海に突き出た大突堤は、十八世紀半ばにこの場所で建造されたオーストリアのフリゲート艦を記念して名づけられた「サン・カルロ突堤」から、「アウダーチェ突堤」という勇ましい名称に改められた。これは、第一次世界大戦末にイタリア海軍の最初の艦船、駆逐艦「豪胆《アウダーチェ》」がこの突堤に係船したことにちなむ。

「なにもかもがほほえんでいた」、ああ……イタリアとなったことで、トリエステは地理的な内陸部も、市場も失ったばかりか（イタリアは、トリエステとは異なり、ほとんどアドリア海の西側に位置していたから）、地中海の独自性も失った。一九一八年以降のトリエステの歴史は尻すぼみである。「領土回復」はちょうどムッソリーニの時代に実現した。ファシストたちのナショナリズムは、スラヴ民族との関係を悪化させた。カルソにへばりついた小作地を捨て、造船所に勤め口を求めてトリエステにやってくる、主にスロヴェニアの肉体労働者の数は増える一方だった。イタリアが第二次大戦で敗北すると、トリエステは東アドリア海の制海権をめぐるユーゴスラヴィアとの国境紛争の鍵を握る、大切な持ち駒となった。チトー元帥だけでなく、A・J・P・テイラー博士もまた、トリエステの現在の資産が、地理的にも論理的にも中央ヨーロッパや東ヨーロッパと結びついている以上、トリエステの正しい呼び名はTrstであるべきだと、力強く弁じたてた。その一方で、一九五四年以降、カルソやイストリア半島（現在はユーゴスラヴィア領）といった隣接地から分離してしまったトリエステは、東のライヴァル都市フィウメ、現在のリエカに対しても遅れをとることになった。ジャン・モリスは書いている。「地中海第四の都市が、いまやイタリア十二位の港にまで転落した。トリエステがたびたび不機嫌になり、とげとげしい態度になるのも無理はない」。一九二二年までは、トリエステは自殺者の数がサンフランシスコに次いで世界第二位の町だった。イタリア人の精神分析医エットレ・ヨーガンは、次のように評している。「〈ニューロティック〉という言葉が、現在を制約する過去の不安のなかで生きる者を意味しているとするなら、トリエステはまさしくニューロティックな町である」

陰鬱《トリステ》なる町、トリエステ。亡霊のような旅行者の目にもすぐわかる。この町は過去の自分が迷い出た亡霊なのだ。オピチーナの高台で若きマクシミリアンの詩心を誘った、船体とマストと帆でできた、きらびやかな「浮かぶ都」。そんなものはもはや影も形もない。町の中心部の海岸沿いの突堤には、もやい綱の巻き付いた係船柱はほとんど見られない。見えるのは、灰色のコンクリートばかり。ユーゴスラヴィアからの観光バスが海洋博物館の前で駐まると、みやげもの売りが屋台を広げる。ストップウォッチを手にした父親が、息子が漕ぐボートが、れんが造りの灯台《ランテルナ》から寂しい防波堤まで何分かかるかを測っている。アウダーチェ突堤で、私は犬の糞をよけながら、活気のない、わびしい海の向こうに立つミラマーレ城の方を眺める。

ミラマーレ城は、いまは州立美術館になっている。夏の夜には、「皇帝の夢」と銘打った光と音のページェントが、三か国語のナレーションつきで催される。『ファレス』は『メキシコの征服者《イル・コンクィスタトーレ・ディ・メッシコ》』というタイトル——この皮肉を誰が知るやら——で上映された。滞在三週目のある晩に、野外上映会が開かれた。海を眺める《ミラマーレ》という象徴的な行為は、たいがい追想に結びつく。

優秀なるわが『トリエステ案内《グイーダ・ディ・トリエステ》』は、案内役としての自信満々の態度をめったなことではくずさない。ウニタ広場からの海の眺望《ミラマーレ》についてのページなどは、その最たるものだ。「そこでは、無限の中に溶け込む海の青が、ひとの心を夢と希望へと解き放つ。ゆたかで活気あふれる港だった時代の物言わぬ証人である桟橋は、かつての美しくも多忙な大型船のノスタルジックな思い出をぬぐい去るような新しい繁栄を待ちながら、その手足を伸ばしているかのようだ」

デ・モルトゥイス・ニル・ニシ・ボヌム。一九二〇年、トリエステのこと、そしてこの町を永久に離れたいという願いについて、ジョイスはエズラ・パウンドに書き送っている。「良きことにあらざれば、死者について語るなかれ」

外国人の関心と投資家の資本を引き寄せるために一九八六年にパリで開かれた野心的な展覧会には、「トリエステを見出す《トゥルーヴェ・トリエステ》」というタイトルが付けられた。その年の一月六日付の『ピッコロ』紙に掲載されたフランスの漫画の扱い方がしゃれている。

A PARIS

— Pour Trouver Trieste, s'il vous plait?
— Dans la Rue de la Recherche du Temps Perdu, Madame... *(25 novembre)*

——ねえ、あなた、「トリエステを見出す」までの道を教えてくださらない？
——「失われた時を求めて」通りをお行きなさい、マダム。

トリエステにあっては、最初に行くべき場所は上である。晴れたら、町を一望しに行こう。オベルダン広場から、昔ながらの路面電車に乗る。ヴィラ・オピチーナをめざし、電車はギシギシと丘を登っていく。「オベリスコ」という名の停留所で降りて、ベルヴェデーレへと向かう。すると、足元はるかに見えるのが、トリエステの町、アドリア海、そして、陰鬱なる北方の地から暗い山々を越えてやって来た旅人たちの目を、変わらず釘付けにしてきた壮大な景観である。

ウィリアム・ウィーヴァー
「トリエステ――二つの帝国のはざまで」
『ニューヨーク・タイムズ』、一九八三年一月二十三日、観光欄

かくして、異邦の人々は、その地で哀しみ、身を二つにした。

ロベルト・バズレン★
『遠洋航海の船長』

上へ

トリエステで迎えた最初の一夜、ホテル・アル・テアトロ五階の狭いベッドの上で、私は枕を背に当て、寝そべっていた。頭上には、茶色いベークライトの笠にねじ込まれた電球からこぼれる薄暗い光。鎧戸の向こうに聞こえるのは、わが同国人が発する雄叫びや、奇声。ウニタ広場の足元で孤独に輝くアメリカ海軍のばかでかい輸送艦から、土曜の夜の外出許可を得て下船した水兵たちだ。バール・レックスの屋外テーブルから長い手足を突き出して、含み笑いの地元の商売女を相手に駆け引きをしたり、おだをあげたり、へどを吐いたりと、やりたい放題。ヴェスパのエンジン音、数えきれないほどの鐘の音も聞こえてきた。

ウィリアム・ウィーヴァーによれば、最初に行くべき場所は上だった。私はウィーヴァーのコラム持参で海を渡っていた。新品の地図には、オベルダン広場を見つけるのは難しくないとあった。ホテルを出たら、右に曲がってボルサ広場へ出ればいい。ボルサとは証券取引所のことだ。ズヴェーヴォが十八年間事務員を勤めたウィーン・ユニオン銀行は、この広場沿いの建物の中にあった。「リテラリー・トリエステ」、文学の町トリエステ。ボルサ広場はコルソ・イタリアと呼ばれる大通りに面していた。この大通りは、ズヴェーヴォ、サーバ、ジョイスの友人だったシルヴィオ・ベンコ★の名を冠した小さな広場をはさみ、ゴルドーニ広場へとつづく。広場を囲む三つの通りのうちの一つが、ウンベルト・サーバ大通りだった。ここをくの字に折れて広いジョズエ・カルドゥッチ通りに出ると、そこからオベルダン広場までは一直線だ（オベルダンと聞いても、私にはぴんとこないのだが）。路面には、オベリスクや本家ミラマーレまでの路面電車のルートを示す、太い点線が引かれていた。ズヴェーヴォはヴィラ・オピチーナで『ゼーノの意識』を執筆した。たしかに、最初に向かうべき場所は上だった。

　到着した当日の午後、私はホテルの外の大通りからちょうど三ブロック先に、幸先のよい名の本屋を見つけていた。「イタロ・ズヴェーヴォ書店」。その看板には小さなピンクのハート矢が描かれ、その真上には「シネマ・セクシー」への道を指さすズヴェーヴォの姿があった。当の映画館は市当局によって閉鎖されていたが。その日の午後、私はイタロ・ズヴェーヴォ書店で、地図と、数あるトリエステ本のうちで最初に目に付いた一冊を買った。

　ラウラ・ルアーロ・ロゼーリの『トリエステ案内《グイーダ・ディ・トリエステ》』は、五百ページを超す、でっぷりとした、みごとなできばえの「ポケット」ガイドだ。三百枚の白黒写真、町の歴史や名産品についてのエッセイ、それに参考文献のリストもつく。決して出会うことはないルアーロ・ロゼーリ女史が、私の三週間のトリエステ滞在の忠実な伴侶となった。何かをするときには、たいがい彼女のアドヴァイスに従った。路上で読み、食事中に読み、ベッドの上で読みふけった。

　トリエステでの最初の一夜、女史は、オベルダン広場を「一九二〇年代、三〇年代の綿密な都市計画の焦点の一つ」と位置づけた。この広場は、すでに述べたカルドゥッチ／ソンニーノ幹線道路と合わせて、一方でフリウリ、他方でイストリアと町の中心部をつなぐ役割を担っていた（イストリアの意味もさだかでない私には、フリウリなど、はるかに遠い存在だったが）。私のこれからのくわだては、単なる娯楽の域を超え、責務にもひとしいものだと女史は宣言した。

女史はまた、清涼な夏の大気と、鮮やかな秋の彩りを約束し、生い茂る樫やアカシア、赤やオレンジに実が色づくハゼノキを予言した。二十世紀に一人の技師が孤軍奮闘で建てたロマンチックな「小城《カステレット》」と呼ばれる建物や、一九四〇年の大学校舎の「古典主義的モニュメント嗜好（いわゆるファシスト・インペリアル様式）」の見学を推奨した。

市電はまず、スコルコラ広場――同名の丘のふもとにある――にたどりつく。ここでモーターが切られ、そこから先はケーブル用のエンジンで急勾配の斜面を登ってゆく。丘の傾斜がなだらかになると、エンジンを止め、市電はふたたび電力駆動に切り替わる。最後に、目印のオベリスクが見えてきたら、そこがオピチーナの村。そして、カルソ（カルスト台地）の始まりとなる。カルソの縁には松林が連なる。町に吹き下ろす冬の寒風ボーラの激しい勢いを弱めるために、近年になって植林されたものだ。カルソ自体を、女史は「緑の肺」と呼ぶ。トリエステの健やかな空気の送り手という意味をこめて。そしてそこには、眺望がある。

ここまで読んで、眠けがさした。トリエステの旅、最初の順路の行き先はシンボリックな場所、ミラマーレだった。急な坂と腰を下ろす一隅を描いたサーバの詩を思い出した。「街を、端から端まで、通り抜けた。」……同じように回ろうと思って（私の場合はトラムを使うが）、私はその詩のタイトルをノートに記した。「トリエステ」。自分のやりたいことが見えてきた。向かうべき場所は上だった。

電気を消して体を伸ばし、トリエステでの第一夜を迎えるための姿勢をとった。だが、小気筒エンジンの甲高い回転音や、バール・レックスでガラスや金属のぶつかり合う音が、鎧戸越しに聞こえてきた。その先の数時間、暗くなった天井に、街灯が薄いオレンジ色の縞を投げた。自動車が通るたびに、その縞にさざ波が立った。

ようやく夜が明けると、外は灰色、不穏な雲行きだった。ウニタ広場の足元からかろうじて見えるのは、私でも、あれがミラマーレ城と言い当てられた建物。亡霊のような岬の上に目を凝らしても、ピントが合ったりずれたり、定まらない。証券取引所の切妻壁の時計の進みは遅く、人どおりのほとんどない街路は平凡そのもの……シャッターの下りた店の列も、ヨーロッパの日曜日にはおなじみの光景だ。天気ははっきりしなかったが、代案はなかった。上こそが、向かうべき場所だった。

オベルダン広場の線路脇のキオスクで、オピチーナまでの往復切符を買い、電車を待った。隣には、黒のレインコートにチェックの帽子、灰色のもみあげを生やした男。老婦人が二人、聞き慣れない言葉でおしゃべりをしていた。初めて私が耳にするトリエステ方言だった。私はショルダーバッグからルアーロ・ロゼーリ女史をひっぱり出して、自分の居場所の説明を読み始めた。

オベルダン広場の写真は、この待合い所から一〇〇ヤードは離れた場所から撮られたものにちがいなかった。キオスクのなんとも地味なこと！　その前には、たしかに市電が停まっていたが、窓の開いた箱に車輪が取り付けられ、屋根に突き出た棒の束がワイヤーにつながっているといった代物だった。まわりの建物はいたって平凡。本から目を上げ、今日という日のすすけた景色をあらためて見直すと、現実もまた凡庸そのもの！　強化コンクリートで建てられた、かなり新しい都会風の建物に、気分が萎えた。

日曜日にオピチーナに用事のある人々が、列に加わった。ようやく、線路の溝をこする車輪の苦悶の叫びとともに、洋梨色の路面電車が、立ち並ぶアパートの背後からガタガタと姿を現し、私たちの目の前で、耳障りな悲鳴をあげて停止した。数人の乗客が降りてきた。運転手はエンジンを切り、キオスクの中に姿を消した。最初に乗り込んだのは私だった。少しきしむ車内の中央、窓際の席を選び、トリエステ案内で「オベルダン、グリエルモ」を調べた。この近くに、オベルダンにちなむ博物館があるはずだった。数分間が経過した。

ほかの待合い客も乗り込みはじめた。灰色のもみあげの男は、私のやや前方、通路の反対側のシートに腰を下ろした。二人の老婦人は、トリエステ方言でおしゃべりをつづけながら、後部の座席に座った。他の乗客もそれぞれの席につくと、重みで車体が少し揺れた。話し声のなかから、腹を立てた一人の男の声が迫りあがり、にわかに怒号にまで高まると、乗客は固唾を呑んで静まり返り、ことのなりゆきを見守った。男の声に張り合うのは、諭すような、柔らかな女性の声だけだった。

運転手が、後方の乗降ステップの上で身を乗り出し、電車の外、自分の真下に立つ女性に向かってののしり声をあげていた。体が怒りで震えていた。女性の方は口をはさもうとしていたようだが、請うような――あるいは、おそらくとまどいの――微笑みは、整った顔だちの上で次第に凍りついていった。すべてが方言でのやりとりだった。

挑発という言葉が正しければ、あの女性はどんな挑発をしたのだろうか？　それが返答といえるなら、運転手の返答は私には、常軌を逸した、滑稽なほど芝居じみたものに思われた。たぶん、頭がいかれているにちがいない。ガイドブックに読みふけるあまりに、その手がかりを見落としてしまったのだ。私はまわりを見回した。

二人組の老婦人はおしゃべりをやめ、一人があきれたという顔で首を振っていた。ずっと前方に座っていた男が、隣の乗客と意味ありげな目配せを交わした。灰色のもみあげの男は、通路越しにだれかに向かって笑いかけ、ウインクをした。

皆目わけがわからなかった。

運転手の機嫌がおさまるまで、私たちはオベルダン広場に釘付けにされた。ようやく正気にもどったのか、運転手はきびすを返した。ぶつぶつ何かをつぶやきながら、足音も荒く運転席にもどると、乱暴にエンジンをかけた。首筋が真っ赤だった。女性も車内に乗り込むと、蒼ざめた顔色で、二人の老婦人の真後ろの席についた。二人は彼女の方に身を寄せて、察するところ、慰めの言葉をかけはじめた。電車ががくんと発進した。

女性は四十代といったところ。細かい模様の入った黒のワンピース、ダークグレーのカーディガンというでたちは、未亡人かと思われた。片手に籐の買い物籠、もう片方の手には安手の折り畳み傘を握りしめ、しばらく老婦人たちと小声で話を交わしていたが、やがて、籠から『ピッコロ』紙を取り出し、読み始めた。私の位置から見るかぎり、一度も目を上げず、かたくなに新聞を読みつづけていた。そのしぐさを除けば、何事もなかったかのような様子だった。

だが、オベリスクまでの道のりも、運転手は片時も後部座席の女性のことを忘れていなかった。ときどき、前方の線路から目を上げて、ぐるりと頭をめぐらすと、女性の方をにらみつけた。そして、トリエステ案内の予言どおり、カマスの鼻面のような形の黄色いケーブルエンジンカーが、運転手に代わりスコルコラの斜面を登りはじめると、手持ちぶさたをよいことに、もよりの乗客をつかまえて、自分の方の言い分をうわずった声で蒸し返した。聞き役にされたのは、まじめくさった面もちの灰色もみあげの男で、ときどき相づち代わりのうなずきを入れるのは、折り目正しく中立を守る合図とみえた。

車内の前も後ろも見渡せるように、私は座席で横座りになっていた。気詰まりな――たぶん、私だけの感想かもしれないが――光景のなかで、一人、のけ者気分を味わった。だが、なにかいきさつあっての話であることは、私の目にも明らかだった。

まちがいなく、ひと雨来そうな空だった。格子垣を巡らし、タイルを貼ったヴィラのグレーの連なりを縫うように、電車はゆっくりと登っていった。エンジニアが手がけた安っぽいミニチュアの城――打ち放しコンクリートの大学校舎の醜い姿――が見えてきた。無惨な鼠色の傷跡は、おそらく、

遠くの丘を走る高速道路だろう。そして、灰色の海を見おろすと、そこにはトリエステの町が広がっていた。海抜が上がるにつれて、町並みは次第にばらけて、亡霊めいた姿を見せる。登り坂の頂点でケーブルエンジンカーが側線に引き込まれると、運転手は大きく伸びをし、ぶつくさ文句を垂れながら、にらみを入れ、またもや、むくれて体を揺らした。

　思い出されるのは、戸外に据えたテーブルの上で頭をあげ、通過する電車に向かってあくびをしていた黒猫のこと。一台のトラックがバックで車回しから飛び出してきて、道路ひとつ隔てた別の車回しへと器用に乗り入れた。左官の不細工な被り物をかぶった髭の男が、屋根の足場に手足を投げだし、包みをほどいていた。アカシアや松の林の間から、灰色の海岸線がちらちら見えはじめた。汚れた水滴とおぼしきものが、窓ガラスをよろめきながら伝い落ちた。そして、ずんぐりした胴体にいくぶん先細りの顔をつけた車両が、周囲を覆っていた茂みからようやく抜け出すと、線路の先が一気にひらけ、広い、平坦な街路になった。そこがオピチーナだった。ブレーキがかけられた。私はトリエステ案内の解説箇所に指を当てたまま、席を立ち、二人の老婦人の後について中央の出口に向かった。

例の未亡人（だとしたらの話だが）は、あいかわらず『ピッコロ』紙の記事に読みふけっていた。それとも、ふりをしていただけなのか。私が慰め役と見立てた二人が揃って立ち上がり、通路に向かっても、熱のこもらない会釈をしただけだった。だが、諍いの相手の方はまだ遺恨を残していた。電車が完全に停止すると、またしても運転手が突き刺すような視線を女性に投げた。オピチーナの街路に二人が降り、つづいて私が降り立った。女性が新聞紙をたたみはじめる姿が見えた。

その後、彼らの姿を目にすることはなかった。ささやかな謎を乗せた路面電車は——はたして終点での決着はあるのだろうか？——ぐらぐら体を揺らしながら、町の中心に向かい、街路を下っていった。鋭いきしり声をあげ、がたがたと身を震わせ、電車が彼方に消え去ると、老婦人たちの不屈の舌から繰り出される疲れ知らずの品さだめが、ますます辛辣な響きを帯びて耳にとどいた。オピチーナのどこかの路地に、二人は姿を消した。すると、屋根に縄で梯子をくくりつけたヴァンが、道の向こうから走ってきた。停車して私の横断を待ってから、丘の上へと走り去った。霧雨が降りはじめた。

ウィリアム・ウィーヴァーの説明にあるように、ベルヴェデーレ［見晴らし台］は、数本の錆びた鉄パイプでつながれたコンクリートブロックの連なりだった。この鉄パイプが、切り立つ崖から霧にまぎれて転落しないように防いでくれる。ショルダーバッグを肩に掛け、トリエステ案内の七番目のコースを開いたまま、目的地へと一心に足を進めた。こぢんまりとしたホテル「アルベルゴ・オベリスコ」。背にした路面電車の停留所。眼前に広がる名高いパノラマ。どの写真も、この日の実物より、はるかに鮮明に写っていた！

灰色の海《スア・グレーガ・マーレ》を臨み、さまざまな色調の灰色に包まれた都市、それが「偉大なるトリエステ」だった。灰色が薄らぐ南を見やると、灰色のユーゴスラヴィアの西端が（あれがイストリアだろうか。それともイリリア？）、蜃気楼《ファタ・モルガーナ》のように、ドーヴ・グレーに揺らめいていた。風で傾いだ松の木と霧深い峰にさえぎられているのは、このコースのもう一つの見どころ、ミラマーレ城だろう。左手に揺らめく、筋の入った丘の向こうに見えるのは――想像力で補いつつも――やや弓なりにぼんやりと並ぶ三つの突端。灰色のユーゴスラヴィアのかけら、ディナルアルプスの始まりがうっすらと浮かび上がる。その六〇マイル先には――純粋に、地図の上での話ではあるが――フィウメ、現在のリエカ（たしか、セルボ・クロアチア語で「川《フィウメ》」の意味）があるはずだ。ひと人生分も昔の話だが、詩人ガブリエーレ・ダヌンツィオとその私兵が、一年こっきりの天下を打ち立てた町。「イリリアです、お嬢様」〔シェイクスピア『十二夜』第一幕第二場〕という一節も思い出した。それとも、イストリアだったろうか。こんなイリリアの地で、私はなにをしたらいいのだろう。

たぶん、私が立つこの場所こそが、路面電車が敷かれる以前に、サーバが座り、悩ましい町の全景を見おろした「片隅《カントゥッチョ》」だろう。この詩は今でも諳んじている。のちに知ったが、オピチーナの路面電車が営業を開始したのは一九〇二年のことだった。だが、電車がすでにあったとしても、サーバはこの道を歩いて登っただろう。たぶんここは、そういう場所だった。

たぶんここは、一九〇五年には、誰からも何マイルも離れたベンチに一人腰をおろしたジョイスが、「すべての背後にひそむ、おぼろげな何かよ！」と沈鬱な祈りを捧げた場所だった。それにしても、九月半ばに、あの冬の突風ボーラのうなり声をはたして耳にできただろうか？　そして、それから七年ほどの後、たぶん、ジョイスが丘につづく道の途次、「亀甲状に群がり集まる茶色いタイルの屋根が、薄ら寒い陽射しを受け、冷え冷えとめざめる」トリエステを眺めた場所（『ユリシーズ』の中では、パリの記憶に置き換えられた）、そして、ヘッダ・ガブラーを連想させる、馬上の少女を目にした場所だ。
[『ジアコモ・ジョイス』の一節]

　たぶん、一九二二年、傑作『ゼーノの意識』の執筆の息抜きに、近くのヴィラ・イズラエーリから散策に出たズヴェーヴォは、ここで最後の一服を吸った。そして、もう一本に手を伸ばした。たぶん、であるが。遠い昔の話だ。（一八八〇年代、リチャード・バートン卿★が、私の真後ろ、通りを隔てたホテルにこもり、『千夜一夜物語』の大半を翻訳したことはのちに知った。）

　リテラリー・トリエステ。文学の町、トリエステ。この灰色の通りを下ったどこかに、サーバの古書店があり、旧証券取引所《ボルサ・ヴェッキア》のホールがある。ジョイスがアイルランドの政治や文化について——トリエステの事例も織り交ぜながら——集まった友人たちやベルリッツの生徒たちを前に、イタリア語で講義をした場所だ。どこかに、ズヴェーヴォが住んだヴィラ・ヴェネツィアーニもある。だが、すぐ真下に目をやると、ベルヴェデーレの手すりの上で、頼もしいトリエステ案内のミラマーレのページが雨に濡れ始めていた。私は水滴を払って、本を閉じた。

　足元から石を投げ落とせば届くほどの距離に、いつか上ることになるだろう聖なる階段《スカーラ・サンタ》のてっぺんが見えた。その真向かいの丘には、背後から鐘楼が突き出た、巨大な灰色の城塞がそびえ立つ。それがサン・ジュスト、もう一つの見どころだった。そこを下って右手に折れると、およそ二十四時間前、ようやくたどり着いた興奮を胸に、私が陽射しの中に下り立った鉄道の終着駅がある。線路の集まりが、見た目に新しい方の波止場の輪郭を描き出し、アルミ倉庫が立ち並ぶだけの、がらんとした一群のドックが、長い防波堤の方向にせりだしていた。その先、閉鎖された灰色の灯台から弓なりに伸びる海岸通り《リーヴァ》が、サン・ジュストの丘のふもとから広がる旧市街の突き当たりとなっていた。海岸通りから突き出た突堤は、形も大きさもまちまちだが、いずれ私にも区別がつくようになるだろう。今でもすぐに見分けられたのは、アウダーチェ突堤《モーロ・アウダーチェ》。それと、そのそばの、ひときわ大きな突堤に停泊している、この日の空の灰色をした、巨大な海軍の輸送艦。今頃、水兵たちは皆、作り付けの寝台で眠りについているか、酔いつぶれているだろう（海は灰色一色。水以外にはほとんど何も見えない）。ここからは見えない場所もある。左にわずかに視線をずらすと、ウニタ広場。ミラマーレ城の展望台。広場のはずれには、私が泊まるホテル・アル・テアトロ。その最上階の小さな部屋で、最初に向かうべき場所は上であるとの見解に、私は一も二もなく同調した。

　そして、陰鬱な北方の地から暗い山々を越えて来たであろう、マクシミリアン大公やあまたの旅人たちの亡霊とともに、今、私はここにいた。

　こんなイリリアの地で、私はなにをしたらいいのだろう。他にも見どころは山とあり、私は几帳面に、それらを見にいくことになるだろう。すべての聖地を。サン・ジュストを。証券取

引所を。ヴィンケルマンの墓を。カルソを。たぶん、灰色のユーゴスラヴィアのイストリアまでも。

私の背後のどこかには、灰色のもみあげの男がいて、今しがたまで唇を噛んでいた、折り畳み傘の未亡人がいる。怒れる運転手もどこかにいる。私には理解できない言葉が語られる、温かい生活がある。ホテルのフロント係がいて、書店の店主がいる。右手に折れて伸びるのは、ナポレオンと麾下の将軍たちがそぞろ歩いたことから、ルアーロ・ロゼーリ女史が「ナポレオンの遊歩道」と呼ぶ、消し炭色の小径。その小径から、一匹のスコッチテリアが駆けてきた。ラヴェンダー色のスエットスーツでジョギング中の飼い主は何を聴いているのか、アッシュブロンドの濡れ髪に、イヤホンがティアラのようにきらめいている。

「ナポレオンの遊歩道」を楽しむには、今日は少々濡れすぎた。私はオベリスクと路面電車の停留所へと視線を転じた。「一八三〇年、皇帝フランツ一世、ここにイタリアとドイツを結ぶ道路を開く」。その下には、スプレーのいたずら書きで、ペニスとキンタマが一組、注釈が一言。「ゲイの火薬庫」。スコッチテリアが短い後脚をひょいと持ち上げ、オベリスクの台座に向かい、軽やかに、霧雨のようにけぶるおしっこをした。ラヴェンダー色の女主人の呼び声（「レックスや！」）に、犬は駆け戻った。

あのバールから取った名だろうか？

惚けたように、亡霊のように、ぼんやりと、私が眺めるのは、オピチーナからの道を上がってくる一家の姿。三人は黒い傘の下にちんまりと身を寄せながら、停留所の私たちに加わる。路面電車の到来を知らせる、わがもの顔の最初のきしり声が聞こえてくる。

ペットを抱え上げ、抱き寄せたブロンド女性が、何事かをささやきかける。小さな子供が近寄ってきて、片手を伸ばすと、レックスが尾を振りはじめる。大人たちは目と目を見合わせ、微笑みを交わす。私は自分のチケットを用意する。

そして今、濡れた緑の車体を光らせ、金切り声をあげながら、トリエステの路面電車がオピチーナの道路の角をまわって姿を現す。先ほどとは別の運転手が電車を停めて、私をふたたび拾い上げようと待ちかまえる。

万歳、サン・ジュスト！　祖国の歴史が
記憶の王国から躍り出る……

ジュゼッペ・シニコ
「マリネッラ」

それでは、ヴェネツィアではなく、トリエステが、新しいアドリア海の海運の繁栄の出発点となったのはいかなる事情によるものか？　ヴェネツィアは記憶の都市だった。対するトリエステは、アメリカのように、いかなる過去ももたないことが幸いした。

カール・マルクス
オーストリアの海上貿易に関する記事
『ニューヨーク・デイリー・トリビューン』、一八五七年

［梗概：著名なヴァイオリニストのマリアが、演奏会を開くために、おじとともにトリエステを訪れる。昔のクラスメートのジュリアが、マリアに兄のジョルジョを紹介する］
ジュリア――申し上げますけど、兄は教授であるだけでなしに、芸術家であり、知識人。郷土史にも造詣がありますのよ。
マリア――この土地に歴史なんてあったかしら？
おじ――（マリアをさえぎり）何をいうんだ、マリア？　お客様に対して不作法ではないか。それに、誤解もはなはだしい。古代ローマ人はこの地を経由したのではなかったかね？
ジョルジョ――ローマの植民地だったのです。

イタロ・ズヴェーヴォ
『マリアの冒険』

［没後に出版された未上演の脚本。ズヴェーヴォはト書きでは説明していないが、マリアのおじがきっぱりと話題を変える直前に、凍りつくような沈黙が落ちたはずである。マリアの身も蓋もない言い方は、おじを狼狽させただけでなく、旧友を傷つけ、辛気くさいジョルジョを憤激させた。ジョルジョが領土回復論者であることはまちがいない。ト書きをつけるとしたら、こんな風になるだろうか。「ジョルジョ――（冷ややかに）郷土であり、郷土以上の存在です。トリエステには歴史があるのです」］

三つのトリエステ

十四世紀の詩人ファツィオ・デッリ・ウベルティは、ダンテの『神曲』に傾倒するあまり、『ディッタモンド』——世界の描写——と名づけた、どうにも散漫なできばえの、世俗の旅案内を書き上げた。この作品にはファツィオ自身が詩人／巡礼として登場し、古代ローマの地理学者ソリヌスを道案内に立て、地球をくまなく旅してまわる。そして、ぎごちないテルツァ・リーマ〔三韻句法〕の韻律に乗せて、景勝地の数々を報告する。そこで取りあげられた港の一つがトリエステである。

その高みから、私はトリエステを見おろした。
三度、この地を追われて以来、
授けられたその名を聴いた。

この町の名の最初のシラブル「トリ」の中に、「トレ〔三〕」の響きを聞き取ったのは、正しい語源の考証よりも、数学／聴覚にもとづく中世的想像力をふくらませた好例といえる。もっとも、ファツィオ・デッリ・ウベルティの場合は、ローマ期以前のトリエステの古名である「テルジェステ」の中に「三度生み出された」という意味を読み取る、古い伝統に従っているわけなのだが。〔遅くとも十一世紀には、ヴェネト方言の「テルジェステ」から、新ラテン語あるいはイタリア語の形である「トリエステ」に移行したものと思われる。）しかし、真偽のほどは別として、ファツィオの浩瀚な旅案内の中に保存された「三重性」という発想には、歴史観の違いを超えた妥当性があり、ここに持ち出すのには都合がよい。

なぜなら、一九三二年にシルヴィオ・ベンコが記したように、この地には、たしかに三つのトリエステがあったからだ。何よりもまず、波止場のある小さな城塞都市として、紀元前二世紀から十八世紀の初めまで、ありとあらゆる経済的、政治的、軍事的圧迫をどうにか耐え忍んできたトリエステ。つづいて、偉大なるハプスブルク帝国の港湾都市として、十八世紀半ばから二十世紀初頭まで生きながらえたトリエステ。つまりは、アドリア海という「運河」の一端（コルフが反対側の端となる）に位置する、ウィーンの温かな水の窓としてのトリエステ。あるいは、北海のハンブルクと競い合う、地中海のライヴァルとしてのトリエステ。そして、第一次大戦後のオーストリア＝ハンガリー帝国瓦壊とともに築かれ、第二次大戦でのイタリアの敗北後に復興をとげ――ただし、イストリアやカルソ地帯の隣接地をばっさりと裁ち落とされて――現在へといたる、イタリア都市としてのトリエステ。

このように区分してみると、二千年におよぶトリエステの歴史とは、短命に終わった経済的奇跡（トリエステⅡ）の両端に並ぶ、二つの苦難の時期（トリエステⅠ、トリエステⅢ）と見てもよいかもしれない。たしかに、今日のトリエステのなかには、トリエステⅡという、思い出しようのないほど昔の懐かしい日々、偉大なるハプスブルクのバザールの時代に存在したことになっている、あの『千夜一夜物語』の世界への郷愁が見てとれる。レコード店のショーウインドーには、チロルの娘たちの民族衣裳ダーンドルやアコーディオンを従えた、「ゲミュートリッヒ〔心地よき〕」ウィーンのラヴソングが飾られている。絵葉書には、黒と黄の双頭の鷲が掲げられ、ときにはフランツ・ヨーゼフの印章が通信欄の余白に捺される。ロマンチックな悲劇の城ミラマーレは、絶好の観光名所となっている。啓蒙主義時代のウィーンの経済学者、都市設計家、技師たちによって事実上、一から作り出された町の全景を一望しに行く者もいる。この点では、ドストエフスキーの地下室の男が思い描くサンクト・ペテルブルグにも似かよっている。男は自分の町を、「世界で最も抽象的で、最も手回しよく計画された都市」と見た。しかし、シルヴィオ・ベンコは、まずもって領土回復論者であり、トリエステの歴史を、ローマ人の到来とともに始まった、ローマ史とその後のイタリア史の綴り合わせと見る人間だった。こうした信条の持ち主にとって——私たちの見るところ、解釈の仕方は一通りではないが——トリエステⅡは、幸福とはほど遠い中断期だった。

一九三二年、ベンコが三つのトリエステのことを書いた頃、トリエステⅡは、トリエステⅢに取って代わられていた。つまり、領土回復論者のミレニアムが到来したということ、トリエステがふたたびイタリアとなったこと、そして、自分のような年長のトリエステ人に求められる心理的適応の過程をベンコ自身が楽しんでいたかもしれないということだ。「もはや領土回復論者である必要がなくなったとき、彼らは放心状態におちいる……そして、自分のまわりに目を凝らす。唾棄すべきオーストリア人は本当に消えたのかと」（一九三二年には、オーストリア人に代わり、ムッソリーニの黒シャツ隊が幅を利かせ、エチオピアもかつてはシーザーの帝国の一部だったとする領土回復論を振りかざした。シルヴィオ・ベンコはそうした動きを知悉していたが、活字にはしなかった）。

ベンコは、戦争前の早い時点で、トリエステⅢをトリエステⅠの復活として熱望した。ベンコにとって、一時期はテルジェステの名でも知られていたトリエステⅠは、古代ローマそのものだった。テルジェステは、紀元前二世紀から一世紀にかけて、軍の前哨基地として発展した。城壁はオクタウィアヌス（のちの皇帝アウグストゥス）によって紀元前三二年に建てられた（おそらく、建て直されたといった方が適切だろうが）。オクタウィアヌスの妻リヴィアは、ドゥイノのブドウから作られる白ワインのプロセッコの回春効果をことのほか尊んだ。トラヤヌス帝は二世紀に、テルジェステにローマ劇場を建設した。劇場は千年以上も放置された末、一九三八年、古代ローマの遺香に新たな光を当てるという意図のもと、トリエステのファシストの都市プランナーによって発掘された。五世紀初めに、帝国が蛮族の手で滅ぼされるまでは、テルジェステは、北西に三〇キロ離れたアクィレイアに次ぐ、重要な戦略拠点であり、交易地だった。そして何より、ローマ第十軍団の駐屯地でもあった。

イタリア語で書かれたファツィオの『ディッタモンド』が世に出るはるか以前から、詩人たちはすぐれたローマ時代のラテン語でこの町を歌った。四世紀、ルフス・フェストゥス・アウィエヌスは次のように書いた。町を見限ったコウノトリが飛び去るのを見たフン族のアッティラ王が、美都アクィレイアを蹂躙し尽くす以前の話である。

麗しき都アクィレイアは、気高き星宿に頭《こうべ》を差し伸べ、
隣都テルジェステは、弧を描く塩の岸辺に身を休らえる。
イオニア海の至高の入江の尽きる地で。

二世紀後、文法学者のプリスキアヌスも繰り返す。

彼方、テルジェステの地の高壁に、
渦を緩めて、イオニアの入江は尽きる。

テルジェステの公用語は、もちろんラテン語だった。のちにはそれが「新ラテン語」、すなわちイ

タリア語となり、あるいは現地の方言となる。皇帝たちのローマが滅んだのちも、トリエステの伝統と文化は、みずからをイタリアとして意識していた。領土回復論者たちが昔から好んで引くのは、ダンテの『地獄篇』の第九歌である。ダンテは、イストリアの港町ポーラ（現在のプーラ）とフィウメ（現在のリエカ）の南のクァルネーロ湾について、イタリアの北端を「閉ざして、国境を洗う」と歌った。その後の、中世末期からルネサンスを通じてのトリエステIの歴史は、ぱっとしない、いかなる意味においても凡庸なものだが、苛酷な政治の駆け引きで暗い時代を生き延びようとする不屈の意志の現れと、正しく解釈された。したがって、領土回復論者は、このちっぽけな港町が一三八二年にオーストリア大公国の庇護下に入ったことを――結局、これがトリエステIIを芽吹かせる種となるのだが――アドリア海を隔てて一〇〇マイル真西の、傲岸不遜な強国ヴェネツィア共和国の収奪からの救いの手を求めたものと考えた。古代ローマ人の入植も、第十軍団の高度な自治も、自らを支えるには脆弱すぎた。このことは、十九世紀後半のイタリア王国が誕生するまで、最大の課題として残された。このとき初めて、領土回復論者たちは、どんな実践的、政治的な活動も可能になったのである。

しかし、領土回復主義というものを、一枚岩の結束と考えるのは誤りである。そこで、一三八二年の割譲をどう見るかが一つの目安となる。それは「奉献」、つまり、町から庇護者への「自由で、自発的な」贈り物だったのか、それとも、武力に対する屈服だったのか？　シルヴィオ・ベンコのようなリアリストは、それを基本的にマキャヴェッリ的な一つの策略、生き残りを賭けた危険なギャンブルと見る。他方、アッティリオ・タマーロ★のような「帝国主義的」領土回復論者は、テルジェステ／トリエステの純血の「イタリア性」をその歴史のなかに読み取ることにこだわり、一三八二年を、この町がやすやすと北方の「簒奪者」の餌食となった年と見る。しかし、イタリアの国家統一以前に生きた人物ながら、トリエステのイタリア性を信じる心では人後に落ちないドメニコ・ロッセッティは、背後に控えるオーストリアにしゃにむに寄りすがるトリエステをよしとして、一三八二年のオーストリア領への帰属を天の配剤と疑わなかった。ロッセッティが一八一四年に作曲した寓意的音楽劇では、花咲くリンゴの小枝を掲げた美しい若者が、アウストリア（オーストリア）という名の才色兼備の母親に救い出される。その母親に付き従うのは、ネプトゥーヌス（ネプチューン）、メルクリウス、運命の女神。さらには、豊饒、精勤、良き助言、礼節、真価、美徳といった顔ぶれ。一同は、一致団結して、ネメシス、ヴェネツィア、さらにはナポレオンをもみごと撃退してのける。

ベンコ、タマーロ、ロッセッティ。三人は、一三八二年がもつ意味についてまったく異なる考えをもつ知識人だったが、トリエステを純粋で独特な町——政治的にはイタリアに属さずとも、その根底はラテン文化に根ざした町——と見る認識では一致していた。

執筆当時はローマ帝国であった祖国の建国を歌ったウェルギリウスの叙事詩、『アエネイス』第一巻の中で、ジュピターはアエネアスの息子がいつかユルスと名乗るであろうと予言する。つまり、ウェルギリウスが仕え、言祝ぐことになるユリウスの血脈を、さかのぼって讃えた形である。この名は、トリエステⅢを州都に戴く現代イタリアの州名にまで引き継がれる。すなわち、フリウリとは「フォールム・ユウリイ」、「ユリウスのフォーラム」を約めたもの、ヴェネツィア・ジューリアはヴェネツィアの東方の地域を指す。どちらの名も政治の産物であり、オーストリア人が単なる「アドリア海の沿海地」とあっさり言い切るこの地域が古代ローマを礎石とすることを、領土回復論者たちに思い起こさせる手がかりでもある。

しかし、ユルスの名は、ジュピターが慎重に説くように、東方の偉大な君主、トロイあるいはイーリオンの名祖イーロス王の名をも呼び起こす。彼の子孫であり、祖国を追われた者アエネアスは、小アジアから東へと向かい、オデュッセウスの海路をたどって、ついにイタリアにたどりつく。こう考えてくると、ユルスの名は、移住と定住、二つの異なるヴェクトルを意味するものと解釈できそうだ。一方は、イタリア半島中央の皇帝の座から北東へと進むヴェクトル。他方は、東方の「蛮族」の地から南西にローマへ向かうヴェクトル。

前者は、ベンコ、タマーロ、ロッセッティに代表される、ローマ中心の領土回復論者の多様な主張に論拠を与える。後者は、もう一人のトリエステ生まれの作家、「トリエステは、他のイタリア都市とは異なる意味でイタリアである」と説くシピオ・ズラタペルによって、弁舌巧みに表現される。一九一一年、『領土回復論』と題した随想に、彼は次のように記す。

イタリアには今も、トリエステとトレント〔一九一八年まで、同じくオーストリア領だった南チロルの町〕はドイツであるという醜い通念がこびりついている。しかし、断言するが、ここに大きな問題があるのだ。トリエステとトレントといえば、ローマ時代にイタリアの植民地が始まった場所。その一方で、蛮族がイタリア本土への南下をくわだてた場所でもある。要するに、イタリア境界の地。したがって、ここにはイタリア性があやうい形で入り交じる。ローマ帝国が、支配下に置いた諸民族を維持・同化させる力を失った後も、たゆみなくイタリア化をつづけていかなければならず、生き延びたこと、強さを保ったことをヴェネツィアに感謝しなければならない。それがイタリア性というものなのだ。総じていえば、回復されなかった領土の歴史は、イタリアの歴史とは異なる興味と関心と運命をくぐり抜けてきたイタリア史である。

トリエステとは、ズラタペルが最後に有名な定式化を図ったように、「通過の地、つまりは闘争の地である。トリエステにあっては、植物相に始まり、民族の構成にいたるまで、すべてが二重、三重になっている」。実際、ズラタペルという名前自体が、その好例であり、スラヴ語では——誇らしげに彼は言う——「金のペン」を意味している。イタリアのために戦いカルソで命を落としたこのオーストリア臣民のスロヴェニアの祖先が、芽生えかけのトリエステⅡにやって来たのは、十八世紀半ばのことである。ズラタペルは自分の血筋を三重血（「スラヴ—ドイツ—イタリア」）と診断し、落ちつきのなさをそのせいにした。フィレンツェの作家ジュゼッペ・プレッツォリーニは、ズラタペルをトリエステの「無比の象徴」と見た。「スラヴからは長身とブロンドの髪、ドイツからは義務感、イタリアからは詩魂を受け継いだ」。いうなれば、一人「人種のるつぼ」である。

トリエステⅠの民族的二重化・三重化現象は、一三八二年の取引のはるか以前から始まっていた。ただし、アッティリオ・タマーロは、いかにも彼らしく、スラヴ人とドイツ人の到来の時期を中世後期に置いている。彼の芝居がかった言葉遣いを借りるなら、「二本の魔手を海へと押しやりながら、奇妙で、エキゾチックな、異種混合の新世界が、この孤立した都市の両肩で形作られた」。タマーロは、トリエステが完全なイタリアとなることを願う。しかし、現実には、現在、フリウリ・ヴェネツィア・ジューリアと呼ばれる地域、特にカルソにスラヴ民族が定住するようになったのは六世紀にまでさかのぼる。九世紀初頭からは、クロアチアの海賊がダルマチアの海岸線をわがもの顔に跳梁し、ヴェネツィア海軍に深刻なダメージを与えた。そして、いわゆる「奉献」が行われた時点では、ジューリア地方の大半で、スラヴ系——南のイストリアではクロアチア人、北のトリエステではスロヴェニア人——の小自作農、狩人、労働者、零細農民が暮らしていた。

西と南西への移住は、『アエネイス』だけでなく、その他の文献によっても伝えられている。たとえば、『アエネイス』よりもかなり古い、ロドスのアポロニオスの『アルゴナウティカ』を読むと、黒海と地中海をつなぐ水運を利用して、南西への移住の伝統があったことがわかる。イアソンとその仲間たちは、ドナウ川をさかのぼり、サヴァ川との合流点まで到達すると、そこから直接アドリア海に出た。ドナウ川の古称がイステルであるという暗合は、この航海譚の発想のありかを示している。また、地理学者のストラボンは、イストリア半島とその住民を指す言葉「イストリ」が、パンノニア平原を貫くイステル／ドナウに由来するものとの見解を、得意げに開陳している。だが、大プリニウスはもっと慎重である。「アルゴ船がテルジェステにほど近い川を下ったこと」は認めるものの、移動の一部は水路と水路をつなぐ陸運によって行われたという考えを崩していない。『アルゴナウティカ』の船乗りたちの場合は英雄なので、必ずしもカルソの岩場を越えてきたとは限らない。その後の研究では、プリニウスのいう川とは、神秘的な存在が神聖視された地中河川、ティマーヴォ川であり、アルゴ船と乗組員の西への航海の少なくとも六〇マイル分が、天然の洞穴の旅、英雄ならぬ常人の身には測り知れない長さの暗い天井や洞窟を抜ける地下の旅ではなかったかと推測されている。

どのような経路も道も、向かう方向は二つである。片方は北東から、ローマ帝国の建設者たちを運び、性来穏やかで、野望に囚われないもう片方は、歴史が古く、正反対の側へと伸びていた。それでは、『アルゴナウティカ』の船乗りたちは、「蛮族」スラヴ民族の叙事詩的先駆けとは考えられないだろうか？ テルジェステという名をめぐる庶民の伝統でも、東から西への移動の場としてのこの町の意味が強調されている。

ルアーロ・ロゼーリ女史が紹介する俗流語源説の一つによれば、テルジェステとは、ノアの息子のヤフェト（ヤフェトはクロアチア語のイアポデスと同じか）が築いた城塞都市「タラス」を指しているという。テルジェステを、もう一人のトロイの戦士／亡命者、おそらくはアエネアス（ローマ）やアンテノール（パドヴァ）のような、西方の新たなトロイの建設者だと説く論者もいる。さらに三人目は、テルジェステは「タルシシュ」が崩れた形とする。タルシシュとは、「船乗りの喜び」、フェニキア人が建設したという伝説の波止場である。トリエステⅢに住むスラヴ人なら、自分が「トゥルスト」に暮らす存在証明として、みずからの聖典を引用するのではないだろうか？

しかし、最も信頼に足る現代の研究では、テルジェステ／トリエステは、ヴェネト語源の「市」を意味する「テルグ」に、「場所」を意味する語根の「エステ」が組み合わさったものだという。つまりは「市場」。トリエステの名が、一つの機能を示す言葉だったということになる。女史も評するように、これは「どの時代においても――なかんずく、繁栄の絶頂期にあっては――いかにもこの町にふさわしい呼び名だった」。

もちろん、女史も知るとおり、そうした繁栄の絶頂期を築いたのが、女史やシルヴィオ・ベンコやシピオ・ズラタペルや多くの人々が、少なくとも侮蔑のふりをする当の相手、オーストリアの都市プランナーや建築家や執政官だったというのは皮肉な話だ。フランツ・ヨーゼフがことさら目をかけた町、「ウルブス・フィデリッシマ〔忠誠きわまりなき都市〕」、トリエステⅡを作りあげたのは、まさに彼らだったのである。

NICOLA VINCITORIO
TRIESTE
PIANTA GENERALE
TOPONOMASTICA E MONUMENTALE

地図製作の愉しみ

夕食を終えると、市民公園の近くに住む親切な友人たちが、ホテル・アル・テアトロに歩いて戻る私に、試してごらんと、四、五種類のグラッパを飲ませてくれるのが常だった。水晶のように透明なもの、蜂蜜色のもの、猫の目のような緑色のもの。ハーブを漬けたグラッパもあり、かぼそい小枝が浮かんでいた。グラッパ・ジューリアは、粗悪な安物で、鉄道駅の近く、倉庫跡の工場で蒸留された。グラッパは、友人たちしか場所を知らない、カルソの小さなブドウ園やエノテカ〔酒屋〕で手に入れたものだった。火のように熱い、荒削りなその味が、私は大好きだった。

ホテルの部屋での寝酒には、淡いシャンパン色の、フリウリ産グラッパの小瓶を置いていた。トリエステ滞在二週目となるある晩、それをカップに注いで、ベッドにもたれ、その日、イタロ・ズヴェーヴォ書店で買った地図を私は眺めた。隣の市庁舎の時計がまず四回、それから間を置き、十回鳴った。これは九時台の十五分ごとの計時が四回終わり、十時になったことを意味する。きっかり一分四十五秒後には、ホテルの左手、パラッツォ・レヴォルテッラの方向のどこかで、別の時計がふたたび十時を告げる。教会の鐘はといえば、翌朝七時まで鳴ることはない。そんな計時のパターンが、ようやく呑み込めてきた。

最初の地図は、一八九〇年の時点での町の様子を記録した折り畳み地図で、一九八一年、トリエステのテンピ・アンダーティ（「過ぎ去りし時」）出版から刊行された。二冊目は、筒に入った、とてもかわいらしい地図。一八〇一年に、黄褐色と青のインクを用いて、オーストリア帝国陸軍砲兵伍長ジョヴァンニ・アントニオ・レヒナー・デ・レヒフェルトが描いた、帝国時代のトリエステ市内と自由港の地図を原寸で複製したものである。どちらの地図も、ふだん散歩に携行するものとはまるきり違う。

たとえば、オベルダン広場までの道。百年前の一八九〇年には、イタリア統一〔ウニタ〕広場はピアッツァ・グランデ〔大広場〕。コルソ・イタリア〔イタリア通り〕は単なるコルソ。ベンコ広場は聖カテリーナ広場だった。コルソ・サーバ〔サーバ通り〕はまだない。ゴルドーニ広場は、材木市場があったことからレーニョ広場〔材木広場〕。ここで左にくの字に曲がると、今のカルドゥッチ通りではなく、ヴィア・デル・トッレンテ〔早瀬通り〕に出る。この通りは、オーストリア軍が駐留していたピアッツァ・デル・カセルマ〔兵舎広場〕にまっすぐ通じている。ここは、グリエルモ・オベルダンが「フオーリ・ロ・ストラニエーロ〔外国人を追い出せ〕！」と叫びながら、絞首刑になった場所である。オベルダン広場も、キオスクも、もちろん、オピチーナの路面電車もまだない。眺めるうちに、イメージが湧いてきた。

　カップでグラッパをすすりながら、考えた。一八九〇年といえば、ジョイスはたしか、ダブリンから西へ二時間の距離にあるクロンゴーズ・ウッドで、友達に四角い排水溝に突き落とされた年のはず〔リチャード・エルマンの『ジェイムズ・ジョイス伝』では、一八九一年春〕。サーバは七歳〔その頃の名前は、サーバではなく、ウンベルト・ポーリだった〕。このホテルの裏手、チッタ・ヴェッキア〔旧市街〕の古物屋の上の小さなアパートで、心に深い痛手を受けていた。ズヴェーヴォは二十九歳。昨日、私がグラッパを買ったパラッツォ・テルジェステオ内のウィーン・ユニオン銀行の支店で事務員をしていた。本名はエットレ・シュミッツ★だが、その年、初めて出版された作品にはE・サミリという署名を入れた〔イタロ・ズヴェーヴォの筆名はまだ頭になかった〕。過ぎ去りし時のすべての亡霊たち。そのために、百年前が描かれた地図が欲しくなるとは、なんとも不思議な町である。

私がふだん外出の際に持ち歩く地図は、ミラノで出版されたもので、題字の下に円形の迷路が描かれている。「すべての都市は迷路である。住民のためには正しい道が引かれているが、よそものは、注意力と慎重さがなければ、目的地にたどりつけない」、ジョイスの友人で画家のフランク・バッジエンは、ダブリン、あるいは『ユリシーズ』の中のダブリンのことをそんな風に表現している。私にいわせれば——ここでグラッパをもう一杯——このミラノの出版社はトリエステが迷路だと主張しているわけではない。正反対である。トリエステに迷路めいたところがあったとしても、この地図が、慎重で注意深い読者にとっての鍵となるといいたいのだ。実際、オベルダン広場を見つけるのは簡単だった。

ジョヴァンニ・アントニオ・レヒナー・デ・レヒフェルト砲兵伍長（レヒフェルトはミュンヘンの西、シュヴァーベンの町）の地図を広げていくと、一目でわかった。一八〇一年の時点なら、丘陵から波止場までトッレンテ通りに沿って流れるトッレンテ〔早瀬〕に乗れば、市場から兵舎まで、浮かんだままで行き着けそうだ（川に覆いがかけられ暗渠になるのは後のこと）。それにしても、ナポレオン時代の帝国都市と自由港の姿の、なんと明快、なんとわかりやすいことだろう！　地図上で上と左右を画すのは、整然と樹木が植えられ、セピア色に濃淡のついた丘や畑。下は、青く澄みわたった、海岸、港、入江が形づくる半円。トリエステの町自体は、旧市街と新市街の中にほぼシンメトリカルに畳み込まれていて、旧市街の方は、サン・ジュストの丘から、モーロ・サン・カルロ〔サン・カルロ突堤〕のそばの「マンドラッキオ」すなわち、小さな埠頭まで、ジグソーパズルのようにあふれ出る。新市街の方は、長方形のブロック状に新たに区画整理された、啓蒙時代独特の碁盤の目のまん中を、マリア・テレジアのカナル・グランデ〔大運河〕が貫通し、左端は小さな運河、右端は鈍角で曲がる「ト

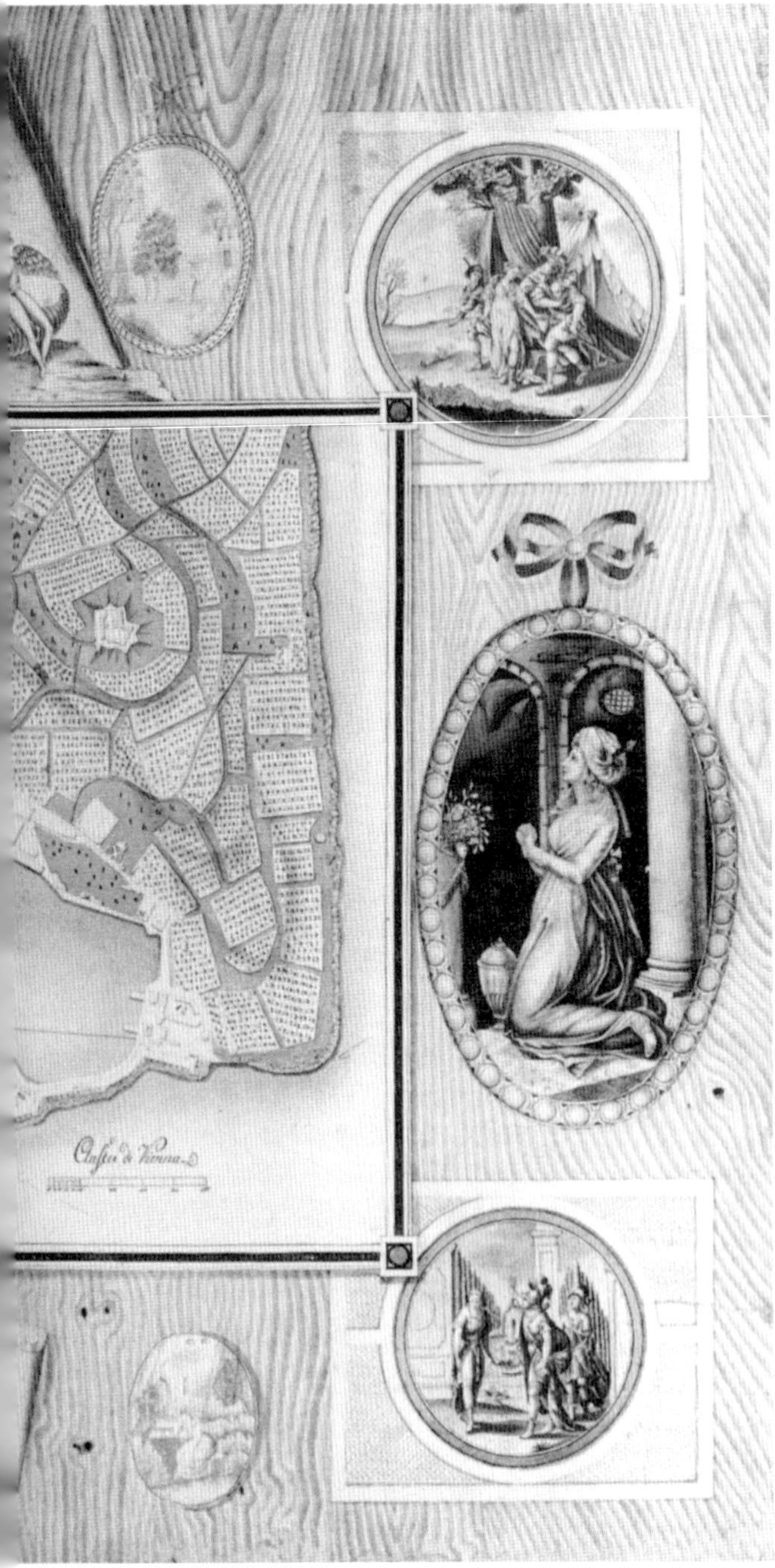
Clafter de Vienna

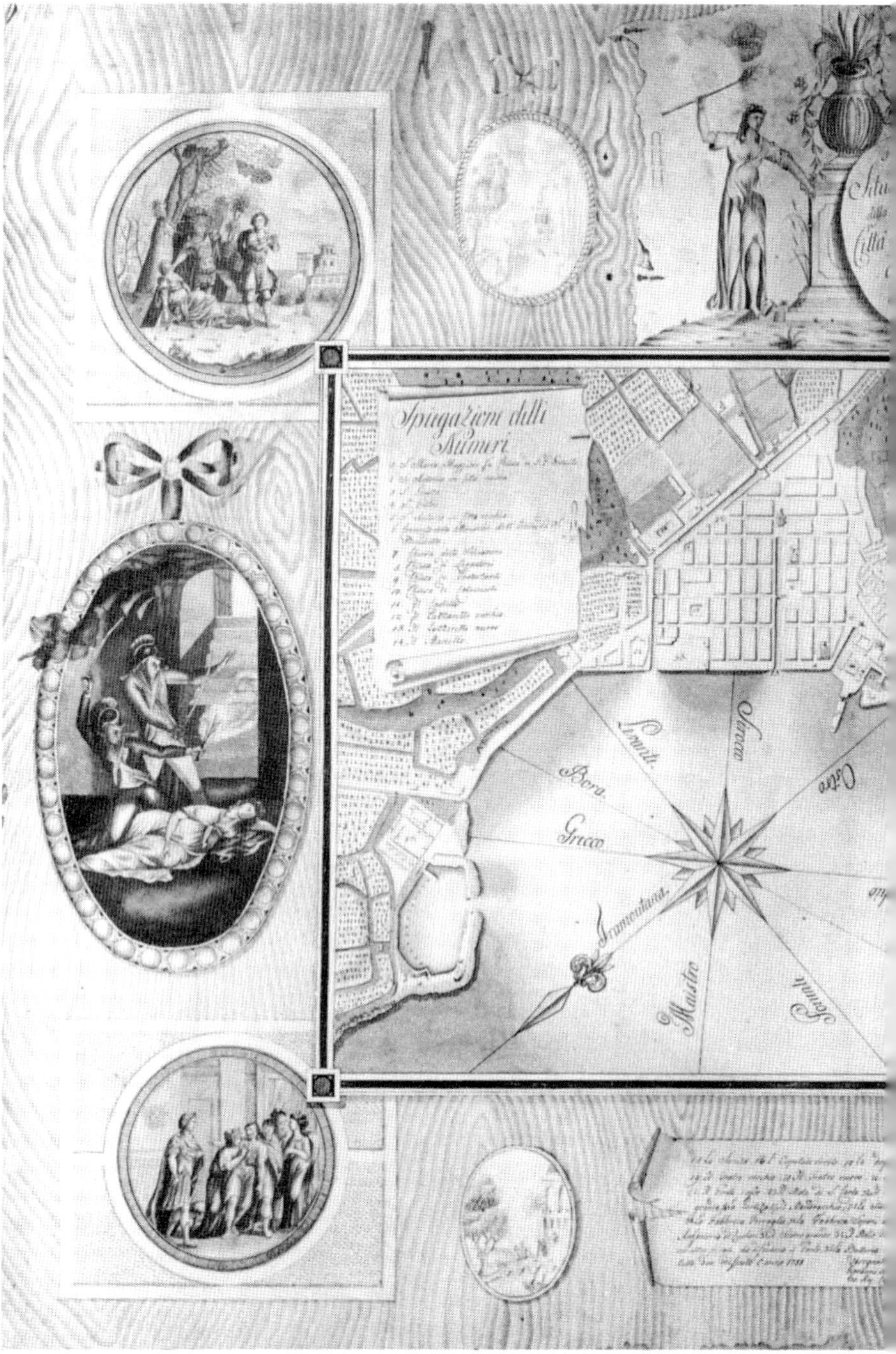
Spiegazioni delli Numeri
Levante
Scirocco
Ostro
Bora
Greco
Tramontana
Maestro
Ponente

ッレンテ〔早瀬〕によって区切られる。砲兵伍長のこの世界の中では、黒いインクで書かれた数字が、重要な建造物——主要な教会、ラザレット通り、市庁舎、帝国総督府、要塞、工場——の所在地を示し、伍長自身が優雅な筆記体で記した、巻物を模した凡例に結びつけられる。

　地図の右下、湾の沖合には、もう一つ、ウィーン尺貫法による測量の縮尺率を表示した小さな距離尺が記されている。また、大きな青い入江のほぼ中央には、イタリア語で「ローザ・ディ・ヴェンティ〔風の薔薇〕」と呼ばれる巨大な風配図が、風の方向を示すしゃれたイタリア語の呼び名とともに描かれている……トラモンターナ、グレコ、レヴァンテ、シロッコ、オストロ、リベッキオ、ポネンテ、マイストロ……そして、北と北東の間をさらに二等分する特別な点線は、名高いボーラ……

（昨日、私はアウダーチェ突堤の端に、風配図を見つけていた。それは、腰を下ろせる位の低さのコンクリートの支柱の上に置かれた、大きな鉄の円盤だった。サーバが娘に書いた傷心の詩。「埠頭は、花束を、風の薔薇を差し出した。まんなかには、第一次大戦末、イタリアからこの地に初めて停泊した駆逐艦アウダーチェの名と、日付と、功績が彫られていた。縁には、風の名。名高いボーラのところには、突風を吹きつけているグロテスクな頭……」）

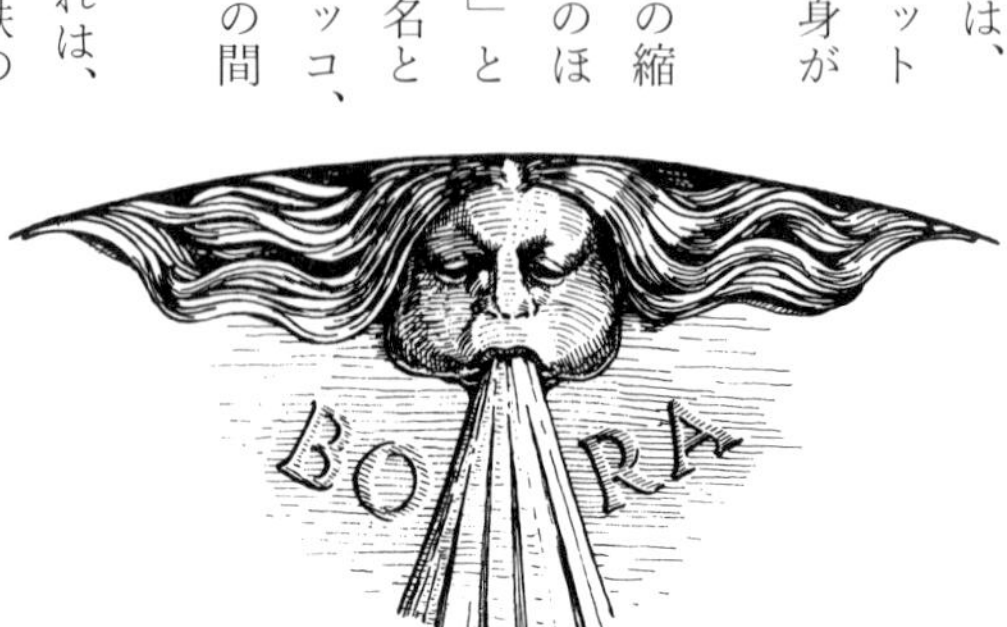

　砲兵伍長の世界では、「アッズッラ〔碧色〕」がなんと美しく輝くことだろう。都市の、ひいては宇宙の秩序という、澄みきった意図を映す色。グラッパをすすりながら、あの場所に座って風の薔薇を眺めているような気分に私はなれた。ホテル・アル・テアトロの小部屋にいても、気持ちがやすらぎ、

くつろげた。だが、この地図の仕掛けはそれだけではない。

ジョヴァンニ・アントニオ・レヒナー・デ・レヒフェルト砲兵伍長は、自分の世界を、木目の見える板張りの壁に貼り付けたという設定で描き出していたのだ。六インチ幅の余白に彼は、歴史上のできごととおぼしき絵柄をあしらった。額縁の形は、ピンクの四角の中に緑の縁取りの円か、壁の羽目板にピン留めされた緑のリボンから吊り下がる、宝石入りの楕円形のメダリオン。みごとなできばえのだまし絵だった。

上の余白には、端が丸まり、少し裂け目も入った羊皮紙の巻物が掲げられ、その中で、長いローブを身にまとい、険しい顔つきの長身の女性が、煙のあがる松明《たいまつ》をふりかざしている。かたわらには、有翼の天使が、コルヌコピア〔豊饒の角〕の上に腰をおろす。「自由」と「繁栄」の寓意と、私は見た。「自由」が指さす銘板には、「トリエステ帝国都市と自由港の姿」と記されている。下の余白には、一回り小さな巻物に、日付（一八〇一年三月、これを描く）と、画家の名前と身分。しかし、私が興味をひかれたのは、歴史画とおぼしきものの方だった。

囲みのある地図の四隅に置かれた四つの円の中の絵は、人物の持ち物から見て、古代ローマと思われた。ひもで束ねた髪、羽根飾りのついた剣闘士風の兜、チュニック、金属の胸当て、ローブ、サンダル。いずれもこの時代のファッションの特徴である。テントから出てきた若い男女が、鎧を付け、剣に手をかけた兵士に出会い、驚愕する。憂い顔のふくよかな娘が、糸杉が並ぶ庭園で、二人の兵士の出迎えを受ける。宮殿の中では、月桂冠を頭に巻いたカエサル風の人物が、顔から血を流す男を冷ややかに見つめ、指を突き立てる。男は二人の女性に支えられ、その背後では、べつの二人の女性がなにやらささやきを交わす。塔の見える町の城壁の外で、死にかけている女性。その頭を支え、逆上するのは、派手な鎧に身を固めた戦士。花環をかぶった、簡素なチュニック姿の若者は、すがるように両手を握り合わせ、空をふり仰ぐ。

これらの絵の中に、城壁の建設を命ずるオクタウィアヌスの姿を探す者。今ならさしずめグラッパを愉しむようにプロセッコの白ワインを愉しんだ、美しい皇妃リヴィアを探す者。第十軍団の戦旗や軍旗を探す者。カルソのはずれを手中に収め、さらに軍を進めて、イタリアへ侵入をつづけるアラリックだかアッティラだかアルボインだかの姿を探す者。これらの古典的絵画の意味を読み解こうとする者。誰も決め手を見つけることはできなかった。

しかし、左右の二つのメダリオンは、より大きく、絵柄が派手で、与える印象も強い。身なりや装飾品から推して、画家と同時代の設定と思われた。左では、長靴、タイツ、燕尾服、羽根飾りの付いた軍帽という軍装の二人の竜騎兵が、今しも扉を蹴破り、急な階段を駆け下りて、薄暗い部屋に入ったところ。石の床の上には、金髪の若い娘が眠っている（それとも、死んでいる?）。サーベルを引き抜き、振りかざす二人。一人は松明をかざして周囲をうかがう。驚いているのか、それとも威嚇のしぐさか。

右の絵では、頭にターバンを巻いた金髪の若い女性が、ローブにケープ、サンダル姿で、チャペルとおぼしき場所でひざまずき、祈りを捧げる。かたわらには壺。祭壇脇の柱の上には花が飾られている。

金髪の二人の女性が同一人物かどうかは知るよしもない。一八〇一年というと、マリア・テレジアはすでに二十年前に亡くなっている。ボナパルト将軍の軍隊は、四年前、短期ではあったがこの町を占領し――トリエステを見舞った三つの災厄の一番目――マレンゴでオーストリア軍を打ち破ったところだった。十三年後には、ドメニコ・ロッセッティが、林檎の小枝を持つ美青年の音楽劇を書き、ナポレオンの脅威の終わりを言祝ぐことになる。美青年をネメシス、傲慢、不安、重税の寓意から救い出すのは、アウストリア（オーストリア）という名の才色兼備の女性だ。それでは、金髪の娘はアウストリアだろうか？　それとも、二人の女性それぞれが、トリエステの寓意――危機に瀕したトリエステ、救いを祈るトリエステ――なのだろうか？　いずれにせよ、これら一連の額縁画は、謎と示唆には富んでいたが（実際、見る者の頭を悩ました）、それらの角がぶつかり合う、黄褐色と碧色で描かれた晴れやかな鳥瞰図とは、強引なほどの対比をなしていた。

うとうとしながら、私はグラッパを飲み干した。

いったい、ジョヴァンニ・アントニオ・レヒナー・デ・レヒフェルトとは何者だったのか？　私に言えることは、彼が才能ある製図家でありながら、オーストリア帝国軍の砲兵伍長として、将軍ナポレオン――将軍から第一執政、第一執政から皇帝となったナポレオン――と戦う軍役に駆り出され、その才能をあたら浪費したことだけだった。彼はイタリア語で書いた。ウィーン尺貫法で距離を測った。そしてまちがいなく、自分を偉大な中央ヨーロッパの帝国の臣民にして僕《しもべ》であると思っており、その名は――ある意味、イタロ・ズヴェーヴォというペンネーム（「シュヴァーベンのイタリア人」の意）とも似ているが――おそらく、ドイツとイタリアの祖先が入り交じっていることを意味していた。彼は美しい地図を作りあげた。では、絵の謎はどこまで意図したものだったのか？　レヒフェルトがシュヴァーベンの古い町だとしたら、そのことは何かを示唆しているのだろうか？

私は地図を丸めて、筒に戻してから、服を脱いだ。外の時計が一回鳴った。夜中の一時か（べつの時計が一分四十五秒後に鳴ったらの場合だが）、それとも、なんとか時十五分か。夜は更け、通りはいつになく静かだった。バール・レックスは閉店していた。ホテルの外で、誰かがくすくす笑う声が聞こえた。窓の庇に鳥がぶつかる羽音が聞こえた。表紙に迷路を掲げた市街図が、枕元のベッドスタンドにきちんと折り畳まれている。それ以上時計は鳴らず、なんとか時十五分が確定する。薄暗い電球が頭上でちかちかとまたたいていた。
ベッドに横になると、いくつかの幸先のよい思いつきが頭をよぎった。まず、クレタの迷路作りのダイダロスの名にちなみ、迷路を意味するイタリア語が「デーダロ」であること。

なにびとも解きほぐせなかったその迷路を、
王の娘の深い愛にほだされて、
彼、ダイダロスみずからが、
闇の中の曲がり角と袋小路の罠を断ち切った。
ほどいた糸玉で、盲いた者を導いて。

そして、ディーダラスは、ジョイスの『若い芸術家の肖像』（全篇トリエステで執筆）の主人公の名であり、しかも、この偉大な小説のイタリア語の訳題がまさに『デーダロ』だったこと。おそらくイタロ・ズヴェーヴォは、執筆途中でこの小説に目を通した最初の人物だったと思われる。さらに、この地図を買ったのが、ピンクの矢が目印のイタロ・ズヴェーヴォ書店だったことも。地図の表紙の迷路が、私の目の前で揺らいでいる。どうやら私はもう目を閉じていたようだ。
相変わらず、車が通過するたびに、天井に投げられた淡いオレンジ色の縞模様が、さざ波のように揺らめいたにちがいない。だが、私は眠りを愉しんでいた。薄暗い電球は、朝までちかちかとまたたいていた。朝食のノックの音に、私は起きてスイッチを切った。

部屋の空気が肩を冷やした。ベッドにそっともぐりこみ、体を伸ばし、妻の隣に寄り添った。一人、また一人と、皆、影になっていった。老いてみじめに色褪せ、しぼんでゆくより、いささかの情熱がなお輝くうちに、ひるまず他界におもむくほうがましだ。

ジェイムズ・ジョイス
『死者たち』

みずからを炎と燃やすこと
カルロ・ミヒェルシュテッテル★

トリエステの三人の殉教者

これから述べる三人を結びつけるために私が選んだ手がかりには、誰もが納得するわけではないだろう。とはいえ、そのうちの二人は、至高の大義（二人、まったく異なるものだったが）と信じるものに殉じて死ぬことを選び、もう一人は、多くの信奉者が厳粛な務めと讃えた行路の帰途、不名誉な横死を遂げて名を知られた。ジュスト（英語ではジャスティン）は、三〇三年、重い石を体にくくりつけられて、トリエステ湾に投げ込まれた。ヨーハン・ヴィンケルマンは、一七六八年、現在のウニタ広場に面する大きな宿屋の一室で、首を絞められ、刺し殺された。グリエルモ・オベルダンクまたはオベルダンは、一八八二年、現在もその名が残る広場で絞首刑に処せられた。聖人、美学者、領土回復論者……いかにも不釣り合いな三人だが、それぞれが目指すものに出会ったこの町の多様性を考えるには、何かの手だてとなるかもしれない。いずれにしても、三人が三人とも、この町の最も名高い亡霊であることはまちがいない。

聖ジュスト

一九一五年十一月二日、ジェイムズ・ジョイスは、チューリヒからダブリンの友人に宛てて、手紙を書いた。「今日は、トリエステの守護聖人、殉教者聖ジャスティンの祭りの日。私はあの町で過ごした多くの日々に感謝して、たぶん、安い小さなプディングをどこかで食べることにする」。このジュストを、異郷の神々への生け贄を拒んだために ローマで首を斬られた、はるかに名高い聖ジュスト（ユスティヌス）と取り違えてはならない。トリエステのジュストのことは、『黄金伝説』にも、バトラーの標準的な『聖人伝』にも、ペンギンブックスの『聖人事典』にも載っていない。じつにローカルな聖人である。

つい最近まで、彼の右肩胛骨が、銀の聖遺物入れに納められ、サン・ジュストの名のついた大聖堂に安置されていた。この丘も大聖堂の名で呼ばれたが、サン・ジュストの丘となる前は、カピトリーネの丘だった（百五十年前までは、ティベル山とも呼ばれていた）。ミネルヴァ、ユノー、ユピテルと、ローマ神話の神々を崇めるための神殿の礎石の上に、この大聖堂は築かれた。ジュストは、ディオクレティアヌス帝によるキリスト教徒への激しい迫害のさなかに殺された。現存するこの聖人の図像としては、鐘楼の扉の上に掲げられた、十二、三世紀のビザンチン様式の像があり、教会内部には、通称サン・ジュストのマエストロによる、十四世紀末のフレスコ画がある。フレスコ画には、聖ジュストの最後の日々、その死、死後の奇蹟が、迫真の筆致で描かれている。ジュストとセルジョ（おそらくセルヴォロ）、二人の聖人を左右に配した、チャーミングな聖母子のフレスコ画は、十六世紀半ばに、大画家ヴィットリオ・カルパッチョの息子によって描かれたもの。これらの作品は皆、聖人暦に記録された命日、三〇三年十一月二日から、千年以上を経た後に作られている。

サン・ジュストのマエストロもベネデット・カルパッチョも、尋問のためにローマ総督ムナティウスの前に引き出されたジュストが、まだ十六かそこらの美少年であったことを伝えている。ディオクレティアヌスの治下においては、地下教会の信徒と疑われただけで即、死罪に値した。ジュストもまた例外ではない。『アクタ・サンクトールム〔聖人列伝〕』によれば、刑罰はまさに港町にふさわしく、

「首と両手両足に鉛の塊を結びつけ、海底深くに投げ込むべし」というものだった。祭壇上のフレスコ画には、ずんぐりした塔にまず幽閉されたジュストが、眠りこむ牢番のすきを見て、祈りを捧げる姿が描かれている。次の絵では、三人の兵士が待つ船へと、重い石を運ぶ——この地の伝統では、判決通りの鉛の重りに代えて、カルソから切り出された石灰岩が用いられた——ジュストの姿。その数分後、湾の沖合でジュストは甲板から突き落とされた。魚が数匹と、うなぎが一匹、海中から興味津々の目を向けている。すでに聖人の頭に射していた光輪の輝きに惹きつけられたのか。だが、その体は沈んでいない。

四枚目のフレスコ画は、海岸と、テルジェステの城壁内の一室にスポットを当てる。敬虔なセバスティアーノ神父は、自分をリーヴァ〔海岸通り〕にさし招くいまわの際のジュストの姿を夢に見る。浜辺に出た神父は、ランテルナ、すなわち現在の灯台のそばの砂浜に横たわる聖人の亡骸を見つける。その胸元には、重しの石をくくりつけたままの両腕が、やすらかに組まれている。重さは沈むという自然の摂理に逆らい、アドリア海最北の慈悲深い海流に乗って、ここまで運ばれてきたのだ。セバスティアーノ神父は驚異の思いに打たれてひざまずき、祈りを捧げる。殉教者の亡骸は、その時点では、町の南西の城壁外の聖地に埋められたが、数百年後、新たに建造された大聖堂に移され、天国へと召される。

天国での聖ジュストの絵には、通例、シンボリックな持ち物が添えられる。カルパッチョの絵では、片手には殉教者につきものの棕櫚《しゅろ》の枝、もう片手には、赤子のように抱きかかえられた町の雛形。大きな石か卵のような形をした金茶色の雛形には、海側から見た中世の町がそっくり写し取られている。丘の上には、ひろい広場と大聖堂。そのふもとから、視界からはずれた埠頭まで、小さな家が立ち並ぶ。町全体は、櫓《やぐら》に似た九つの城門とそれをつなぐ城壁によって完全に囲まれている。聖ジュストはトリエステの守護聖人だが、生まれからいっても、海が殉教の舞台となったことからも、その地位に似つかわしい。

展示されていた聖ジュストの右肩胛骨が、容器ごと盗まれたのは、それほど古い話ではない。正体不明の泥棒は、これまでのところ捕まっていない。聖遺物入れが納められていた壁龕《へきがん》の輪郭は、後光ならぬ、見苦しい日焼けの跡をさらしている。しかし、信仰心のなせる業か、たかが人骨と見くびったのかはさだかではないが、中身の肩胛骨は容器から取り出され、その場に投げ捨てられていた。骨が現在、どこにあるのか、私は知らない。

カルパッチョの聖母子のフレスコ画で、聖ジュストの反対側にいるのは、聖セルジョ。じつは聖セルヴォロだと唱える者もいる。どちらにしても、トリエステ生まれではなく、この地で死んだわけでもない。セルジョ／セルヴォロは、この町にローマ軍の兵士として駐留した折りに、キリスト教に改宗したと言われている。しかし、過激な信仰心が災いし、ジュストの処刑と同じ年、シリアで首を斬られた。そのとき、輝く百合の花の形をした矛槍が、彼の死を告げる証拠として、天空から丘の上の広場にガシャリと落ちた。これもまた奇蹟である。

この矛槍が、トリエステ市のメインシンボルとして、市章に用いられている。聖ジュストへの義理を欠く扱いだが、かといって、重しの石では、イコンとしての魅力に乏しい。ともあれ、聖ジュストには大聖堂もあれば丘もあり、文句なしの町の主聖人にはちがいない。

私は矛槍の現物を見に、サン・ジュストの丘に建つ市立歴史美術博物館を訪れた。おそらく年月のせいで黒ずんだ矛槍は、卵のような形をしたイストリア産のつやつやした大石のてっぺんに置かれていた。トリエステの人々はこの石のことを「メロン」と呼ぶ。方言による古謡を引く。

ローマに聖人ペテロあり。
ヴェネツィアには獅子像あり。
われらには古いメロンと、
聖ジュスト。

十七世紀末の歴史家ヴィットリオ・スクッサは、このメロンを、食べてよし、教導の手だてともなる果物の寓意と解釈する。冷たい味覚は夏の日盛りのほてりを冷まし、「隣人の胸に兆すやもしれない邪心を、さりげない導きによって和らげる、町と聖人の人なつこさにも通じる」という。一方、図像よりも歴史を重んじる向きは、このメロンを、ジュストが抱えた石の形象化と見る。その場合、矛槍は、あのどっしりとした、それでいて謎の浮力をもった石の上で、揺るぎない天への意志をかたどることになる。

遠い昔には、矛槍もメロンも、大聖堂の鐘楼の尖塔飾りとなっていた。一四二一年、雷が二つの遺物に落ちてからは——この町にとっては、まさに受難の時代だった——安全のために取り外され、隣の広場の小さな柱に移された。市立歴史美術博物館の一室を今の住まいとする前は、領土回復論者や熱心な信者は、近くの石碑展示室（ラピダリウム）に並べられた古代の遺物の中に、二つの宝を拝むことができた。この石碑展示室を、トリエステの町は、浮かばれないヴィンケルマンの亡霊に捧げている。

ヨーハン・ヴィンケルマン

サマセット・モームが、ある商人の召使いの話を伝えている。市場で出会った死神の脅しにおびえた召使いは、運命の手から逃れるために、バグダッドからサマラまで、一目散に逃げ出した。その日、商人もまた、死神に出くわし、くだんのしぐさについて訊ねると、死神は答えて曰く、「べつに脅したわけじゃない、は

っと驚いたのさ。びっくりもするさね、今夜サマラで会うはずだった男をバグダッドで見かけたのだから」。この残酷な運命の皮肉な顚末は、トリエステで迎えたヴィンケルマンの最期についてもあてはまる。

ヴィンケルマンの死は、ヨーロッパの地図の中でトリエステの名を一挙に高めた。

かのオクタウィアヌス、後の皇帝アウグストゥスが、崩れた城壁を修復させたことも、ローマのトラヤヌス帝の記念柱のどこかに、トリエステに駐留するローマ軍兵士の図が描かれていることも、ダンテがおそらくこの地に滞在したことも、そのエピゴーネンのファツィオ・デッリ・ウベルティが、中世版ベデカー、つまりは旅行案内にこの地を取りあげたことも、縁遠い歴史の挿話にすぎない。ただし、ひと握りの領土回復論者――彼らが生きたのは、ヴィンケルマンの遺骨がサン・ジュスト大聖堂の脇の共同墓地に永久に姿を消してから百年後――は別かもしれないが。一七一九年、神聖ローマ皇帝、オーストリアのカール六世は、トリエステを自由港にさだめた。また、十八世紀半ば、娘のマリア・テレジア皇妃は、古代の防壁を解体し、町を海に向けて押し広げ、それによって、次世紀の国際港への急転換の土台作りを始めた。だが、そうしたことに興味をもつ者の数は、現代の重商主義研究家を除けば、多くはあるまい。マリア・テレジアと息子のヨーゼフ二世のもとで、トリエステの中心部は、サン・ジュスト広場から、ウォーターフロントのそばのピアッツァ・グランデ、つまり北西部と丘のふもとに移された。建設中の大きな突堤には、当初は、皇妃とその父親をそれとなく讃える名前――テレジア突堤、サン・カルロ突堤――が付けられた。しかし、こうした話題はどれも、地元の――あるいは、たかだかウィーンの――人々の、お国自慢の種にすぎなかった。

一七六七年、ピアッツァ・グランデの、新政庁に隣接する一角。広場中央のイオニア様式の柱に立つ大理石のカール六世像が人差指を向けた先、新しい港湾設備に面したその場所に、皇帝配下の建築家が、町一番の宿屋、ロカンダ・グランデの大規模な改修工事を完成させた。四階建て、部屋数四十。中庭、馬小屋、終日営業のカフェ付き。新しいロカンダは一世紀強しかもたなかったが（一八七二年、結局、ミラマーレ城の人気に負けて取り壊された）、一七六八年、開業から丸一年を迎えたこの年に、並ぶ者なき名声の持ち主が客として訪れた。だが、その名が明かされたのは、検死のときが初めてだった。

ヨーハン・ヨアヒム・ヴィンケルマン。『ギリシア芸術模倣論』や『古代美術史』の著者として令名を馳せ、聖庁付考古学者、アルバーニ枢機卿のローマの館の図書顧問を務めた。当時、五十五歳のヴィンケルマンは、迷いに迷ったあげく、ようやく祖国ドイツにもどる決意をかためた。十三年にもおよぶイタリア生活の末の、ヴィンケルマンの北帰行は、凱旋帰国となるはずのものだった。ミュンヘン、ドレスデン、デッサウ、ベルリンと、行く先々で崇拝者たちが彼をもてなした。実際、十九歳のゲーテは、この名士がアンハルト゠デッサウの啓蒙君主のもとに滞在予定との報を聞くと、友人らとともに、ただ一目仰ぎ見るための旅を計画した。「氏と語らおうなどとは不遜のかぎり、その姿を瞥見できればそれでよかった」。ゲーテは自伝にそう記している。「はるか高みの貴人たちのそぞろ歩きを自分の目で眺めるために、今度はここ、次はあそこと、待ち伏せの手だてを考えた」

しかし、ヴィンケルマンとその同行者、彫刻家のバルトロメオ・カヴァチェッピがロンバルディアを出立し、ブレンナー峠にさしかかると、ヴィンケルマンはたちまち、眼前の山々の高さ、険しさはもとより、山道に並ぶアルプスの山小屋のきつい傾斜の屋根にまで恐れをなして――カヴァチェッピが後に語った言葉によれば――「あきれるばかりの弱音」を吐いた。「友よ、見たまえ。なんとひどい、なんと恐ろしい景色だろう！」馬車ごと破滅へと躍り込む自分の姿をそこに見た。カヴァチェッピが冷やかそうが、なだめすかそうが、祈りにも似た、抑揚のないつぶやきを繰り返し洩らすのがやっとだった。「トルニアーモ・ア・ローマ（ローマに戻ろう）」

あきれ果てたカヴァチェッピは、友が正気を失ったものと見限った。近年、ヴィンケルマンの伝記を著したヴォルフガング・レップマンは、この最後の日々の「ヴィンケルマンの心理は測りがたいが」と前置きしたうえで、祖国への帰路、神経衰弱に陥ったものと診断をくだした。旅はミュンヘンの北のレーゲンスブルクで中止することになった。カヴァチェッピはせめてウィーン経由でローマに戻るようにヴィンケルマンを説き伏せることができた。なぜなら、オーストリアの宮廷に手渡すための、アルバーニ枢機卿からの言伝を預かっていたからだ。ウィーンでヴィンケルマンは、マリア・テレジアと宰相のカウニッツ公に迎えられ、祝宴のもてなしを受けた。二人から金メダル二枚、銀メダル二枚を拝領したが、高熱を発して床についた。心身ともに病み疲れ、これ以上旅はつづけられない、ただちにローマに戻るつもりだと、ヴィンケルマンはデッサウに書き送った。ローマへの手紙には、出迎えの準備を命じている。

ウィーンの病院のベッドに横たわり、「顔面蒼白、体は震え、死人のようなうつろな目で」別れを告げたとカヴァチェッピが回想する、憐れむべき男と、トリエステのロカンダ・グランデにシニョール・ジョヴァンニの名で投宿した、上品な物腰の、落ち着き払った紳士とでは、これが同じ人物かと疑うほどの隔たりがある。ウィーンを発ち、ライバッハ（現在のリュブリャナ）経由でカルソを越え、トリエステにたどりついた四日間の旅は、心からくつろげる場所、北方で彼のまわりに群がる人々から受けた重圧感から解放される場所へと戻る最初の行程であり、気鬱に苦しむ旅人にとっては願ってもない気散じだったにちがいない。数日後にアンコーナへ発つ船を探す手伝いをした、ロカンダの隣室の客、フランチェスコ・アンジェリスは、シニョール・ジョヴァンニは感じのよい紳士だったと述べており、「ユダヤ人かルター派信者かなにか」だと思ったと警察に供述した。というのも、周囲の人々とは交わらず、アンジェリスが彼の部屋を訪ねると、いつも奇妙な言葉で書かれた大きな本を読んでいたから。

奇妙な言葉とは、ホメロスのギリシア語であり、読んでいたのは『オデュッセイア』だった。シニョール・ジョヴァンニは、この新しい友人に、金銀のメダル二枚ずつを納めた木箱も見せ、皇妃直々《じきじき》の贈り物だと説明した。だが、さらにこう付け加えた。「これは君にだけしか見せないものだ。私が金持ちだと宿屋の主人に知れたら、一ギルダーは高くぼられるからね」。「このとき」と、フランチェスコ・アンジェリスは回想する。「メダルを盗もうという気持ちが起きました……あの男を殺そうと決めたのです」

翌日の昼頃、フランチェスコ・アンジェリスは、隣室に最後の訪問をした。驚くシニョール・ジョヴァンニを、最初はロープで絞め殺そうとした。相手が抵抗すると、今度は、黒い骨の柄《つか》の付いた大きな肉切りナイフを取り出し、胸と腹を七回刺した。(「神様に会う用意をするがいい。くらえ！」)争う音を聞きつけて、給仕が扉の外に駆けつけた。度を失った暴漢は、メダルをその場に残したまま、逃げ出した。その数日後、イストリアで捕まった。

シニョール・ジョヴァンニについてのフランチェスコ・アンジェリスの記憶は、オーストリア警察に対して行った自白の一部として書き留められた。その後、ロカンダの外のピアッツァ・グランデで、車責めにかけられ、八つ裂きにされた。フランチェスコ・アンジェリスの本名は、ピストイア出身のフランチェスコ・アルカンジェリだった。料理人、ポン引き、逮捕歴のあるこそ泥——どう転んでも、死の大天使《アルカンジェロ》。襲撃から六時間後に、身元を明かさないまま息を引き取ったシニョール・ジョヴァンニの正体は、そのパスポートから、「ヨーハン・ヴィンケルマン。帰路につくローマの古美術担当長官」と判明した。

ようやく北に伝えられた一報は、ゲーテや友人たちを「青天の霹靂《へきれき》」のごとく直撃した。これでもう、デッサウに出向く必要はなくなった。「この途方もないできごとは、途方もない波紋を呼んだ」とゲーテは後に書いている。「世界が喪に服し、涙に暮れた。ヴィンケルマンの時ならぬ死は、彼の人生の価値について深い関心を呼びさました」。ヴィンケルマンを失った衝撃はヨーロッパ中に波及したが、トリエステでの八日間に繰り広げられた、犠牲者と殺人者の間の不審な関係——昼は連れ立って埠頭を散歩し、夜はヴィンケルマンの部屋で夕食をとった——については、表だった形ではないが、取り沙汰もされた。『イエナ・タイムズ』〔遠い昔、ヴィンケルマンはイエナ大学で学んだ〕に掲載された、戯文調の「クロノグラム」〔文中の大文字のローマ数字をつなぎ合わすと年号になる銘文〕もその一つ。

VVInCkeLManno
tergestI
trVCIDato
salve

〔ヴィンケルマン／テルジェステにて／惨殺され／安らかに召される。大文字はローマ数字にも読め、つなぎ合わすと凶行の年、MDCCLXVIII＝一七六八となる〕〔VとVを上下に重ねるとXになる〕。しかし、ウォルター・ペイターの厳粛な崇敬の念は、『ルネサンス』の「ヴィンケルマン」の章にも見られるように、その後の世論の流れを決定づける。「あたかも神々が、彼の帰依に報いて死を賜ったかのようだった。その素早さ、そのタイミングは、彼にこそ似つかわしいものである」

ヴィンケルマンはトリエステのものである。ローマのものとも、彼が目にすることのなかったアテネのものとも言えるが、それとはかなり違った意味で。ヒュー・オナーが指摘するように、ヴィンケルマンは、新古典主義運動の詩人であり、幻視者だった。サン・ジュストの丘のふもとに広がるこの新しい町に、ハプスブルク時代が残した、行儀のよい建築の多くが、新古典主義の彩りを帯びているというのは、因果はめぐるとでもいうほかはない。大聖堂のそばの石碑展示室にもうけられた、ヴィンケルマンに捧げられた小さな聖所は、公徳心にあふれたドメニコ・ロッセッティが出資をして作らせたもので、シルヴィオ・ベンコはトリエステの償いの証とこれを呼んだ。（「冒瀆《ぼうとく》を受けた寺院として、再び聖性をとりもどす」）

トリエステ滞在最後の週に、私はそこを訪れた。管理人が鍵をはずして入れてくれた。ほこりっぽい骨董品のごたまぜの中に、カノーヴァの弟子の一人が制作した浅浮き彫りの大理石像がある。トーガと月桂冠を身につけ、啓蒙の松明《たいまつ》を高く掲げた、理想化されたヴィンケルマンが、古典古代の遺品の山——胸像、アンフォラ、悲劇の仮面などなど——を、彼にかしづき、賛嘆の目を向ける七人のミューズ〔詩神〕に示している。

（と、ここまでが、暗がりの中で、どうにかつなぎ合わせた私の推論。だがここで、背後の管理人がふたたび咳をした。時間の合図だった。手間賃代わりのチップを受け取ると、管理人は部屋の掛け金を下ろした）

グリエルモ・オベルダン

亡霊または亡霊愛好家にとっても、編年史の研究家や歴史の奇妙な暗合の収集家にとっても、一八八二年は、前兆がたっぷり詰まった年である。その一。アイルランドの中の、未回復のイギリス植民地、ダブリン南の郊外の町ラスガーで、ジョイムズ・ジョイスが生まれる。その二。トリエステでは、二十一歳の誕生日を迎えた、ウィーン・ユニオン銀行の事務員、エットレ・シュミッツが、領土回復論者の牙城『インデペンデンテ』誌に、人生二番目の記事（小説の戯曲化の難しさについて）を寄稿する。その三。同じくトリエステでは、シュミッツの未来の舅、ジュゼッペ・モラヴィアのすぐれた発明品「シミエール」が、万国博覧会で金メダルを受賞。新たに開発された油や獣脂を調合した、やかましい馬車の車軸に塗るための潤滑油である。その四。結婚斡旋所の仲介で、ウーゴ・ポーリという名の、つかみどころのない男が、四千オーストリア・フロリンを支払い、キリスト教徒の洗礼名をアブラハムに改名。割礼も受け、中古家具商をいとなんでいたラケーレ・コーエンと結婚した。（その息子で詩人のウンベルト・サーバは、後年、結婚斡旋人の名が「トンバ＝墓」だったことを知り、ショックを受ける。はたして、この結婚は翌年には破綻。サーバはこの年に誕生した。）

しかし、一八八二年は、政治の世界でも、凶事の前兆があった年である。イタリア統一の老雄ガリバルディが死に、彼が産婆役を果たした幼いイタリア王国が、さらに年少のドイツや、これ以上の皮肉はないが、仇敵オーストリアとの間に三国同盟を締結した。

そして、一八八二年は、トリエステ万博が、単なる見本市とも、ヨーロッパの通商界にトリエステありと知らしめるための好機とも、似ても似つかないものになった年でもある。博覧会は、ウィーンの閣僚とトリエステの実業家たちが共同で立案・主催したもので、オーストリア併合五百周年の記念行事だった。一三八二年、この町はオーストリアにとって、アドリア海への最初の出口となったのである。

併合から五百年を経て、一三八二年は、トリエステにとってなにかと悩ましい年として思いおこされる。地元の富商にしてみれば、実感が伴わない、遠い過去の話とはいえ、その後の繁栄への足掛かりとなる、明るい兆しの見えた年である。実際、この足腰の弱い田舎町は、イストリアや、とりわけ、西の強国ヴェネツィア共和国など隣国から、さんざん悩まされつづけてきた。そこで、この一三八二年、みずからを、カリンティア、カルニオーラ、チロル大公であるレオポルド三世への、つまりは実質的にハプスブルク家への、「自由で、自発的な」貢ぎ物としたのである。機が熟せば、オーストリアはトリエステを庇護するだけでなく、自由港の建設者としての特権的な地位を築き上げ、港の上得意として君臨することになるだろう。

しかし、知識人や、失うものの少ない若者（敵視するのは、成功した実業家、商人、工場経営者）が主な担い手となった領土回復論者にとっては、一三八二年は領土略奪の年であり――アッティリオ・タマーロの比喩を借りるなら――異国の魔手が海にまで伸びた年だった。彼らにしてみれば、そんな年を大々的に祝うというのは屈辱以外のなにものでもなかった。

万博開催時、トリエステ駐在のイギリス領事を務めていた夫リチャード・バートン卿の伝記を著したイザベル・バートンは、八月の開会行事のことを次のように回想する。

> 町は、ヴェネツィアの議会会期中のように、一晩中、明るく照らし出されました。灯りのともったトリエステの姿は、そそり立つ山々を背景に、それはみごとなものでした。開会式にはシャルル・ルイ大公が参列なさいました……
>
> 何か月にもわたり、数え切れないほどの人夫たちが、海際の、サン・タンドレアと呼ばれるしゃれた遊歩道沿いに――ざっと一マイルはあったでしょうか――立派な建物を建設していました。この大切な日は、記念祝典、楽団の演奏会に捧げられ、夜にはモルプルゴ男爵［原注。トリエステの商人貴族で、バートン夫妻の友人］が持ち船を海に出し、イルミネーションを見に訪れた友人た

ちを招いて、甲板での夕食会を楽しみました。しかし、その夜、イタリアニッシミたちが町なかでエムート〔暴動〕を引き起こしたのです。

オーストリア軍の退役兵による松明行進のさなか、空中で爆発した一発のオルシーニ爆弾が、一瞬にして、町を恐慌に陥れた。バートン夫人が言う「イタリアニッシミ」とは、領土回復論者の中でも過激派で、領土回復論を支持するしないにかかわらず、一般大衆からは不人気だった。爆弾は多くの負傷者を出し、一人の見物客の若者が命を落とした。

翌日、万博会場から人の姿が消えた。これは政治的な理由というよりは、行っては危険と見られたからだった。バートン夫人によれば、「毎晩、楽団の演奏が行われ、アイスクリームやお茶菓子が用意されましたが、訪れる者はありませんでした」。ある朝、夫人は友人と連れだって、会場に足を運んでみたが、客の数は二十人にも満たず、「すべてがこのうえなく美し」かった。

爆弾は所期の目的を達したが、その反動もすばやかった。怒った市民が暴徒となり、イタリア領事館や領土回復論者の集会所になだれこんだ。警察はアジトの手入れを行い、非常線を張った。そして、九月十二日、オーストリア当局は、五百周年を祝うために、ハンガリー国王兼オーストリア皇帝フランツ・ヨーゼフが五日にわたりトリエステを訪れると通知した。前月の凶事を思えば、統治者の鷹揚さを誇示するような、思い切った対応ぶりだった。

八月二日事件の首謀者は、トリエステ人の二十四歳の若者だった。名前はグリエルモ・オベルダン。退役兵の行進を見ようと大通りに並んだ群集に混じったオベルダンは、爆弾を宙に高く放り上げ、建物の窓から投げ落としたかのように装った。その後の流血の惨事は、想定外の事故だった。

イタリア人とスラヴ人の混血という、この町の雛形ともいうべき血筋のオベルダンは〔オベルダンクとして生まれた彼は、ドイツ的な響きを嫌い、友人たちにはクを落として呼ぶように求めた)、長じるにつれて、二つのものにのめりこんだ。数学と、イタリアによるトリエステの領土回復である。オベルダンが奉じる英雄はマッツィーニとガリバルディだった。数学への関心が一種の拘束衣となり、彼の政治思想の「バイロン的ノスタルジー」に歯止めをかけていたのではないかとシピオ・ズラタペルは推測する。一八七八年、ウィーンで一年間、工学を学んだオベルダンは——世論の熱望にもかかわらず、オーストリア当局は、トリエステでの大学設置を認めず、学位を取ろうとする者はウィーンやグラーツやインスブルックで学ばなければならなかった——オーストリア陸軍の兵士としてボスニアに送られるのを逃れるために、国境を越えて、南の地ローマに旅立った。ローマでは、カルドゥッチのある詩の一節を引くなら、「ほんの昨日までは、晴れやかな碧緑色に輝くアドリア海を見つめていた」亡命の若者の一人となり、「いつになる?」と自問する。

仲間はオベルダンのことを、引っ込み思案で、超がつくほどの勉強家と評した。ルームメイトによれば、オベルダンは、夜の十時きっかりに、それまで読みふけっていた詩集を脇に置き、朝方まで数学を勉強するのが日課だったという。この徹底した引きこもりの暮らしぶりを初めてうち崩したのが、トリエステ問題の勃発だった。オベルダンは、集会やちらし配りなど、正規の政治活動の中で、領土回復論者の血をたぎらせた。

一八六七年、ローマ教皇領の無気力な市民に向けて発砲する計画中に急襲を受けた、ガリバルディ義勇軍のカイローリ兄弟に対して、オベルダンは公然と共感を寄せた。一度は、カイローリ兄弟のために開かれた記念行事で、突然、岩場に飛び乗り、群集を前にバリケードを築けと熱弁をふるったこともあった。このルームメイトはさらに、オベルダンの口癖についても触れている。「アジロ・アンケ・セ・ソーロ(一人でだって俺はやる)」

一八八二年の万博の開催がオベルダンに絶好のチャンスを与えた。逮捕され、軍隊から脱走兵として処罰される危険を承知のうえで、国境を越えて帰国したオベルダンは、ただ一人、ハプスブルク家によるトリエステ領有に対する示威行動を行った。その後、彼はローマに戻った。翌週、彼の個人主義的領土回復運動は、新たなスローガンを掲げる。「トリエステの大義は、トリエステ人の殉教者の血を求めている」。予告されたフランツ・ヨーゼフのトリエステ訪問が、その好機だった。

九月十六日、オベルダンは、トリエステから二〇マイルほど離れた国境の町ロンキに到着した。彼はただちに逮捕された（帝国警察は、彼の逃亡にただ手をこまねいていたわけではなかった。ローマの領土回復論者のなかに、すでに警察への内通者がいた）。ロンキの宿屋に警察が踏み込むと、オベルダンはピストルを取り出し、天井に向けて発砲したが、その後は抵抗もせずに捕えられた。鞄の中には、数発の爆弾が発見された。市民法廷でも軍事法廷でも、オベルダンは、爆弾が「帝国への贈り物」であったことを繰り返し訴えた。

裁判所にとっての法的なジレンマは、オベルダンの犯意を証明するものが彼自身の言葉しかないことだった。ロンキはトリエステではなかったし、現行犯で逮捕されたわけでもない。友人たちや母親は、慈悲を乞うようにと説得した。カルドゥッチはヴィクトル・ユゴーに宛てて手紙を書き、ユゴーは皇帝に電報を送った。皇帝のノブレス・オブリージュに訴え、オベルダンの助命を嘆願するものだった。オベルダンもフランツ・ヨーゼフも、妥協の意思はまったくなかった。

一八八二年十二月二十九日、グリエルモ・オベルダンは、トリエステのカゼルマ広場の兵舎のわきの処刑台に引き出された。脱走兵であることを印象づけるために、オーストリア軍の軍服が着せられた。単なる犯罪謀議を根拠に処刑はできなくとも、脱走は死に値する重罪だった。ヴィクトル・ユゴーがフランツ・ヨーゼフ宛の電報の中で「囚人」という言葉を使ったことを、カルドゥッチはやんわりと批判したが、その指摘は正しかった。事件が決着したとき、カルドゥッチは記した。オベルダンは「断じて」囚人などではない、「殺すためではなく、殺されるために帰国した、祖国という教義の殉教者だった」のだと。

執行人がロープを殉教者の首に結びつけたときからずっと、オベルダンのいまわの言葉をかき消すために、軍楽隊の太鼓が鳴り響いたと伝えられている。それでも、オベルダンの最期の言葉は、町じゅうに知れ渡った。「ヴィヴァ・リターリア！　ヴィヴァ・トリエステ・リーベラ！　フオーリ・ロ・ストラニエーロ！」（イタリア万歳！　自由なるトリエステ万歳！　外国人は出て行け！）ちょうどその三十年後、オベルダンの命日に、シピオ・ズラタペルはボローニャの新聞に、二重帝国に宣戦布告せよとイタリアをけしかける好戦的記事を寄稿した。その末尾に、サラエヴォでのプリンツィプ青年の行動と処刑は、「われらの純真無垢な英雄を思い起こさせる」と記したズラタペルは、次のように締めくくった。「ついに、彼の名を大きく呼ばわり、彼の遺志を継ぐときが来た。われわれが求めるのは、オーストリアとの戦いだ」

オベルダン。

彼の居場所が知りたければ、広場の向こうの新聞スタンドから見えるのが、オベルダン記念館である。オーストリア軍の兵舎は一九二七年に取り壊された。残されたのは、オベルダンが監禁されていた独房のみ。そして、裸体のまま拘束され、二人の体格のよい天使に挟まれ、オベルダンの銅像が立つその場所こそが、彼の殉教の地である。また、二階のリソルジメント博物館では、オベルダンの私物の一部を見ることができる。蔵書や書類、母親の写真、靴一足、赤い花柄が縫い取られた、白い綿のハンカチ、青と白の水玉模様のネクタイ。

イタリアを閉じ込め、その境界を洗う
クァルネーロ湾近くのポーラでは、
立ち並ぶ墓のせいで、地面がでこぼこになっている。

ダンテ
『神曲　地獄篇』第九歌、一一三―一一五行

イレデンティズモ〔領土回復主義〕――外国とみなす国家の統治下にある民族集団が、歴史、文化的伝統、言語的一体性などの理由から帰属意識をもつ国家に戻りたいと渇望すること。特に、一八六六年から一九一八年にかけて、イタリアにおいて展開された、当時オーストリア＝ハンガリー帝国に支配されていたイタリア語系住民の居住地域の解放を強く訴えた世論の動きを指す。

『イタリア語大辞典』

忠実に待つ

一八六六年。イタリアにおけるイレデンティズモ〔領土回復運動〕の出発点として『イタリア語大辞典』に記されたこの年は、現実にイタリア統一国家が成立して、領土回復の主体として機能しないかぎり、トリエステⅢはもはやありえず、この町の領土回復もなしえないという基本認識を人々に示した年だといえる。この観点からいえば、もっと重い意味をもつ日付は、レーニョ、すなわちイタリア王国が誕生した年、一八六一年である。「私はイタリアとともに生まれた」。一九一一年の五十歳の誕生日に、ズヴェーヴォは妻に宛ててそう書き送った。

一八六六年は、イタリア王国にとって、苦い一年となった。正規軍はヴェネト地方のクストッツァで大敗を喫し、一か月後、南チロルのベッツェッカでガリバルディがあげた英雄的勝利も埋め合わせにはならなかった。損失は甚大であり、両軍ともに、翌日、再戦を行う余力は残されていなかった。アドリア海では、ダルマチアの沖合、リッサ島（現在のヴィス）の近くで、イタリアの装甲艦の大艦隊が、オーストリア帝国海軍の小艦隊に敗れるという屈辱的な大失態を演じた。オーストリア艦隊は、トリエステで海軍少将の任務についていた、のちのメキシコ皇帝が、すでに装備の刷新と近代化を行っていた（このリッサ海戦を、前任の将校たちは「不在の大公の勝利」と評したが、マックス自身は、同年、メキシコで処刑された）。ウィーンで開かれた和平会議は、オーストリア＝ハンガリー帝国に対して、イタリアへのヴェネト州の割譲を求める一方で、従来通りに（要するに、古代ローマ以来の）アルプス以南（チザルピーノ）あるいは自然の境界とイタリアが考えていた北限よりもはるかに南寄りの国境を受け入れるように新王国に迫った。具体的には、トレンティーノ州の南チロル地域だけでなく、トリエステとイストリア半島も除外されることになる。

この時代のイタリア固有の問題として領土回復論者が掲げた主張。それは、トリエステとトレンティーノを、母なる自然がみずからイタリア半島のために引いた境界の中に置くべしというものだった。例のハイヒールブーツは、東、西、南を海――ティレニア海、イオニア海、アドリア海――に囲まれ、北は、レティアン・アルプス、カルニッシュ・アルプス、ユリアン・アルプスが作り出す雄大な弧によって守られている。「チザルピーノ」とは、文字どおり、そうした連峰の近く、あるいはこちら側に広がる、「天然のイタリアの」南の斜面を意味する。こうした伝統的かつ合理的な自然の国境が引かれないかぎり、つまり、一八六六年の条約でさだめられた範囲では、イタリア王国は不完全であるだけでなく、脆弱でもあった。だからこそ、一八八〇年代に、筋金入りの領土回復論者であるジョズエ・カルドゥッチは、トレンティーノを領有することで、「オーストリア＝ハンガリー帝国は、わが国の心臓部に楔《くさび》のようにずかずかと押し入ることができる」と書き、「北東においては」（つまり、フリウリ・ヴェネツィア・ジューリア、トリエステ、イストリア、さらにはポーラ、フィウメまで）、王国の国境はデボリッシマ、つまり脆弱きわまりなく、「イタリアはオーストリア＝ハンガリー帝国に喉首をつかまれている」と書いたのである。

カルドゥッチが初めてトリエステを訪れたのは一八七八年のことである。この町に捧げた新年のオード、『サルート・イタリコ（イタリアへの挨拶）』は、訪問直後に作られた。いってみれば、長めの返歌であり、文学的伝統に則って、カルドゥッチは詩を――さまざまな方面へ向けて――送り出してい

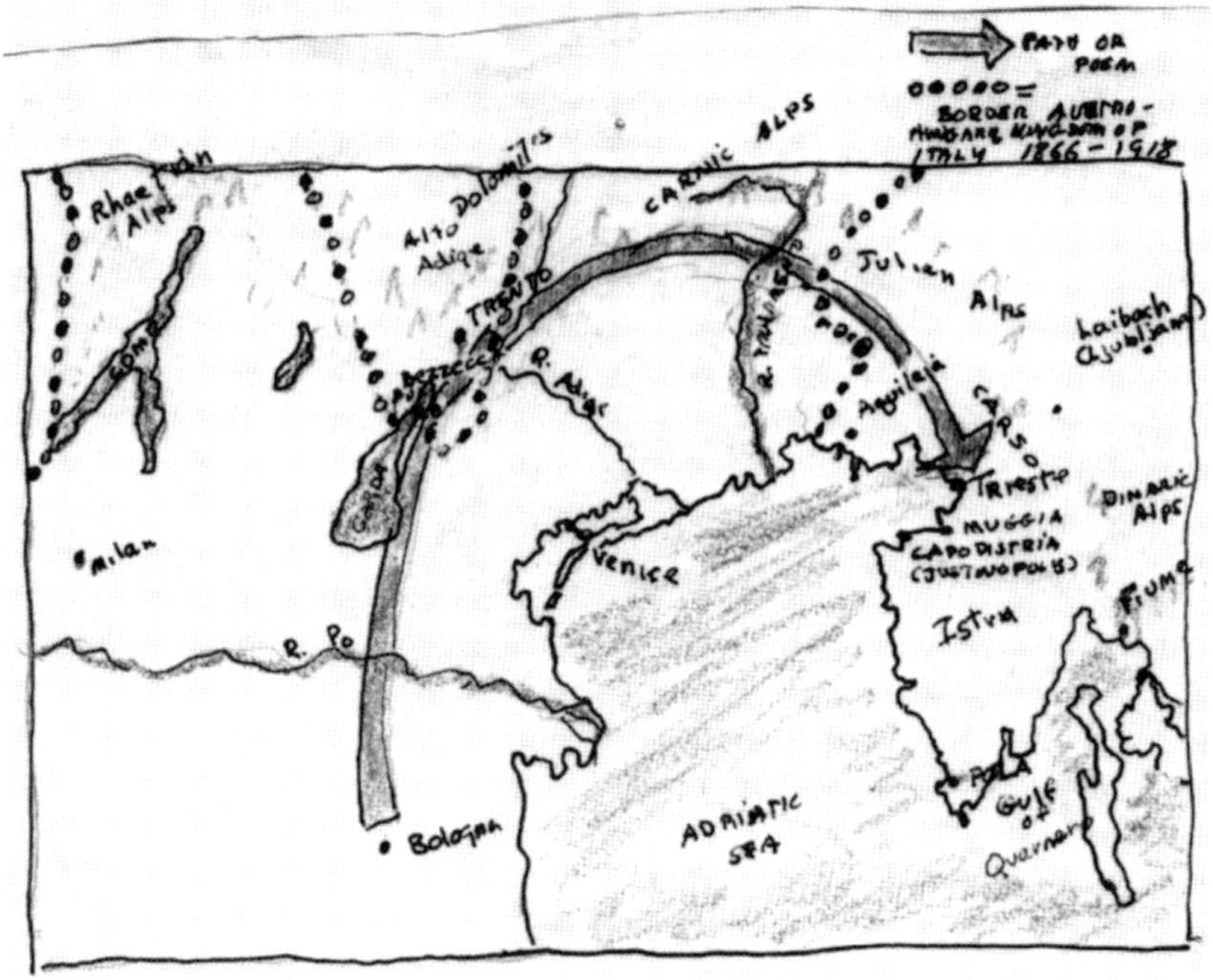

る。この詩の場合、その範囲（地図参照）は、カルドゥッチの住まいがある町、ボローニャ――サン・ペトローニオとは、この町の中心に建つ大聖堂――から、未回復の地である南チロル、さらにはイストリアを経由して、トリエステのサン・ジュストの丘にまでいたる。カルドゥッチは、嬉々として、自分の詩を「古きイタリアの詩」と呼ぶ。実際、このオードの冒頭で、カルドゥッチは獰猛《モロッスス》な番犬〔ある辛辣なヴェネツィアの批評家のこと〕に挑みかかる。カルドゥッチの「バルバレ〔野蛮な〕」あるいは古典的な韻律の実験が作り物じみていると以前から噛みついていた人物である。『サルート・イタリコ』はアルキロ

コス調の韻律を現代的にアレンジしており、番犬に対してカルドゥッチは、そうした韻律は頭や指を使って勘定するのではなく、心で感じることから生まれるものだと反撃した。移し替えようのない韻律であえて縛るのには、トリエステもその一部だった古代ローマの伝統が、現代のイタリアにもまだ息づいているのだというこの詩のテーマを反映させようという狙いがある。

サルート・イタリコ

獰猛な番犬《モロッスス》が吠え立てる——古いイタリアの詩よ、
散り散りになったおまえたちの韻律を、

私が指で拍子を追い、真似ているのだと吠え立てる。
まるで、しわがれた銅鑼の音に、ぶんぶんと群がる蜂のようだと。

だが、おまえたちは私の心の中から飛び立つ、
最初の西風に乗り、アルプスの巣から旅立つ若鷲のように。

飛びながら、ユリアン、レティアン、両アルプスから
伝い下りるつぶやきを、胸を痛めつつ、耳で追う。

緑の淵から、川風が吹きよこす、

雄々しい怒りと誇らかな勇者の歌のつぶやきを。
つぶやきは、ため息のようによぎる、ガルダの銀の湖面を、
孤独を嘆くアクィレイアの地を。

ベッツェッカの死者たちは、耳を澄まし、待ち受ける。
「いつになる?」、雲つく長身の亡霊、ブロンゼッティは叫ぶ。
「いつになる?」、その昔、黒い羽根をつけ、おまえ、トレントに
別れを告げた老人同士、切なげに繰り返す。

「いつになる?」、つい昨日まで、晴れやかな碧緑色に輝く
アドリア海を見つめていた若者たちが身を震わす。

トリエステの美しい海、丘、魂に向けて、
新年とともに飛び立つ、わがイタリアの古き詩よ、
サン・ペトローニオを赤く染める陽を浴びて、
サン・ジュストの丘の、ローマの廃墟を越えて飛ぶ、おまえたち!

イストリアの宝石、ユスティノポリスの入江に、
緑ゆたかな港と、ムッジャの獅子に、おまえたちは挨拶をする！

アドリア海の神々しい微笑みに、
ローマとカエサルにポーラが神殿を捧げる地に、挨拶をする！

それから、二つの民のはざまで、今も、
芸術と栄光の審判、ヴィンケルマンが見守る墓所のかわたらで、

武装してわれらの大地に居座るよそ者を見据え、
おまえたちは歌う、イタリア、イタリア、イタリアと！

（一八七九年一月二日―三日）

オードの結びの六対の詩行（現在はサン・ジュスト広場の石碑展示室に取り付けられた碑銘板に彫られている）のなかで、カルドゥッチは、彼一流の修辞の武器をありったけ繰り出して、トリエステやイストリア全域のまぎれもない「古代ローマ性」を浮き彫りにする。カポディストリア（現在のコペル）は、ユスティニアヌス帝の都、ユスティノポリスという古名で呼ばれ、その近くの美しい小港ムッジャは、イタリアとしての身元が歌われる。そこはかつてヴェネツィアが領有した港。その獅子はサン・マルコの獅子と同じである。ポーラ（現在のプーラ）は古代ローマの廃墟を誇示し、サン・ジュストの丘は、古代ローマの市場やバジリカ、向かいの石碑展示室をアピールする。みずからの神殿にさまようヨー

ハン・ヴィンケルマンの亡霊は、古代の民と現代の民、北と南の橋渡しとして、願ってもない証人となる。

『サルート・イタリコ』で披露した、現代の規準からいえばだいぶ時代遅れなカルドゥッチの雄弁は、オーストリア＝ハンガリー帝国の国境のそれぞれの側に住む同郷人に対してヴィンケルマンが果たした役割を担おうとするもので、ハプスブルク家の派手好みの産物であるトリエステⅡが、じつは古代の不滅の出自に対するただの上塗りの押し付けにほかならないことを訴える。では、詩には現実の影響力などないと言えるだろうか？　一八七九年、オベルダンがローマに逃れた翌年、『サルート・イタリコ』は、領土回復論者の新聞に二度掲載された。その三年後、オベルダンの首には縄がかかることになるが、この詩の最後の二行が殉教者の行動のきっかけにならなかったとは、よもや言えまい。

リテラリー・トリエステ。

わが美しき正三角形——サーバ、ズヴェーヴォ、ジョイス——の三頂点が、一九一〇年一月十二日にただ一度、ドメニコ・ロッセッティにちなんで名づけられた立派なミュージックホール兼劇場の中で、一本の線で結ばれたかどうか、それを知る手だてはない。この劇場こそは、ある名高い催しの世界初の開催場所。以後十年間、モスクワからロンドンまで、ヨーロッパの文学者の多くに衝撃を与え、快哉の声をあげさせ、賛否両論の的となった、あの未来派の第一回の「夕べ」が開かれた場所である。ここで線が結ばれた可能性は、ほんの毛ほどのもの、それ以上ではない。

瀕死の現代イタリア社会を縛る過去の頸木《くびき》というテーマについて、未来派運動の提唱者、フィリッポ・トンマーゾ・マリネッティ（エジプト生まれ。パリで学び、一九一〇年での住まいはミラノ）がまず、熱弁をふるった。つづいて、マリネッティが執筆した「未来派創立宣言」を、腕っぷしが買われたアルマンド・マッツァが大声で朗読した。野次や歓声があがるなか、聴衆が一斉に、老人と若者、ブルジョワとボヘミアン、オーストリア主義者とイタリア主義者、二派に分かれて対峙した。予想どおり、オーストリアの警察が介入し、劇場が閉められた。未来派の友人連は近くのカフェ・ミラノに繰り出し、二度目の宣言の朗読を行った。そんなこんなの騒ぎの末に、地元トリエステの名士で法律家のテバルディは芝居がかった呼吸で席を立つと、思い入れたっぷりに、カルドゥッチの『サルート・イタリコ』を暗誦した。領土回復論者だったマリネッティは、おとなしく彼の朗誦に耳を傾け、最後には割れんばかりの拍手に加わったことはまちがいない。ただし、複雑な思いだったであろうことも、想像にかたくないが。

マリネッティはその二年前、一九〇八年五月にトリエステを訪れている。その腕には、オベルダンの母親に葬儀で手向ける花束があった。そして、シルヴィオ・ベンコらの誘いに応じて、自作の詩とフランスの象徴派の詩を数編、管弦楽団の伴奏に乗せて朗読した。いつもながらエネルギッシュなマリネッティは、さらなるサーヴィス精神を発揮した。領土回復論者の聴衆に対して、即興で散文詩を朗読し、初めて見る、オピチーナの丘からのアドリア海の夕景色を讃えた。

その空はえもいわれぬ、燃えたつ緋色、と彼は書いた。「まるで一千もの戦いの、雄々しい血しぶきに染まったかのようだった」。雲は、最後の審判の日に「チューバを奏でる大天使の頬のようにふくらんでいた。「それでは海は？　その姿は？　象徴派を意識しすぎた比喩をお許し願えるならば、海は三色」、イタリア王国の旗の色だった。

私が目にしたのは、絹のような緑の一角。風に揺れる椰子の緑と、外国人から解放された町の白い斜面……さらに、幾条もの赤。麗しきイタリア女性の唇を彩る官能の色。栄光に輝く、この美しい三色の海は、トリエステの偉大なる港へと満ち寄せ、家々の白い灯りと周囲の山の緑に、夕陽の深い赤が溶け込む頃には、私の心にも満ち寄せた。

マリネッティの即興詩には、ダヌンツィオの乗りと、カルドゥッチの声色とが入り交じっている。翌年、一九〇九年に産声《うぶごえ》をあげた未来派は、政治信条としては強硬な領土回復論者であり、そうした立場からいえば、リソルジメントの遅れてきた詩人カルドゥッチは、彼らが奉じるべき詩人の一人だった。しかし、未来派が診断するイタリアの病根は、祖国の一部であるべき大地に居座る外国人よりも、むしろ、若い王国がしがみつく過去への信仰にあった。そうした意味では、カルドゥッチの詩は（『サルート・イタリコ』などは、その筆頭に挙げられるものだろう）、未来派がパッサティスタ、過去主義と呼ぶ代物――懐古趣味で、後ろ向き、学究的で、空疎な文字の垂れ流し、ようするに、イタリア全体が抱える症状そのもの――にほかならない。マリネッティの第一宣言は、初めはフランスで、パリの新聞『フィガロ』に発表されたが、訴求相手はイタリアだった。「イタリアから、われわれはこの宣言を発する……なぜなら、われわれは教授連、考古学者、観光ガイド、古物商といった、悪臭を発する壊疽《えそ》からの解放を願っているからだ。あまりにも長きにわたり、イタリアは蚤の市にされてきた。」一九一〇年一月、あの騒乱の夕べ、法律家テバルディが朗誦する『サルート・イタリコ』を、マリネッティがどんな複雑な思いで聴いたかが、これでわかろうというものだ。

　そした内向症への未来派の処方は単純きわまりないものだった。「行動あるのみ！」マリネッティの当時の回想録によれば、「中世の遍歴学生のごとく酔いどれとなって、上機嫌で手当たり次第壊しまくる」群集は、カフェ・ミラノから、オーストリアの役人どもが夜な夜なたむろする、カフェ・エデンの方角へとなだれ込んだ。彼らを肴に、もうひとしきり野次り倒してやろうという腹だった。そこで、一列縦隊になった一行は、海岸通りをサン・カルロ突堤の先端（アウダーチェ号が停泊可能になってから八年は経っていたはずだ）に出て、暗いアドリア海のどこかにいるはずの、ベットロ提督率いる「屈強の」イタリア艦隊に向かい、高らかに歓迎の挨拶を送った。そして、すでに真夜中、最後の目的地、町の南のはずれの地区キアルボラで、未来派の顕現の儀式は興奮の極に達した。ヴェネツィアの船舶塗装の工場やズヴェーヴォの家もあったこの地区では、眠らない巨大港の不気味な光景が究極のスリルを生み出していた。

勝利の雄叫びが、われわれの胸で爆発した……ついに、狂気の沙汰の未来派の夢がかなおうとしていた。ここでは、炎をあげる構造物が動き回り、大口を開け、大地にトパーズとルビーの内臓をぶちまけた……

われわれは、白熱する巨大な流出物のはざまに、怪物じみた煙突を見わたしていた。頭上を煙で飾り立てた、荒くれた巨人。その足元を、金切り声をあげて機関車――おびえた鉄のネズミ――が通過すると、あたりの音はかき消された。

われわれはどれほど羨ましかったことだろう。町を囲む丘の上に建つこれらの家々が。毎夜、こうした炎の喜びに酔いしれて、目を見開いて見守りつづける家々が。熱気をはらんで頭上に渦巻く雲の顔と、巨大な緋色の輝きが筋目をつけた水平線が、どれほど羨ましかったことだろう。

これこそが、現代のロマンス！　マリネッティにとって、トリエステは政治的虜囚という境遇をはるかに超えた、大きな魅力をもっていた。ローマやフィレンツェ、あるいはヴェネツィアとも違い

(ゴンドラなど、焚き火にくべてやれ、運河はハンセン病にかかったパラッツォを壊したかけらで埋め立てて、砕石舗装で平らに均し、高速道路にしてしまえ、とマリネッティは息巻いた)、トリエステは、とりたてて云々するほどの過去のない、実質的には新しい町、未来に向かう準備のととのった町だった。まさに未来派の町といってよい。旋回するクレーンにしても、煙を噴き出す煙突にしても、他に少しの遜色なく、ダイナミックで、タフで、ハンブルクやニューヨークにも劣らない先端技術が動かす町トリエステは、政治的には逆境に置かれていても、マリネッティが「男らしい」と呼ぶのももっともな場所だった。最初の「夕

べ」の回想のなかで、マリネッティはトリエステを「イタリアの赤い楯」と讃えたが、ここでいう赤とは、マルクス主義の赤ではなく、激しい気性を示す色、軍神マルスの赤だった。そう考えれば、名高いイタリア半島のブーツの形さえも、モデルチェンジが必要な、ロマンチックな一着のドレスのように見えてくる。同じ一九一〇年に書かれた、『戦争は世界を衛生的にする唯一の方法』と題した本の末尾で、マリネッティはトリエステに対して、次のように呼びかける。

　おまえは果敢に敵に立ち向かう、イタリアの緋色の顔だ！……トリエステよ！　おまえはわれわれの、ただ一つの楯！……忘れるな、トリエステよ、イタリア半島は、水雷艇の島をいくつも従えた軍艦の形をしていることを！

（リテラリー・トリエステ！　一九一〇年のあの冬の夜、もし現実に、わが美しき正三角形を形作る当人たちが、ロッセッティ大劇場の観客席に——もちろん、いっしょに並ぶことはあるまいが——居合わせたとしたら、彼らのエクトプラズムめいた顔つきは、冷笑にゆがんでいたことだろう。当の領土回復論者たちはといえば、それぞれ温度差はあるにせよ、それなりに楽しんだことだろう。ただし、マリネッティの言葉の操り方に感銘を受けたわけではよもやあるまい。だが、三人がそこに居合わせた可能性は、あくまでも、一筋の毛ほどの可能性、純然たる文学上の推測として思い描けるにすぎない。）

「あの男はバイロン調で軍艦を語る」——一九一九年、ジャン・コクトーはマリネッティのかびの生えたスタイルを槍玉にあげ、こう切り捨てた。コクトーに一理はあるが、マリネッティといっしょにされたのでは、『ドン・ジュアン』の作者の方こそ浮かばれまい。マリネッティが生涯信奉しつづけ、師と仰ぎ模範としたのは、ガブリエーレ・ダヌンツィオだったのだから。

(ジョイスもまた、ダヌンツィオの音楽的な文の構造、豊富なヴォキャブラリーに対して、敬意を払っていた。たとえば、亀甲状を意味するtestudoformという形容詞を、ジョイスはトリエステの町の茶色い瓦屋根の描写に用いたが、これはダヌンツィオからの借用である。ジョイスが用いたあの有名な名詞「epiphany」もまたしかり。ズヴェーヴォはこの点をジョイスと議論したことがあり、使うのを止めさせようとしたが聞き入れられなかった。ズヴェーヴォの日記のジョイス評は、まるでダヌンツィオのことを言っているかのようだ。「なにしろ文章がうますぎて、真実味に欠ける」)

ダヌンツィオの芝居がかった領土回復運動を示す最も有名な例が、第一次世界大戦後の「クァルネーロの摂政政治」の挿話である(クァルネーロとは、「イタリアを閉じ込め、その境界を洗う」フィウメの南の湾)。ダヌンツィオとその私兵は、とまどいを隠せないイタリア王国の名を使い、誕生まもないセルボ・クロアチア・スロヴェニア王国(後のユーゴスラヴィア)からフィウメをもぎ取り、国際社会の反対を押し切り、一年以上にわたって占領した。しかし、ダヌンツィオはすでに、その四半世紀以上も前に、カエサルの時代の「自然の」国境にもとづき、アルプス以南のイタリアの姿をより完全なものにしようと煽り立てていた。船を歌った数篇のオードの中の一篇、『アドリア海の水雷艇に』(一八九二年)は、修辞や「超人志向」の好戦意識(ただし、マリネッティがこの路線でやりおおせたこととはほど遠い)において未来派の原型であるだけでなく、熱のこもった結論の中に、カルドゥッチよりもカルドゥッチらしく、未来を正確に言い当てている。忠実なる輝ける都市とは、もちろんトリエステのこと。終わり近くに聞こえる嘆きの声は、リッサ海戦で大敗を喫した艦長の一人、エミーリオ・ファア・ディ・ブルーノの亡霊のものである。

アドリア海の水雷艇に

鋼《はがね》の船よ、疾く、まっすぐに、身をきらめかせ、
おまえは、抜き身の剣のように美しく、
生き生きと、鼓動を打つ、
冷徹な心を、鋼の覆いに包むかのように。

砥石の上の刃のように、
人間の冷たい勇気だけで研ぎ澄まされたおまえは、
震えおののく艦橋の、燃える甲板の上でも、
けっしてたじろぐことはない。

戦火の海の、最初の死の伝令として、
勇敢な海の先兵として、
おまえは進む――そのおまえの運命を、
私は追う、波頭にきらめく航跡を眺めつつ。

天頂からは、陽光の高い柱を縫うように、
雪崩を打って、雲がくずれ落ちる。

海鳥たちが、ひと群れ、またひと群れと、
野生の啼き声をあげ、かすめ飛ぶ。

蒼白い嵐のさなか、アンコーナの方角で、
アドリア海が暗くなる。
遠く、稲妻が閃くと、雷鳴が、
陰鬱な暑さのなかをくぐり抜け、下へ、下へと鳴り渡る。

雲が視界をさえぎろうとも、
心の目には見えるのだ、
海の彼方、希望に耀きながら、
湾の上に、高くそびえる町が。

ただ一つの信念に輝く、すべての塔からは、
「私は永遠にあなたのもの！　永遠にこのままで！」
なぜなら、悲しくも、囚われの身の妹であるこの町は、
われわれと交わした約束を、今も信じつづけているから。

そして、影が長く伸び、水面《みなも》の上にのしかかる
（私は見る、小刻みに震えながら、

蒼ざめた深淵の中で、腐った血糊のように、
染みが広がるさまを）

影は彼方の町リッサから、母なる岸辺へと伸びる。
そこに現れる、ファア・ディ・ブルーノ。
「この屈辱は、永遠のものなのか？」
耳を澄まし、「誰も聴く者はいないのか？　誰一人？」

さあ、おまえ、鋼の船よ、疾く、まっすぐに、身をきらめかせ、
抜き身の剣のように美しく、
生き生きと、鼓動を打つ、
冷徹な心を、鋼の覆いに包むかのように。

砥石の上の刃のように、
人間の冷たい勇気だけで研ぎ澄まされたおまえは、
震えおののく艦橋の、燃える甲板の上でも、
けっしてたじろぐことはない。

戦火の海の、最初の死の伝令として、
勇敢な海の先兵として、

さあ、答えよ！　運命は、
すでに定められている。その日に向けて、祭壇には炎が灯される。

一九一八年十一月三日、歓呼の声をあげる群集を前に、イタリア海軍アドリア部隊の駆逐艦がサン・カルロ突堤に初めて接岸した。その駆逐艦の名が「アウダーチェ〔勇敢な〕」であることを見通していたとは、なんと正確な予見力だろう。オベルダンがカルドゥッチを読んでいたように〔リテラリー・トリエステ〕、提督はダヌンツィオを読んでいたのだろうか？　領土回復の日は訪れ、細部のいくつかは四半世紀以上も前の予言どおりになった。これがトリエステⅢの始まりだった。なにもかもがほほえんでいた……その停泊の目撃者の一人は、これから先、これに匹敵することがありうるだろうかと問いかけている。「たぶん、われわれ皆が、老若男女の区別なく、心の一番深い部分で感じていた。ファウストのように、〈時よ、とどまれ、おまえはじつに美しい〉と。」

もしとっさにいったとする、
時よ、とどまれ、おまえはじつに美しい——
もし、そんな言葉がこの口から洩れたら、すぐさま鎖につなぐがいい。
よろこんで滅びてゆこう。

〔『ファウスト第一部』池内紀訳〕

そこから先の未来はといえば、尻すぼみと幻滅の連続だった。自由港から辺境の港への急落、ムッソリーニの台頭、ファシストが掲げるナショナリズム、度の過ぎたスラヴ嫌い、ドイツによる占領、ユーゴスラヴィアによる占領、連合軍による占領と、A地区とB地区への分割統治、一九五四年の最終分割、経済危機、人口減少。領土回復運動は、イタリアの夢をいささかも実現しなかった。一八六一年に王国が誕生したように、一九一八年にはセルボ・クロアチア・スロヴェニア王国が誕生した。そして現在はユーゴスラヴィアという国家がある。そして相当な数のスロヴェニア系少数民族——トリエステの全人口の約一〇パーセント——がユーゴへの帰属を強く望んでいるという。[†]「自然の国境」の議論にも、二つの側面がある。バルカン半島の立体模型地図を見ればわかるとおり（私の場合、理解に少しまごついたが）、現在のトリエステは母なる自然が生み出した西への玄関口であって、その逆ではない。

† スラヴ系トリエステ人は現在（本書執筆時の一九九一年）、独立したスロヴェニア共和国を渇望しているといわれる。

一三八二年にオーストリア領となったトリエステは、基本的には近代都市である。天然の波止場をもたなかったトリエステに発展の契機を与えたのは、一七一九年にこの港を自由港に定めた皇帝カール六世である。十九世紀後半には、ズュートバーンの建設により、東南ドイツとの間に商業網が築かれたことで、トリエステは急速な発展を遂げた。なにかといえばジェノヴァに頼ろうとする地中海貿易の傾向は、一九〇九年のタウエルン［アルプス登山］鉄道の開通以降、期待どおり、歯止めがかかることになる……一九一〇年に入港した船舶数は一万一千八百三十九、総重量は四一九万八六二五トンだった。一九〇九年の時点での輸入品の総価値は、五億七千三百万クラウン。輸出品は五億八百万クラウンだった。主な輸入品目は、コーヒー豆、米、綿、香辛料、鉱石、石炭、オリーヴオイル、果物（東方産）。主な輸出品目は、砂糖、ビール、工業製品。リチャード・バートン卿やチャールズ・リーヴァーは、トリエステ駐在イギリス領事を務めた。

『ベデカーのオーストリア＝ハンガリー帝国案内、ツェティニェ、ベオグラード、ブカレスト編』（一九一一年）

自分の人生が破滅したその日に戻ったような気がします。明るい朝日が波止場に降り注いでいました――そこがトリエステでした――ありとあらゆる国々の男たちの衣服が宝石のようにきらめいて――船は次々と港を離れていきました……

ジョージ・エリオット
『ダニエル・デロンダ』第四十三章

くすんだ黄色の石材を積み上げたパラッツォ群にはさまれた広場に、鳩が雪のように舞いおりる。通りの名はイタリア語、看板はスラヴ語、モニュメントの碑銘はドイツ語、陽射しに映える紺色の制服はオーストリア。これらが混じり合うとき、そこには一つの政治的立場が浮かび上がる……ボンド・ストリートからはなんと遠く隔たっていることだろう！

ヴァレリー・ラルボー
『バルナブースの日記』（一九一三年）

タブロー・モール

トリエステⅢに今なおその姿をとどめている、数少ないハプスブルク家の当主の一人。それが、マリア・テレジアの父、カール六世である。在位期間は、一七一一年から一七四〇年まで。手には錫杖、マントをはおり、かつらをかぶった、そのカール六世の石像が、ウニタ広場の柱の上に立っている。「四大陸の泉」のてっぺん近くで「商売」の寓意を従えて腰を下ろす「無垢なる」トリエステと、選りすぐりのみやげものを取りそろえたタバコ屋の間で、皇帝は誇らしげに港に向かって指をさす。

正確にいえば、皇帝が誇らしげに指さすのは「自由」港であるが、それはトリエステⅢにはもはや存在しない。港自体は、もちろん、数世紀にわたり、なにかと問題は抱えながらも、どうにか存続しつづけてきた。しかし、自由港の生みの親は、カール六世本人である。伝承によれば、一七一九年、アドリア海の北端、カルソの足元に広がる、これといった特徴のないちっぽけな丘の町に、皇帝は目をつけた。魚、オリーヴオイル、塩、白ワインなど、格別誇れる産品はなく、帆布や釣り具作りは手内職といった程度。苔むした城壁のすぐ外には塩田が悪臭を発し、ローマ時代の劇場は汚泥で埋まり、フォーラム〔公共広場〕跡には雑草が生い茂るありさま。小舟が停泊する程度のちっぽけな入江、すなわち、マンドラッキオ〔内港〕は、当時はまだ「ヴェネツィア湾」と呼ばれていたあたりに向かっておそるおそる突き出ている。そんな町を、ご大層にも、カール六世は「自由港」と命名し、ほぼ一世紀後、レヒナー・デ・レヒフェルト砲兵伍長は、「トリエステ帝国都市と自由港の姿」として描き出した。

自由港とは、通常の保護措置（港湾の使用制限。波止場使用料、輸送費、倉庫保管料などの輸入関税）から自由になった港のこと。現代の港は、普通、そうした措置によって秩序を守り、経費をまかない、利益をあげている。自由港政策の目的は、交易条件の最適化を図ることで、普通では考えられない規模の商取引を誘致することである。それが従来の歳入の減少を埋め合わせる。カール六世は、他にもおいしい餌を用意した。商行為の自由化、港湾を出入りする船舶の海軍による保護、輸入品の保管や陳列用に建設する専用倉庫の無料提供、市内に貿易関連の建物を建てる際の不動産や建設資材の安価な供給、そして――これが帝国の権力の見せ所だが――定住を希望する人間がよそでこしらえたすべての負債の免除。

こうした政策は、西地中海――リヴォルノ、ジェノヴァ、マルセイユ、ジブラルタル――ではすでに前例があったが、カール六世とその助言者たちの狙いは、そうした遠洋貿易の覇者たちと張り合うことではなかった。十七世紀後半、オスマン帝国がついにその強大な影響力を失い、これまでのような脅威ではなくなった。スペイン継承戦争後、オーストリアのハプスブルク家は、誰はばかることなく小アジア地域に目をつけ、南や東への気がねなしに、肥沃な地域や大陸に食指を動かせるようになった。こうして、帝国自由港トリエステには、『千夜一夜物語』の香りが漂い、宝石を散りばめた衣類が目を惹き、この町が長年にわたって磨き上げた、かつてないコスモポリタニズムが花開いた。この地を訪れた旅行者たちが伝えるように、ギリシア人やユダヤ人や東方の民のコミュニティーが栄え、ゲットーが「解放され」、もうけ話がそこらにころがり、エキゾチックな芳香があたりをつつんだ。

カール六世が布告を出し、手を付けただけに終わった企ては、十八世紀が終わるまでに、彼の直系の子孫たち、マリア・テレジア（在位期間、一七四〇年―八〇年）とその息子のヨーゼフ二世（共同統治者および単独皇帝としての在位期間、一七六五年―九〇年）によって完成された。一七一九年から一八〇〇年までの期間に、トリエステ市とその郊外の人口は四倍にまでふくれあがり、城のように守りを固めたマンドラッキオ〔小さな埠頭〕は、リーヴァ〔海岸通り〕が整備された現代的なウォーターフロントに姿を変え、突堤や防波堤が姿を見せ始めた。サン・ジュストの丘の上の雑然とした旧市街、現在でもチッタ・ヴェッキアと呼ばれている地域を囲む古い城壁は取り壊された。海に面した丘を切り崩

した土砂が、城壁の外側の沿岸部の埋め立てに用いられた。これまで何世紀も塩田にされてきた沿岸部は、舗装された広い大通りと、長方形のシンメトリカルな区画によって区切られた新市街――ボルゴ・テレジアーノ、ボルゴ・ジュゼッピーノ――としてよみがえったのである。一七二八年、古代の馬車道をもとに、北の内陸部、ライバッハ〔現在のリュブリャナ〕、グラーツ、ウィーン……にまで達する郵便道路が開通した。ヴィンケルマンはこの道を南にくだった。ゼメリンク峠の頂上には、生みの親であるカール六世の彫像が置かれた。オピチーナのオベリスクは、一八三〇年代の道路拡張を記念して建てられたものである。

　一七九九年、市政評議会は、商都にふさわしい威厳をそなえた施設として、ボルサ〔証券取引所〕の早急な建設を求める報告書をまとめた。ブリュッセル、アムステルダム、ダブリンの同様の建物に範をとった新古典主義様式のパラ

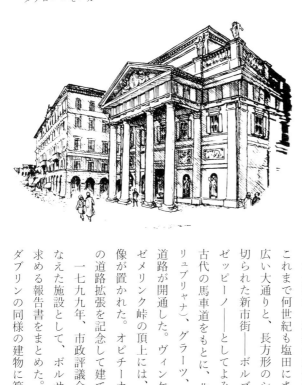

ッツォ・ボルサが完成したのは、一八〇五年のことである。砲兵伍長の地図にはまにあわなかったが、ちょうど二度目のナポレオンの占領時のできごとだった。いかめしい四本の柱が支えるファサードや、切妻屋根の上には、長身の寓意像がずらりと並ぶが、その下の幾何学的な厳格さとの取り合わせは、ややちぐはぐな印象を与える。町の守護神でもある商売の神メルクリウス、お決まりのネプトゥーヌスやミネルヴァ、髭をたくわえ、兜をかぶった老人姿のドナウ河、雄々しい青年像のトリエステ。この取引所の建物について、建設に関わった関係者、町の名士たちは皆、口を揃えて褒めそやした。「この生まれたての町の力と活気、商人たちの精力と思慮、さらには、平静な心や揺るぎない安定といったものを、このファサードはあますところなく表現し尽くしている」。あるいは「それはまるで壮麗な神殿のごとくであり、その正面に彫り込まれるべきモットー〈投機せよ〉を崇める場になるように定められている」。天国のカール六世なら、ウィーンの兵站《へいたん》基地をめざす港の栄華の夢に捧げられたこの立派な建物の完成を、手放しで喜んでいるかもしれない。

一月のある日、凍てつく灰色の冬空のもと、私はホテルからパラッツォ・ボルサまで短い一ブロックを歩いて、そこの二階にあるホールを見学しに出かけた。このホールは、ジョイスが人民大学の後援で、「アイルランド　聖人と賢者の島」と銘打った講演会をイタリア語で行った場所だ。当時、トリエステは、オーストリアの禁令により、自前の大学をもてなかった。人民大学は、成人教育をほどこす教育機関として、一九〇〇年に設立された。創設者の一人、アッティリオ・タマーロの言葉を借りれば、「世の中の流れに異を唱え、トリエステ問題を広く知らしめ、反オーストリアの感情をかき立てつづける」ことが狙いだった。ジョイスから英語のレッスンを受けたタマーロは、一九〇七年、アイルランド問題についての講演を依頼した。タマーロも気づいていたように、アイルランドの歴史にはトリエステと重なる部分があった。アイルランドもトリエステも、人々が外国の支配下で暮らしており、征服者のそれとは異なる言語と文化を渇望していたからだ。教師は生徒たちを失望させなかった。聴衆は、ジョイスの生徒か知り合いか領土回復論者がほとんどだったが、「過去の文明の栄光を新たな形でよみがえらせようとする歴史ある国の気構えとして」、アイルランドが固有の文化を磨くことにこだわりつづけたゆえんをジョイスが語ったとき、そして最後に、圧政は必然的に革命を招くとしたうえで、「革命は人間の呼吸や妥協から作られるものではない」と宣言したときには、大きな拍手がまきおこった。

パラッツォ・ボルサの巨大なガラスドアをくぐると、そこは天井の高い、広々とした部屋で、片隅にはつつましいクリスマスツリーが置かれていた。公現祭はもう過ぎていたが、色電球がまだ点滅し、スプレー缶で吹きつけた石鹼の泡がしぼんだような、なにか淡い灰色のものが、茶色い枝を飾っていた。ついでに、おもしろい趣向にも気づいた。ツリーの台座のまわりに盛り上がった緑の敷物を起点に、部屋を斜めに横切る形で、美しくも謎めいた図形が、蜂蜜色の大理石のフロアに嵌め込まれているのだ。近づいて見ると、それは中央でややふくらんだ細長い長方形で、ブロンド色の大理石の帯に縁取られている。長方形の内側には、黒い正方形の大理石が点々と埋め込まれ、三本の平行線になっており、さまざまな数字が振られている。なにかの度数か、距離か、日数か、そうしたたぐいの測定値であるようだ。その外側には月の名前が記され、星座の記号がブロンズで象嵌されている。どんな商談が待つのか、朝のビジネスプロデューサーとその顧客たちは、床の図形などは遠慮会釈もなく踏みつけにして、奥の階段やオフィスの方向に歩み去る。私はなおもそこにとどまって数字の解読を試みたが、結局あきらめ、彼らの後を追った。

探していたホールは二階にあった。案内人によれば、イタリア語では「ピアノ・ノービレ〔高貴な階〕」というらしい。彼はドアを開け、シャンデリアのスイッチを入れると、私を演壇のところに残して出ていった。ゴージャスなパッラーディオ様式。壁龕にはブロンズ製の神々。バルコニーのレース模様のフリンジ。黄色いコリント様式の柱の輝き。ゆったりと四列に並べられた、赤いフラシ天張りの椅子が、講演者の第一声を待っている。私は一つ咳払いをしてから、位置を変え、なおも観察をつづけた。私が視線を向けた先は、『トリエステに自由港の権利を授けるカール六世』と題された、ジュゼッペ・ベルナルディーノ・ビゾンの巨大なフレスコの天井画、そのちょうど真ん中に吊り下げられた華やかなシャンデリアから伸びる、細い電気コードだった。

二百年前には画家が予想もしていなかった電気コードの存在が目障りではあるが、フレスコ画自体の味わいには興味をそそられるものがある。といっても、こうした場所柄を考えて描かれた、それらしいテーマに込められた画家の意図に素直に感心したわけではない。絵の具の色はしっかりと鮮やかさを保っているが、天井がとにかく高いので、双眼鏡を使うか、私のように目を凝らさないかぎり、画家の風刺的な意図は読みとれない。幸い、トリエステ商工会議所発行のパラッツォ・ボルサのカタログには、アップのカラー写真が掲載されている。

絵の左側を支配するのは、塁壁とおぼしき石積みの上に差し掛けられた祝事用の天幕〔『千夜一夜物語』の香りただよう〕の下に側近たちを従えた、カール六世の立ち姿である。白い絹の上下を身につけ、アーミン〔白テン〕の肩掛けが付いたオレンジ色のヴェルヴェットの長衣をはおったカールは左腕を差し伸ばす。その人差指は――「この地を自由港とすべし！〔フィアット・ポルトゥス・リーベル〕」と、無言のうちに宣言しているにちがいない――皇帝の威厳をもって、仰天顔の一団に向けられている。その一団、おそらくトリエステの使節団は、現実離れした急勾配の階段の最上段で、王の足元、中央左寄りに配置されている。主題としても構図としてもこの絵のかなめとなる、画面左のカール六世に対して、右側でバランスをとっているのが、同じく現実離れした傾斜の欄干の上端。そのてっぺんに置かれた、たくましいネプトゥーヌスのブロンズ像は、大きさも威厳も、皇帝とほとんど互角にわたりあう。両肩の上には、双頭の鷲を掲げた、ピンクと白のオーストリア国旗がたなびいている。一部始終を見とどけるのは、画面の三方を取り巻く手すりに張った大理石に身をもたせ、あるいは身を乗り出す、矛槍持ちの兵士や「平民」たち。その中には、ターバンやトルコ帽をかぶり、アラビア風の髭を生やした者もいる。これはもちろん、商都としてのこれからのトリエステの繁栄を象徴している。

カール皇帝は自由港の地位をトリエステに授けようとしているが、その授与の舞台はどことも定めがたく、もちろんトリエステでもなければウィーンでもない。ネプトゥーヌスやオーストリア国旗の頭上には、新古典主義風の建物の柱やエンタブラチュアが高くそびえ立ち、さらにその上には、屈託なげな雲のかたまりに色合いを変えた、ベビーブルーの空が広がる。もちろん、あの現実離れした階段の一番下にいる想定の「われわれ」は、パラッツォ・ボルサの床から、鶴のように首を伸ばして立つことになる。われわれが眺めているのは、ティエポロに薬味を効かしたヴァリエーション。風刺の視線で描かれた、起業家のためのティエポロである。

このくらくらしそうな傾斜のついた視角——とても上れそうにない階段、カール皇帝のすらりとした体と使節団とが形づくる、重力を無視した鋭角を見よ——がいかにも現実離れしているのに対して、さまざまな顔に浮かぶ表情の方はそうではない。あきれるほどの人間くささが読みとれる。(この点でも、カタログは手放せない。)若者らしい体つきとは対照的に、髪粉をつけたかつらの下に覗くカールの表情は、自堕落な年寄りのそれである。たるんだ顎、むくんだ肌、視線は、目の前のやりとりにではなく——無論、ジュゼッペ・ビゾンが意図したはずはないが——一世紀後に取り付けられることになる電灯式シャンデリアの配線に向けられる。ネプトゥーヌスの体はばかでかく、まだまだ太ろうかと

いう勢い。トリエステの使節団は、途方もない授かり物のことを初めて告げられた立派な市民というよりは、厳しい刑の宣告を受けて思わずたじろぐ悪党どもの狼狽ぶり。しかも、見物人の間——カールの背後の宮廷人たちや、手すりに鈴なりになった有象無象——からは、作り笑い、忍び笑いが洩れている。上れない階段の最上段の左右に陣取る一組の兵士は、こともあろうに、頭上で行われている儀式の露骨な猿まねをやらかしている。

「おじいちゃん」、ある日、大きなマントにナポレオン風の帽子姿の二人の憲兵が通り過ぎるのを見た子供が訊ねた。「ぼくらが泥棒じゃないって、あの人たちは知ってるの？」祖父、イタロ・ズヴェーヴォはこう答えた。「ほんとはな、わかってないんだ」。講堂の天井高く、あまり人目に触れないま、皮肉な笑いを含ませた『トリエステに自由港の権利を授けるカール六世』が当てこすったのは、世間一般の虚偽（「ぼくらのような泥棒」）でもなければ、ハプスブルク家の驕慢でもない。フリウリ出身のこの画家が鋭敏なまなざし、常識、すぐれた技量によって見抜いたのは、官僚主義の空芝居、虚飾の華やぎ、人間関係のそれとない戯画である。画家にとって、この場所、このテーマに、こうした仕掛けを忍ばせることは、大それた風刺の企て以外のなにものでもなかった。ただし、双眼鏡か——私のように——カタログ持参の人間でなければ、気づくことはないだろうが。

このビゾンのフレスコ画の下で、ジェイムズ・ジョイスは、聖人と賢者の島アイルランドを友人たちに語り、「いまなおアイルランド人の心を占める宗教的熱情は、近年の懐疑主義を糧に育ったあなたがたには、にわかには理解しがたいものである」と述べた。聴衆は喝采し——生徒の一人、ズヴェーヴォも、おそらくその場にいただろう——ジョイスと握手を交わしながら、階段を下りた。私も彼らにならって階段を下りた。磨きこまれた床には、謎の図形が、うらぶれたクリスマスツリーの足もとまでのびていた。

それがメリディアーナ〔日時計〕であったことは、後日、カタログの記述から知った。星宮の位置や月日のみならず、トリエステの南中時刻の五分《ぶ》刻みの移動も読みとれるものだった。それはボルサが閉まる時刻でもある。図形自体は、一種の目盛盤。針となるのは、建物の壁面高くに開けられた、見えない孔から射し込む陽光である。だが、たとえぴったり正午に訪れたとしても、あの日の曇り空ではとても見ることはできなかっただろう。

カタログから、私はさらに多くを学んだ。トリエステ滞在二週目のあの灰色の日に目にしたものは、じつはボルサではなく、ボルサ・ヴェッキアだったこと。つまり、投機の旧神殿（あるいは原神殿）である。一八四四年、ボルサは竣工から四十年と経たないうちに、一区画先の、もっと広い街区に建つパラッツォ・テルジェステオの中に移転した。その二階のウィーン・ユニオン銀行に事務員として勤務することになるのが、エットレ・シュミッツである。イタロ・ズヴェーヴォとしての彼は、出版後は作者以外の誰からも忘れ去られる処女小説の中で、ファイルキャビネットと机とそこで働く人々――自分も含めて――を拝借する。パラッツォ・ボルサは、ズヴェーヴォの没年である一九二八年に再度移転した。今度の移転先は、旧証券取引所から通りを隔てた向かいの建物、それが現在のボルサである。

私が訪れたのはボルサ・ヴェッキアそのも

のではなく、トリエステ商工会議所の建物だった。景気の低迷が深刻な昨今、そこは不安渦巻く場所だったが、私はそれと知らずに通り過ぎた。

一八五〇年、二十歳のフランツ・ヨーゼフは、即位二年目に行った最初のトリエステ訪問の首尾を母親宛てに書き送っている。

愛する母上、

当地では熱烈な歓迎を受けました。すばらしい風景、「ご長命を」の歓呼の声、熱狂、それでいて風儀に万端欠けるところがありません。ウィーンを離れるにつれ、臣民の内なる気質がわかってきました。グラーツの民は、気だてがよく、品位がある。ライバッハの民の心栄えは申し分なし。そしてここでは、熱烈なるオーストリア支持というわけです。どこにいても、期待を上回るすばらしい閲兵式が行われました。今日も何度か観閲しました。昼食後、ロイドの蒸気船が出港しました。明日は南部鉄道の定礎式に出席する予定です。今夜は舞踏会が催されます。『千夜一夜物語』の宴、ここにありです。

あなたの忠実なる息子、フランツより

インスブルックやウィーンの宮廷からひとたび離れれば、オーストリア臣民の忠誠心が自明のものではなかったことが、この文面からうかがい知れる。ゾフィー大公女宛ての皇帝の書簡は、そのことを再確認するものといえる。ロイド・アウストリアコ社、ズュートバーン、大型蒸気船航路、今後の鉄道線路の敷設。これらについてフランツ・ヨーゼフが触れていることも大きな意味をもつ。彼がトリエステを訪れたのは、純然たる「巡幸」儀礼のためではなく、思いきった商業興隆の鍵を握る一連の象徴的事業に、錦上花を添えるという役目があった。

その玉座を背後で密かに支える手の持ち主は、養子に入ったトリエステ人だった。フランツ・ヨーゼフの商務大臣、ブルック男爵は、ボン生まれのドイツ人であるが、一八二一年にトリエステに移り住んだ。みずからの才覚で財をなし、ロイド・アウストリアコ社の設立に一役買い、のちに取締役の一人となる。夢想家としての一面と商才とが仲良く同居していた彼は、「七千万の民を統べる帝国」としての中欧を夢見ていた。つまり、帝国内の貿易・関税障壁を撤廃することで、沸騰する民族――ドイツ人、チェコ人、ポーランド人、スラヴ人、マジャール人、イタリア人――の巨大な複合体を、オーストリアのヘゲモニーのもとで束ねて、平和と繁栄の連邦国家を築こうという構想である。一八四八年、オーストリア帝国においては（A・J・P・テイラーは「アイルランドが大挙して集結したようなもの」と形容している）、民族主義の熱気が沸々とたぎり、あちこちで蜂起と革命を引き起こしていた。世論は分裂していたものの、大筋では従順なトリエステは、短期間、サルデーニャ、ナポリ、ヴェネツィアの連合艦隊によって海上封鎖された。優等生的振る舞いのご褒美として、トリエステが「フィデリッシマ〔いとも忠誠なる〕」という公式呼称を帝国から拝領したことは、アドリア海の対岸やピエモンテの社会動向を共感と希望にはやる目で見つめていた市民の気持ちを逆撫でしたにちがいない。

地域発展の構想を描くに際して、ブルックが最重点項目として掲げたのは、効率的かつ利用しやすい商業貨物港の建設。そして、一世紀前にカール六世が先鞭をつけた事業を完成させるという形で白羽の矢が立ったのが、トリエステだった。一八五〇年五月の午後に行われた定礎式へのフランツ・ヨーゼフの栄えある出席は、そのための鍵となる政策の遂行にお墨付きを与える儀式となった。すなわち、ライバッハ、グラーツ経由で、首都と地中海地域を結ぶ高速・最新の輸送手段として、ウィーンのすぐ南のゼメリンク峠を越えるアルプス鉄道ルートを開通させること。実際それは、産業時代初期のエンジニアリング技術の粋を集めた偉業となった。

ここに、そのことを記念する一枚のタブローがある。トリエステ滞在第一週に買い集めたみやげものの中で最も荷厄介だった一品である。トリエステを発つ日、私はこの絵を突っ込んだダッフルバッグを両腕で抱えこむようにして、駅までのバスにどうにか乗り込んだ。駅では、帰りの列車が待つプラットホームまで、きたない大理石の床をずるずる引きずる始末だった。ケネディ空港の疑り深い税関職員に、学術目的の証拠を出すように求められた時点では、人だか物だかにぶつかって、すでに画集の背が折れていた。

大冊『版画の中のトリエステ』は、イタロ・ズヴェーヴォ書店の店頭でワゴンセール品になっていたものだ。買うまでにあれこれ迷いが生じたのは、重さや大きさのせいだけではない。写真が登場する以前のピクチュアレスクな世界にどっぷり浸るノスタルジー趣味を、私の今後のプランの中にどう位置づければよいだろう？　わが美しき正三角形の残りの部分とはどうつながりをもたせるべきか？（私が書こうとするものが一種のゴーストストーリーであることに、この絵が気づかせてくれたのは、後日の話である。）

『版画の中のトリエステ』には、見開き二ページにわたり、フランツ・ヨーゼフのトリエステ訪問を記念する版画が収録されている。「F・ファルトゥス」とみずから署名をした人物がこのときに描いたものである。F・ファルトゥスについては、ジョヴァンニ・アントニオ・レヒナー・デ・レヒフエルト砲兵伍長同様、あまり語るべきことはない。うそっぱちの波止場を取り巻くうそっぱちの丘の腕前をみるかぎり、なかなか達者な版画家であり、フランツ・ヨーゼフの祖父ならまちがいなく「余のための愛国者」と呼ぶような人物である。彼のタブローは「フェデリッシマ・トリエスティーニ

〔いとも忠誠なるトリエステの民〕」に捧げられており、その形容詞の正しさを図解することを意図している。中央の絵には、トリエステ湾に浮かぶ帝国のフリゲート艦から、青年皇帝に向かって二十一発の祝砲が放たれた様子が描かれている。手練れの水夫を乗せた艀《はしけ》のともから手を振り返す皇帝。艦隊のマストには小旗がはためき、歓呼の声をあげる水夫たちで鈴なりである。小舟には船縁までぎっしりと、いとも忠誠なるトリエステ人たちが乗り込み、大艦隊に向かってうやうやしく帽子を振っている。

上下の余白に、F・ファルトゥスは六つの小さな挿画を割り振り、試練と褒賞を描き出した。そのうち三つが取りあげたのは、サルデーニャ、ナポリ、ヴェネツィア連合艦隊によって行われたばかりの海上封鎖。迫り来る領土回復運動の不気味な兆しとして、「イタリア」艦隊が沖合の防壁を自任する一方で、ボルサ広場では、帝国軍とそれを歓迎する市民たちが、一朝有事にそなえて抵抗の構えを整える。別の絵では、同じ広場に帝国旗が天恵のごとくひるがえる。

試練の後には褒賞あり。フランツ・ヨーゼフと従者たちの来訪と、三日にわたる滞在が巻き起こした熱狂がその褒賞である。F・ファルトゥスは、皇帝の弟マクシミリアンが手放しで誉め讃えたオピチーナのオベリスクへの皇帝の来着を描き出す。外輪式蒸気船「ダルマチア号」はロイド・アウストリアコ社の造船所から麗々しく進水する。フランツ・ヨーゼフは南部鉄道の終着駅のための礎石を置く。実際、画家は、一八四八年以降頻発する政治革命が、産業界の革命に取って代わられ、あるいはその前でかすんでしまったことを示す。

皇帝、宮廷貴族、豪商、輝く蒸気機関車、白煙をあげる蒸気船。それらの力が合わさった、ほどほどに自由な事業の推進と、政治的安定の復活という大きな課題。そうしたテーマと対照をなすのが、タブロー全体に立ちこめる、アラビアの香りである。感きわまった市民が投げ上げた帽子。マストや

F. FALTUS DEDICA

TRIESTE
AI FEDELISSIMI TRIES

ポールのいたるところで風に高く鳴る旗。オベリスク、ロイド・アウストリアコ社の乾ドック、まだ幻の線路の前と、いたるところで、絨毯を敷き、その上に差し掛けられた、贅を凝らした、絹の天幕は、「スルタン」フランツ・ヨーゼフと宝石で飾り立てた取り巻きを微笑む陽射しからさえぎる。

立ちこめるアラビアの香り。「男女の精霊……悪魔と妖精……天翔る馬、物言う動物、理を説く象……魔法の指環……ソロモン王の絨毯と張り合う、空飛ぶ長椅子」。リチャード・バートン卿が、数十年後、オベリスクから道路を隔てたオピチーナの宿屋で描き出した風景そのもの。皇帝自身も述べたように、「千夜一夜物語さながらの」エキゾチシズムがそこにはあった。

ハプスブルク朝がミッテルオイローパ〔中央ヨーロッパ〕に残した二つの大きな遺産。それは鉄道システムとトリエステ港（「正確な名はトゥルスト」）であったとテイラー教授は説く。そして、トリエステを「鉄道時代の到来以前には、およそ考えられなかった計画都市」と呼ぶ。教授はまた、大規模な港湾開発を犠牲にした内陸部とのアクセス重視の政策が十九世紀に始まったことを強調するが、それは半面の真実を言い当てている。しかし、一八五〇年から六〇年にかけての大鉄道時代が、トリエステの自信の絶頂期であったことはまちがいない。

定礎式から六年後、ミラマーレ城で工事は開始された。翌年、マクシミリアンはシャルロッテと結婚し、フランツ・ヨーゼフはズュートバーンの竣工を祝う厳粛な祝典のために再びトリエステを訪れた。一八五八年、国際鉄道協会の会議がこの地で開かれた。マクシミリアンの友人、レヴォルテッラ男爵が、それを記念して、小さな案内書『トリエステの三日間』を出版した。なにもかもがほほえんでいた……

この時代について書かれたみごとな寸評を、トリエステについての別の案内書から、段落ごと引用しておく。一九一〇年、シルヴィオ・ベンコが後知恵をはたらかせ、皮肉たっぷりな筆致で書いたものである。

トリエステの通りという通りには、シナモン、胡椒、オレンジ、樟脳、菊の香りがただよっている。商業は栄光の絶頂で輝きわたる。町の銀行家たちはナポレオン金貨の詰まった籠をロープで窓に引き上げる。今と同様、さっぱり暮らし向きがあがらない民衆は、人生とは誰にでも当たりくじを引き当てる機会が与えられた賭け事だと勘違いする。若者はきれいな踊り子たちと火遊びに明け暮れる。絶対君主国家のオーストリアがこの商業都市に与えた最後の自由の一つが兵役免除であったのをよいことに、ますます無頼に走った。享楽と蓄財の自由と引き替えに、拒まれ、取りあげられた自由を欲することが許されない人々は、町の衰退も知らぬまま、楽天主義と忠誠心のにぎやかな空騒ぎの中で暮らす。この町の衰退は、大小を問わず、他の港が、消費のはけ口となる大陸諸国に向けて、外への鉄道網を整備し始めた時点で実質的に始まっていた。ハンガリーやイタリアでの暴動の動きに目を光らせていたウィーン政府は、トリエステをヨーロッパの鉄道網に組み込むことを遅らせた。しかし、鉄道はトリエステを没落へと導くことになる。もっとも、繁栄の時代の夜明けにすでに登場していた蒸気船の方は、少なくともある面では、その絶頂期に達していたのだが。

実際、トリエステ―ウィーン路線が開通した一八五七年は、経済的にみれば、屈辱的なまでに遅きに失した年である。規模も小さく、設備もはるかに貧弱なヴェネツィアにあるオーストリアの港は、すでに内陸部と結ぶ鉄道網の整備をかなりの段階まで進めていた。また、北海におけるトリエステの最大のライヴァル港ハンブルクも、一八五一年にはウィーンとの間が鉄道路線で結ばれ、莫大な利益をあげていた。対するトリエステはといえば、一八八七年にようやくイストリアまでのローカル線が開通するというありさまだった。栄光の極みにありながらも、帝国はすでに――ジョイスが後に述べたように――「倒壊寸前」であり、その動きは緩慢きわまりないものだった。オーストリアの大作家ロベルト・ムージルは、崩壊目前のカカーニエン（末期のハプスブルク＝オーストリア帝国を当てこすった架空の地名）の官僚事務を象徴する「魔法の定式、アス（Ass.）」について述べている。アスとはアセルヴィーアト、「未決事項」の略語であり、どんなことにも目を光らせながら、どんなことにも進んで取り組もうとしない用心深さの実例である。（役人たちのこうした先延ばし根性は、カカーニエンのもう一人の作家、フランツ・カフカの小説にも描かれる。実際、カフカは、一九〇七年十月から一九〇八年七月まで、トリエステに本社を置く個人保険会社アッシクラツィオーニ・ジェネラーリ社のプラハ支店に勤務している。）

しかし、それも後知恵があって初めていえること。当時としては、もちろん、それほど明白なものではなかった。トリエステの人口は、一八〇〇年の三万人から二十世紀初めには十八万人と、一世紀の間に六倍に増えた。すでにわれわれが見学した、一八〇六年の立派なパラッツォ・ボルサの建物は、またたくまにボルサ・ヴェッキアになった。つまり、証券取引の仕事をするには手狭になったということだ。象徴的な意味合いを込めてフランツ・ヨーゼフが建設の音頭をとった鉄道ターミナルでさえ、短命に終わった。一八七八年の火災で焼け落ちた駅舎に代わって新築なった建物については、シルヴィオ・ベンコが、迷いなど微塵もない、郷土愛丸出しの、いささかマリネッティ調を帯びた讃辞を捧げている。

きわだってエレガントな、ルネサンス様式のファサード。丸屋根が張り出した、一〇〇メートルにおよぶプラットホーム。栄光の煤煙にいぶされた、巨大な金属製の肋骨。鉄骨構造には、アスリートのような頑丈な動きがあり、筋肉が浮かび上がって見える。石組みには、絶妙な気品と優雅な表情が保たれている。

（しかし、ベンコは、私が最初にトリエステに到着したときに目にした、この構造の中に射し込む陽の光のことには触れていない。プラットホーム上部のガラス張りのアーケードのことも省いている。石や鉄の量感を相殺する、屋根の明かり取り窓についても書き忘れている。ここから射し込む真昼のまばゆい光は、アイドリング音を響かせる――前世の置きみやげのような――ミラノからの列車から降り立ち、ふくれあがった鞄を二つ提げ、真鍮とオークの扉に向かって移動する、私の姿を変容させた。扉の向こうにはリベルタ広場、そして、温かい暮らしと碧い空のある、私が選んだ町。はるばる海をわたって探しに来たこの町に足を踏み入れたあの時間こそ、トリエステで過ごした私の一番幸せな時間だった。）

一八九三年、「進歩の勝利」に捧げられた油絵の連作が、駅構内のカフェの壁面に架けられた。そのうちの二枚――最も大きく、かつ最大の野心作――は、トリエステⅡの最後の「タブロー・モール〔遺品画〕」となっている。トリエステの画家エウジェニオ・スコンパリーニが描いた、『商業』と『工業』の寓意像である。

どちらの絵も、町の上には、およそ碧さとはほど遠い空。下半分では雲が不穏に身をよじり――そのあたりの基調色はインディゴブルーだが、ダヌンツィオやベンコなら、煙突からの「噴出物」とでも形容したろうか――上半分には稲妻がひらめき、陽射しがペールブルーの雲間を貫く。『商業』に描かれた神は、いわずとしれた、商売や為替取引の守護神メルクリウス。この絵では、意表を突いて、

商　業

工　業

有翼のペガサスで天翔る。ビジネスがかきたてる詩情を訴えているのだろうか。『工業』の神は二人いる。「栄光」は金色の雲を背に、不滅の月桂樹を天へと差し伸べている。運命の神クロトーは、命の糸を巻き取った錘を手に、腰を下ろし、足元のテーブルでリモナータ〔レモネード〕を飲む旅行者に向かって、永遠とは、個人ではなく、社会全体に与えられるものであることを暗にほのめかす。しかし、どちらの寓意画においても、こうした高尚なテーマはかなり常套的な扱いを受け、淡い色づかいで、画面の上部遠方へと追いやられている。スコンパリーニのきわだった腕前と関心は、むしろその下の前景に向けられる。

彼が自分を「リアリスト」と見ていたことはまちがいない。画家として（そして、絵画教師として。ズヴェーヴォの姉のパオラは彼から絵の手ほどきを受けた）、彼はあるがままの事物を描こうと努めた。どちらの絵も前景の人物は、思想の擬人化であるが、血肉をそなえた人間、世俗の女性として描かれている。胸をはだけ、下半身もブロケード織や薄衣を巻き付けただけの彼女らは、その身を支えるものもないままに、写実的な汚れた地上に浮かび、天を仰ぎ見て、それぞれの神を指さしている。

「富」と「豊饒」は、いずれも性的アピールにあふれている。いささか大げさで、まとまりを欠いたところもあるが、この手の絵の目利きなら「売れ筋」と太鼓判を押しそうな作品である。「豊饒」は、薔薇のコルヌコピア〔豊饒の角〕を抱えた従者のプットのかたわらで、黒ずんだ雲に身をもたせかけ、法悦境にあるかのように、目を半ば閉ざしている。かたや、「富」の姿勢は直立に近い。片手には宝石筐を持ち、差し伸べた腕には真珠を連ねた飾りを巻き付けている。当時、それなりの階級に属する、芸術好きの男性の鑑賞者なら、エミール・ゾラの『ナナ』の一場面を演じた、かなり現実味のある「タブロー・ヴィヴァン〔活人画〕」としてこの絵を眺めたのではないか。そんな目利きの指摘の声が聞こえてきそうだ。成金たちのぱんぱんにふくらんだ財布なら充分に購える、『千夜一夜物語』の逸楽の世界である。

他方の『工業』が焦点を置くのは、数ランク下の社会層であり、セクシーな商業の成功を支える堅固な土台に光を当てる。ズヴェーヴォや世紀末のインテリゲンチャの多くがそうであったように、スコンパリーニもまた、居心地のよい「人道的社会主義」を商売道具にした。上唇の上にうっすらと髭を生やし、南を向いた「工業」は、筋肉質の背をわれわれの方にひねり、やや垂れぎみの大きな乳房の輪郭を見せつけながら、トリエステの労働者階級の男を紹介している。巨大なハンマーを握り、太い足をむきだしにした男は、黒くて長い前掛けしか身につけていない。「工業」は、上方のヴィタ・ブレヴィス〔はかない人生〕（クロトー）と市民社会の永続（グロリア）へと、男の視線をみちびく。男は彼女の言いなりになり、魅了されながらも、その視線は胸元にそそがれている。二人の足元に広がるのは、工業都市トリエステのパノラマ。おそらく、町の南のキアルボラの丘のふもとの、振興開発地区や工場を描いたものだろう。ズヴェーヴォの住まいと勤め先もそこにあった。六本の煙突が黒煙を吐き、その黒煙の上に男は腰を下ろしている。ほどなくマリネッティに熱狂的な讃歌を書かせることになる、「未来派」好みの都市景観である。

オーストリア＝ハンガリー帝国から庇護のお墨付きがないことが領土回復主義の表れであるとするなら、スコンパリーニの油彩画もまた、領土回復運動の産物といえる。実生活においても、彼はその一人と目されていた。しかし、そうした熱狂の産物であるはずの『商業』と『工業』も、イタリア王国に対してはまったく無関心な様子である。これらの絵が訴えたい眼目は、ようするにこういうことのようだ。ハプスブルク・トリエステにおいて物事は、あるがままの形で、エネルギッシュに、実践的に――われわれのブルーカラーの同志にしてみれば、いささかの自己犠牲も伴いながら――ますます発展してゆくだろう。一八九一年には、ポルトフランコ〔自由港〕がプントフランコ〔自由区域〕

＝港湾地区にばっさりと切り詰められ、古くからの直接参加の多くの特権も削られてしまったことも、花咲ける豊饒を讃えるスコンパリーニの筆を鈍らせることはなかった。しょせん、政治は政治、ビジネスはビジネス。おそらく、ビジネス——寓意像でいえば、その守護神メルクリウス——こそは、（現実的な見方でいえば）変わらぬ現世の皇帝なのである。

もちろん、最初にこの地を訪れたときの至福のひとときの中でも、私はこれらの絵を見落としはしなかった。しかし、じつをいえば、スコンパリーニの壁画は、現在の駅構内のカフェにはない。というより、カフェそのものがすでにない。五十年前には、ヴィルジリオ・ジョッティ、★ジャーニ・ストゥパリヒ、★ピエラントーニオ・クアラントッティ・ガンビーニ★といった作家たちが、『進歩の勝利』の下で出会い、会話に興じた「文学的」カフェ。一九五五年に、その店は閉められた。新しいカフェは、没個性の黄色のむきだしの壁の下で、電子レンジで温めたピッツァが出されるカフェテリアである。トリエステ滞在三週目、私はまったくの偶然から、『進歩の勝利』全点——『商業』、『工業』に加えて、それよりも小さな『機械』、『電気』、『輸送』——が道路一つを隔てた古いパラッツォの「ピアノ・ノービレ」に移されていることを知った。現在は、考古学局の管理のもとにフリウリ・ヴェネツィア・ジューリア州の古代美術が展示されている。この連作画は、血を流すキリストやらアクテイオンやらといった絵画にまじって掛けられており、今や自然な時の流れに打ち負かされた進歩の寓意と化している。

タブロー・モール。入場料を支払うと、退屈しきった係員があなたにチケットを手渡し、読みさしの小説へとまた目を戻す。絵を存分に楽しむには、時間も場所もたっぷりある。ヒールの音が、亡霊のように、大理石の床に響きわたる。訪れる者はあなたしかいない。

この新しいトリエステは、美術をないがしろにするよりも、なごやかな微笑みでそれらを受け入れ、温かい手を差し伸べた。そして、さまざまな種類の制作を後押ししたが、そうした制作は、この国際的な植民地の社会風俗の洗練ぶりを証明するものであり、それらによって若きトリエステは、他の都市と肩を並べるにいたった。この町を訪れた異邦人は、美しいものと有用なもの、そのどちらにも手を伸ばす彼の精神を養う少なからぬ数の糧を、自然の中に、諸科学の中に、諸芸術の中に発見するだろう。

『トリエステの三日間』（一八五八年）

この町はおそらく、今よりも活気にあふれるようになるでしょう。ただし、通りの往来にしても、敷石を鳴らす馬車の音にしても、今よりは少なくなるでしょう。商業はそれぞれに栄えるでしょうが、その他の部門を否定することも、ねじふせることも、追いやることもないでしょう。メルクリウスは、現在のように他の神々の上に君臨するのではなく、彼らと肩を並べるようになるでしょう……トリエステは商業だけでは生き延びられません。また、商業が他のあらゆるものの価値を下げることもありません。われわれの海は澄みわたり、美しく、詩的なものとなるでしょう……

エリオ・シュミッツ★がエットレ・シュミッツに宛てた手紙（一八八二年六月）

マーキュリーの言葉の後では、アポロンの歌も耳障りなもの。
シェイクスピア
『恋の骨折り損』、第五幕第二場　九二四―九二五行（逆さまにした引用）

椰子の木は氷の上には育たない。
ウンベルト・ヴェルーダ
（一八九〇年頃）

トリエステには文化の伝統がない。
シピオ・ズラタペル
『トリエステ書簡　第一書簡』（一九〇九年二月）

フェアヴューのぬかるみ

本書の小柄な祖先である『トリエステの三日間』は、国際鉄道協会を代表する議員たちに、文化の拠点としてのトリエステの価値をアピールするために、レヴォルテッラ男爵と彼の同志たちによって執筆依頼が行われたものである。『トリエステの三日間』が推奨するのは、ミラマーレ城（一八五八年当時はまだ建設中）から臨む景観であり、また、マクシミリアン大公殿下の「洗練された趣味のおかげで、真に魔法のような」姿となった、「トリエステから一ドイツリーグ（五キロ弱）」にわたって続く北の海岸線の変貌ぶりである。同書はまた、市内に近年建てられたぜいたくな懐古主義的建物に対しても熱狂ぶりを隠さない。それはもちろん、旧証券取引所《ボルサ・ヴェッキア》、パラッツォ・テルジェステオのガラス屋根の下に移転された新取引所、そして「壮麗な」鉄道の終着駅である。また、美術品や工芸品の数々を陳列した膨大なコレクションについても触れているが、それらはすべて他国から輸入されたものである。メダルや貨幣のショーケース。モルプルゴ家、サルトリオ家、レヴォルテッラ家といったトリエステを支配するひと握りの一族の邸宅《パラッツォ》を飾る、ブロンズ像や大理石像や油彩画で埋め尽くされた広間（男爵邸の階段の足下に置かれた大理石のトリエステ像の説明には三ページが割かれ、男爵が所有する他の資産にも二ページが割かれている。ミラマーレ城ですら、それほどのスペースは与えられていない）。また、トリエステ版ガンプス〔サンフランシスコの高級宝飾品店〕とでもいうべき、ヴュンシェのチャイニーズ・キャビネットで売り出されたエキゾチックな「東洋の財宝」の数々も、同書の推薦品である。

『トリエステの三日間』はさらに、町のいくつもの劇場や、一八〇一年にサリエリのオペラ『カプアのハンニバル』でこけら落としをした立派な歌劇場を誇らしげに案内する（比較的知られていないヴェルディの二つの世界初演作品、一八四八年の『海賊』、一八五〇年の『スティッフェリオ』の大失敗について触れていないのはうなずける）。しかし、リテラリー・トリエステについて語る段になると、『トリエステの三日間』の執筆に携わった地元の名士たちのエリート集団は、とたんに口が重くなる。

たしかに公共図書館はあり、そこには学者にして慈善家のドメニコ・ロッセッティが寄贈した、ペトラルカの充実したコレクションや、エネア・シルヴィオ・ピッコロミーニ（一四四七年から一四五〇年までトリエステ司教を務めた。のちの教皇ピウス二世）の全著作が収蔵されていた。ロイド・アウストリアコが経営する多忙な出版社もあり（『トリエステの三日間』を四か国語で出版）、アリオストからアルフィエーリまで、イタリア文学の古典の美しい全集本を世に送り出した。さらには文学サークルもあり、トリエステがフランス軍の駐留下にあった一八一〇年にドメニコ・ロッセッティが設立したガビネット・ミネルヴァでは、イタリア文化や、そのトリエステとの関わりについて書かれたエッセイが朗読され、議論が戦わされた。しかし、一八五八年の小冊子には、こうした同時代のトリエステの作家たちについての言及はまったくない。その理由はいたって単純であり、トリエステ域外のヨーロッパの読者層にアピールするものが何もなかったからである。リテラリー・トリエステは存在していなかった。レヴォルテッラ男爵が蕩尽や蒐集に肩入れをしたことは、とりもなおさず、商業の神メルクリウスがいまだ機嫌をとらなければならない相手であることを示している。シェイクスピアの言葉にはないが、メルクリウスの支配は往々にしてアポロンを完全に追い払ってしまうのである。

一八三〇年から三一年にかけて在トリエステ領事を務めた小説家スタンダールは、この町を憎み、「野蛮人たち」に立ちまじって孤島で暮らすような思いを味わった。イザベル・バートンはトリエステのことをたびたび「わが愛する町」と呼んだが、夫のバートン卿はまずもって退屈な町だと感じていた。「この地に来てからはや十一年」、と彼は一八八三年の日記に記している。「情けない限りだ！」一八七二年から九〇年にかけてのイギリス領事としての任期の大半、バートンはオピチーナのオベリスクのそばの宿屋にこもり、『千夜一夜物語』の平明かつ文学的な翻訳にかかりきりとなった。耐えがたい痛風や狭心症に加え、老いの身に伴う怒りの発作に悩まされるなか、『千夜一夜物語』こそが、バートンにとってのエキゾチックな逃げ場所となったのである。

「トリエステは商業だけでは生き延びられません……」気の毒なエリオ・シュミッツ★のささやかなユートピアは畢竟、ユートピアにすぎない。かなわぬ願いの見取り図とはいえ、この手紙を書いた意図は主に、尊敬する兄を喜ばせることにある。エリオが日記に記しているところによれば、パラッツォ・テルジェステオの二階、ウィーンのユニオン銀行のトリエステ支店での事務作業が兄の文学的野心をむしばんでおり、執筆量は減る一方で、書くよりも読む方が多くなり、やがてはそれさえも止めてしまうだろう。「自分の前に立ちふさがるあらゆる困難に打ち克つ希望を、兄はすっかり失っている」。実際、一八八九年のエットレ本人の日記を読むかぎり、彼は限りなく絶望に近づいているように見える。執筆中の自分の処女小説のことを、「とても吐き出せないくらいに、取り散らかったゴミ屑」と呼び、「希望だけが私の取り柄だったのに、困ったことに、それさえも次第に薄れつつある」と嘆じている。エリオはすでに世になく、エットレの考えや行動に興味をもってくれる者は誰もいない。

エットレ・シュミッツ事件★（イタリアでは、六十年以上にわたり、『ズヴェーヴォ事件』の呼び名で知られてきた）は、このあたりの事情をよく伝えている。彼の反抗的な処女作である『ある生活《ウナ・ヴィータ》』は、一旗揚げようとメルクリウスの町にやって来た、気の毒な田舎育ちの青年の人生の最後の一年を描いている。未熟で、内向的で、本好きな主人公は、トリエステの銀行でしがない事務員として働くかたわら、「ものを書きたい」と考えている。彼は頭取のおそろしく利己的な娘と一緒に小説（あらすじ――「若い伯爵の娘クララは、公爵が商店主の娘と結婚しようとしていることを知り、絶望する」）を執筆することになる。しかし、青年が担当する第一章があまりにもくすんでいる（「くすんでるわ、くすみきってる」）と彼女が評したことから、この共作計画は頓挫する。青年は純粋な思索という孤高の領域に閉じこもり、「すぐれたドイツ語作品を翻訳すると同時に、自分独自の著作を執筆することで、現代のイタリア哲学の礎石を築こう」と考えるが、タイトル（『現代世界における道徳観念』）、目次の下書き、三ページ分の序文で足踏みしている。『ある人生』のその後の展開で、痛ましいアルフォンソは、職場でも社会の中でも執筆においても前に進むことができないのは、自分に能力がないからではなく――ズヴェーヴォの第一の目的は、能力のなさを示すことにあるのだが――哲学と訣別するための体系的な計画がなかったからだと、うまく自分を納得させていくことになる。効率的かつ非個性的なガス自殺という形で命を絶ったアルフォンソの死は、何年も後になって作者自身が付したコメントによれば、「三段論法の一部のように、淡々と、そして唐突に」、ショーペンハウアー流の始末をつけたことを意味している。

トリエステの出版社が、一般読者はそんな陰気な題名の本は絶対に買わないと助言をするまでは、ズヴェーヴォは『ウン・イネット』という題名をつけていた。「不適応者」、つまり不器用な人間、はみ出し者といった意味である。実際、『ある人生』は、ある特定の「事例」、すなわち、ある若者の無気力さと適性の欠如という事例に関する、冷静かつ、あえて「くすんだ」色彩を選択した研究である。アルフォンソ・ニッティには――それが彼に与えられた運命とはいえ――才気もなければ才能もない。だが、エンマ・ボヴァリーがフローベールの肖像ではないのと同様に、アルフォンソ・ニッティは、エットレ・シュミッツという名の「ものを書きたい」銀行員の若者の肖像ではない。アルフォンソの挫折の責任を、トリエステという環境に負わせるわけにはいかない。どこにいようとも彼が挫折したであろうことは、きわめて明白である（ただし、このように最初から問答無用の運命論を前提に主人公の性格づけを行ったのは、この小説の欠点の一つではある）。とはいえ、心理分析を別にしても、『ある人生』は、ある特定の場所、すなわち、働きかつ楽しむ商業都市トリエステについての鋭利で皮肉な鑑定書であり、アルフォンソにはそうした鑑定書を役立てる能力が救いがたいほど欠けているとしても、そのことは、ズヴェーヴォの探究の眼の怜悧な鋭さを減じるものでは決してない。大運河から一ブロックしか離れていない、ボルゴ・テレジアーノのフォルニ通りに立つ銀行家マラーの家で繰り広げられる、退社後の生活の情景は、一八八〇年代のトリエステの文化状況についてのアイロニックな銅版画となっている。インテリ女性のアンネッタ専用の応接間には、「存在しない生き物のために作られた」ミニチュア家具が所狭しと集められ、卓上にはヴュンシェで買い求めた中国趣味の宝飾品が置かれていた。客間のピアノの上の壁には、扇を開いたような形で写真が貼られていた。骨董品やいくつもの古典全集がキャビネットや書棚に収められていたが、どの家具も背が高いために、その上にぎっしりと架けられた油絵は細部が見分けられないほどだった。マラーの屋敷がめざしたのは、レヴォルテッラの屋敷の姿。どれほど金をかけたかが尺度であり、狙う効果は、ありあまる豊かさ。ズヴェーヴォは、アルフォンソよりも経験を積んだ眼が見れば、その家の装飾には「どこか行き過ぎた」ところがあることに気づいただろうと、醒めた眼で記している。しかし、青年はまんまと狙いどおりに幻惑されたのである。

こと文学に関するかぎり（ロイド傘下の出版社から刊行された全集本を別として）、「文学が話題になるときには、だれでも参加できるお手軽な文学のトピックとして、まちがいなくリアリズムやロマンチシズムの利点が論じられる時代」だった。マラー氏は、男としては、不滅であるがゆえにリアリズムの方が好きだといたずらっぽく告白した後で、まじめな口調に転じて、リアリズムの「大衆的な」表現手法には軽蔑の思いを禁じ得ないがと洩らす。一方、娘のアンネッタは（そして当然ながら、彼女に好意をもつ協力者であるアルフォンソは）、自分が構想するフィクションの焦点は、星回りの悪い愛、あるいは身分違いの愛にあると説明する。もし完成していれば、それらはキッチュ趣味の一覧表か、現代の「歴史ロマンス」小説に見まごうものとなっただろう。ズヴェーヴォのトリエステIIにおいては、文学がとりうる姿は三つある。すなわち、「オペレッタの知恵」あるいはビーダーマイヤー精神を体現すること（ミラン・クンデラの定義を借りるなら、「現実の上にかぶせられた牧歌のヴェール」）。才気走ったサロンでの会話の道具や、ローマやパリの流行の新聞を読んでいることの証拠として用いられること。さもなければ、皺ひとつないモロッコ革の背をつけ、すばらしい金の箔押しを施した姿で、向こうの本棚にどっしりと収まること。

もちろん、ズヴェーヴォのトリエステIIには、一八九二年の『ある人生』と一八九八年の『老年』の出版と失敗を含めなければならない。それらは地元の出版社から千部ずつ自費出版の形で出された。そして友人たちに配られ、地元の書店で販売され、市内や海外、とりわけイタリア中の新聞や雑誌に送られた。一九二八年、死のすぐに前に書かれた三人称による自伝的スケッチの中でズヴェーヴォは、批評家の反応が一切なかったことを受け、世紀の変わり目に、「文学と呼ばれる、あのばかげた有害なもの」から「不屈の意志」でもって手を引いたと説明している。「彼の作品が受けた沈黙は、何よりも雄弁だった」。しかし、沈黙はあくまでも相対的なものである。地元紙は、ズヴェーヴォのぎごちないイタリア語や分析的アプローチの些末さ（「くすんでるわ、くすみきってる」）の指摘はしたものの、どちらの小説にも「気づいた」ばかりか、歓迎もしたのである。ズヴェーヴォの友人のシルヴィオ・

ベンコは、『老年』に対して、四半世紀後に同じくベンコによる『ゼーノの意識』の書評が現れるまで、ズヴェーヴォが受けた最も長く、最も知的な評価を与えた。さらに、そうした賞賛は友人たちや市民の間からも寄せられた。イタロ・ズヴェーヴォの正体が「教養ある若きトリエステ人、エットレ・シュミッツ氏」であるというのは、トリエステでは公然の秘密だった。しかし、自分の作品がイタリア全土の本物のイタリアの文芸批評家から客観的に評価され、賞賛されたいと願う、野心的な若い作家にとって、トリエステでの優しい言葉には正直さほど動かされないというのは、たしかにうなずける話である。

実際には『ある人生』は、広い読者層をもつミラノの『コリエーレ・デッラ・セーラ』紙の文学担当記者によって書評された。彼は三百五十語で公平な評価を下している。「いずれにしても、世間の関心は低くとも、また、技術面の価値はかなり限られるものの、この小説には芸術家としての意識と明敏な観察眼が示されている……欠点はあるものの、駆け出しの作家の仕事ではない」。こうした言葉が得られたことで、その後の『老年』の執筆と出版に向けてズヴェーヴォは「勇気づけられた」(ズヴェーヴォ自身の言葉)わけであり、彼の期待はいやがおうにも高まった。しかし、今度は手ひどい失望を味わうことになる。フリウリ・ヴェネツィア・ジューリア州の外では、この本はほとんど気づかれることなく終わったのである。

予言的とでもいうべきか、『老年』のヒーローは、一冊の小説を書き上げた、三十五歳の保険会社社員エミーリオである。この小説に対してエミーリオはほとんど幻想を抱いていない。

……書店の棚の上で黄ばんでしまっていた。しかし、エミーリオは、出版された時点では将来に大いに希望が持てると評されていたが、今では町のささやかな芸術活動の中でそれなりの発言力をもち、一目置かれる文学者の一人に数えられるようにもなっていた。

たとえその程度の評価でも現実に得られたなら、ズヴェーヴォ自身にとって多少の慰めにはなったかもしれない。シルヴィオ・ベンコの鋭く綿密な『老年』評は、トリエステの中で読まれただけで、すぐに読み飛ばされ、やがて忘れ去られた。高い金額でズヴェーヴォの二つの小説の出版を引き受けたヴラム書店は、わずか数年後には、出版したことさえ思い出せなかったと言われている。

ベンコは、ズヴェーヴォの散文のぎごちなささえも、表現の新鮮さや現代性をときとして生みだすことがあると結論づけている。「すべてに通じた技巧家よりも、ときには世間ずれしていない《インジェヌオ》人間の方が言いたいことを正確に言い、人生を賭した出版によって、それを刻み付けることができるというのは、まぎれもなく真実である」。たしかにイタロ・ズヴェーヴォはときとしてナイーヴで、言葉遣いや統語法や構文に荒削りなところはあるにせよ、「教養に裏打ちされた、印象深い精神……すなわち、芸術家の精神」の持ち主でもあった。

もしこうした評言が、トリエステに住むシルヴィオ・ベンコという二十四歳の無名の書き手ではなく、ミラノやフィレンツェの名のある書評家によって書かれていたなら、作家イタロ・ズヴェーヴォの歴史はどれほど変わっていただろうか！　イタリア語とイタリア文学を学ぶためにマンゾーニがしたように、作家としての長期休暇をとって——彼の妻によれば、もっと早くそうすることを考えていた——フィレンツェを訪れていたかもしれない（しかし、トスカーナ語や大げさな修辞法を学び取った、あるいは「文学的な」ズヴェーヴォは、もはやズヴェーヴォではありえない）。おそらくありえたことではあるが、そのまま田舎の小説家であり続けたかもしれず、努力次第では、いつかフリウリ・ヴェネツィア・ジューリア州のジョヴァンニ・ヴェルガになったかもしれない。深く傷つきはしたものの、現実的で、気のまわる、よき夫にしてよき父親、そしてよき勤め人でもあったズヴェーヴォは、その代わりに、それまでの願いを呑み込み、ストイックに肩をすくめただけで、不屈の決意をもって、運命が彼に与えた役割を受け入れた。すなわち、エットレ・シュミッツであること、義母が経営する船舶塗料の製造会社の取締役であり、アマチュアのヴァイオリニストであり、兼業作家であること（だが、もう二度と出版には手を出さない）。そして、ほぼ二十五年間にわたり、「イタロ・ズヴェーヴォ」は、エットレ・シュミッツ本人と彼の親族、ジェイムズとスタニスロース・ジョイス、★そしておそらく一握りのトリエステの友人たちを除く、ほとんどすべての人々の記憶から姿を消した。

リテラリー・トリエステ。

一九一〇年、『老年』評を書いてからちょうど十年後、ベンコはトリエステの町の文学的業績について、短文というには少し長めの文章を書いた。

> トリエステの都会生活は、現代を分析した小説の中では扱われてこなかった。しかし、アルベルト・ボッカルディの著作、アイデーやウィリー・ディアスの物語、数年前にイタロ・ズヴェーヴォのペンネームで出版された二冊の小説、そしてエンマ・ルッザートの生き生きとした文章の中に、わずかながら痕跡が認められる。

ズヴェーヴォに関するかぎり、異論の余地はない。だが、ベンコの文句のつけようのない友人と同列に並べるには、なんと奇妙な人選だろう。ズヴェーヴォの本はまちがいなく、現代のトリエステの生活の「ドキュメント」であり、その詳細でヴェリズモ的な文体は、軽佻で、記憶に残すに足らない、他の四人の甘口の文章とはきわめて異なっている。しかし、ベンコはこのパラグラフの残りを、ボッカルディ、アイデー、ウィリー・ディアスといった群小作家たちについての短い考察に割き、彼らの作品がいかに「イタリアの生活に流れる文学的潮流」にかなったものであるかを述べている。（ベンコは、彼らが基本的に独創性に欠け、言語の選択以外の部分までがイタリアナイズされている点を正確に見抜いている。つまり、彼らはみな、成功の度合いこそ違え、イタリア半島部の文学モデルの流行を取り入れているのだ。一九〇四年と一九〇六年にミラノで出版された、ベンコ自身の最初の二つの小説は、彼の〈トリエステ〉には触れてはいないが、そうした姿勢を示す好例となっている。どちらもガブリエーレ・ダヌンツィオの凝りすぎた文体を巧みに真似たものとなっており、実際、そのことが出版社を見つけるうえで助けとなった。）一九一〇年のトリエステIIについてのベンコの包括的な概観の中では、イタロ・ズヴェーヴォはもう決着済みの存在であり、言及する価値のある数少ない地元作家たちは、はっきりと衛星的地位に追いやられている。メルクリウスの町では、アポロンの歌は「耳障り」というより、まったく聞こえてこない。

言い方を変えるなら、「カルドゥッチの存命中は、イタリアの詩人にとって、芸術はカルドゥッチの中に体現されていた」（カルドゥッチが亡くなったのは一九〇七年）。そう語るのは、一九二四年に出版された労作『トリエステおよびイストリア文学史』の著者で、新設されたトリエステ大学で教鞭をとったバッチョ・ジリオット教授である。『ゼーノの意識』が刊行された翌年であり、「ズヴェーヴォ事件」がハッピーエンドを迎える前年でもある一九二四年、ジリオット教授には、フリウリ・ヴェネツィア・ジューリア州における現代文学の発展を論じた自著の中でズヴェーヴォを取りあげる理由はまったくなかった。実際、彼が触れたのは、トリエステ出身の四人の現役作家である。リッカルド・ピッテーリ（「ウェルギリウスの心をもったカルドゥッチ派」の愛国詩人）、歴史小説家のティト・デッラベッレンガ（「そこそこの書き手」）、シピオ・ズラタペル（ジリオットの正当な評価によれば、『わがカルソ』は、領土回復前の時代に「トリエステ人の悩める魂を体現した作品」）。そしてもう一人は、ベンコのリストにもある名前だが、アルベルト・ボッカルディである（「さほど込み入っていない筋書きを明快に語り、そこから道徳的な教訓を引き出した」）。

結局のところ、この聡明な教授の見解によれば、リテラリー・トリエステを「もっぱら美的観点からのみ判断するなら、不朽の芸術的価値をもつものは何一つ生みだしておらず、またイタリア文学にも決定的な痕跡を残すことはなかったと告白せざるをえない」。しかし、ジリオット教授自身の観点にも近い、別の観点から判定するならば、彼が出した結論は、誰よりも抜きん出て前向きなものである。「外国人との衝突や、時の為政者たちが押しつけた微妙かつ暴力的な政策によって過去何世紀にもわたって苦汁を嘗めさせられてきた辺境の文学は、基本的には祖国を肯定する文学である。そしてその思いに導かれて――われわれはそのことを忘れないようにしたいものだが――このうえなく高貴な務めをなしとげた」。カルドゥッチはつまるところ、単なる華麗な文体の使い手ではなく、領土回復主義を掲げる詩人でもあった。もっと早い時期にベンコがかなりの懸念をもって指摘していたとおり、「現代のトリエステ文学のすべて」を特色づけているものは、「アニマ・パトリア」、祖国を思う心である。「まず祖国《ラ・パトリア》を、次に詩を。そして、詩の中には祖国の声が響きわたる」。もちろん、ベンコにとっての「祖国」とはイタリア王国のことであり、フランツ・ヨーゼフのオーストリア＝ハンガリー帝国ではない。トリエステⅡにあっては、それ以上はっきりと口にすることはかなわなかった。

一九二四年の時点では、ジリオット教授はトリエステⅢ、すなわち、ついにイタリアとなったトリエステとイストリアを誇りをもって言祝ぐ学者として執筆活動を行っていた。コンパクトにまとめられた彼の文学史は、先の戦争で亡くなった地元作家のリストと、彼らの最後の姿の顕現《エピファニー》の描写をもって締めくくられる。「彼らは輝かしい未来のヴィジョンを慰めとしながら、聖別された墓に降りていった。」こうして喜びを得た亡霊たちにとっても、彼らを取りあげた歴史家にとっても、本物のリテラリー・トリエステはいまだ到来していなかった。

（一方、私には、約六十年後、存在しえないわが正三角形に眉をひそめつつも、一九二四年が終わりへの始まりであったと指摘することができた。）

トリエステ 1905–15

もともとこの三角形は、同時代に同じ小さな土地の中で暮らしていた不釣り合いな三人の作家たちの間に個人的つながりがあることを示す、サークルの役割を担うのが狙いだった。だが、ざっと調べてみても、さしたるつながりは見当たらず、目新しい発見も何もなかった。とはいえ、文学の町とは本（この町の住人によって制作された本。町自体がストーリーの成立条件となっている本）で作られた町だという意味においては、一九二四年のトリエステには、基本文献がすでにほぼ出そろっていた。次に掲げる年譜に対して異論をさしはさむ者はよもやあるまい。†

一八九二年　ズヴェーヴォ、『ある人生』（ヴラム書店、トリエステ）

一八九八年　ズヴェーヴォ、『老年』（ヴラム書店、トリエステ）
一九一〇年　サーバ、『詩集』。ベンコの序文付き（カーザ・エディトリーチェ・イタリアーナ、フィレンツェ）
一九一二年　ズラタペル、『わがカルソ』（ラ・ヴォーチェ書店、フィレンツェ）
一九一二年　サーバ、『わたしの眼で――わたしの二冊目の詩の本』（ラ・ヴォーチェ書店、フィレンツェ）
一九二一年　サーバ、『カンツォニエーレ　一九〇〇年〜一九二一年』（アンティカ・エ・モデルナ書店、トリエステ）
一九二四年　ズヴェーヴォ、『ゼーノの意識』（カペッリ、ボローニャ）

しかし、これらの作品すべてに共通して（トリエステを最初に訪れた時にはまだ読んだことのなかったズラタペルの著作を除き）、一九二四年にトリエステの文学史研究者が見逃し、気にもとめなかったものとは何だったのか？　彼は自分の研究テーマに関するものなら間違いなく何でも読んでいたはずの人間である。

じつは、例外扱いをした『わがカルソ』が、その答えを示唆している。著者のシピオ・ズラタペル

† ここではジョイスは省いたが、それはジリオット教授がいうところのイタリア文学の範疇からすると、異国のものでありかつ異質だからである。ビアジョ・マリンとヴィルジリオ・ジョッティの方言詩や（これもジリオット教授の範疇からすると、「地方色が強すぎて」秘教的）、サーバ、ズラタペル、ベンコらの、重要ではあるものの比較的マイナーな作品も同じく省いた。リテラリー・トリエステの基本文献の完全なリストは、付録の「リテラリー・トリエステ、その存在証拠」（二七九ページ以降）をご覧いただきたい。

は、開戦後まもなくイタリアのために戦って命を落とした、熱狂的な領土回復主義者であり、オーストリア゠ハンガリー領トリエステの市民であるだけでなく、「トリエステ人であるという自覚をもって書かれた」最初の作品の著者でもあった。『わがカルソ』は抒情的な自伝であり、「トリエステに暮らす一つの魂の成長ぶり」を、幼少期から執筆時の二十三歳まで追っている。そして、トリエステ人ならではの分裂についても劇的に描き出す。すなわち、歴史、経済、社会、政治の領域にくわえて、シピオ・ズラタペル自身の内面においても、スラヴ的要素とイタリア的要素が衝突するのである。（彼の名前自体にこの問題が集約されており、ローマ貴族をイメージさせるファーストネームと、「生粋のスラヴ人」を示すラストネームが対峙する。）

こうした分裂は、地形面、さらにはツァラトゥストラ的な光と影の対比にまで反映される。すなわち、健康によい、自然と人工が均衡したカルスト台地の孤独と（『わがカルソ』という題名についても、ズラタペルは時折、CarsoのCを小文字にしたり、karsoに変えたりして、カルストの物質的存在感を強調している）、湾を見下ろす町で行われる、社会的・個人的アイデンティティーを得るための苛酷な、しかし気力を奮い立たせる闘いとが対置される。分裂はそれだけにとどまらず、著者自身が用いる二つの名前にも反映される。アルボインとペンナドーロ。アルボインとは、六世紀半ばにランゴバルド族を率いてアルプスを越え、ロンバルディア平原や現在フリウリ・ヴェネツィア・ジューリアとして知られる地域にまでやってきた蛮族の王である。一方のペンナドーロとは「金のペン」という意味で、ズラタペルのイタリア語訳である。ただし、その名の由来を知ろうという人間は、トリエステ人の中でもかなり特別であろう。蛮族の侵入者の名を用いたことは、ズラタペルのディオニュソス的側面、野性的、地上的、「スラヴ的な」側面のあらわれである。それに対してペンナドーロという名は、ズラタペルが同時期の手紙に書いているように、「［不均衡の］調和を図り、バランスをとりたい。自分は自由詩よりも、〈古典的で〉形式の整った十一音節詩でありたい」という、彼のアポロン的あるいは「イタリア的な」衝動を示唆している。実際、ペンナドーロは、人を陶然とさせる散文の力——じつのところその熱気は、古典的というより、はるかにニーチェ的なのだが——によって、熱い欲求や願いを表現し、最後には、一時的にではあれ、それなりの完全さや幸福をつかみ取ったことを表現できるのだ。つまり、このカルソ生まれの野生児は自分のことを、葛藤を抱えた町の市民であると同時に、イタリア王国のイタリア人とは「違った形」ではあれ、まぎれもないイタリア人であると見ている。

というのも、『わがカルソ』とは、トリエステ人であり、かつトリエステ人とは違うことについて書かれた書物だからである。ズラタペルの内省を通じてもたらされた健全性は、結局のところ彼が、こうした人とは異なるあり方を、羞ずかしさよりも、節度ある誇りをもって見つめることができる人物だったことを意味している。この本の中ではときおり、特に冒頭部分において、著者の分裂した「私」が、複数の「あなたがた《ヴォイ》」に向かって語りかける。このことは、この本が想定しているのは、一般読者だけにとどまらず、イタリアのインテリ層でもあることを意味している。「あなたがたに《ヴォレイ・》語りたい《ディルヴィ》」と、彼は語り始める。私は誰なのか、どこから来たのかについての、あらゆる物語を。しかし、私は恐れてもいる。あなたがたが見抜いてしまうのではないか。「あなたがたの文化、あなたがたの論理的思考を前にして、臆病になる」私のことを。イタリア半島の兄たちを前にしてトリエステ人が感じる劣等感。それは自分が境界人であること、「自分のイタリア性が混じり合っていて心もとないこと」、生まれも育ちも辺境であることに由来する。（そこで、ズラタペルのプリミティヴィズムは、それを埋め合わせるようにアルボインという名を用いた。あるいは、歴史家のタマーロがトリエステの「ローマ性」をしきりに言い立てたのもまた、そうした埋め合わせである。）兄弟という関係がアイデンティティーを保証するわけではなく、兄弟とはいえども別の人間でありうることをこうしたトリエステ人が認識できたとき、彼ははじめてある種の安堵を得る。
　しかしそれでも、いや、それだからこそ、彼らが兄弟であることに変わりはない。『わがカルソ』の単独の声は、決して独白ではなく、常に「あなたがた」、すなわち、フィレンツェの友人たちやイタリア王国の国民に向けられたドラマチックなモノローグであり、そこには祖国を思う心、アニマ・パトリアがあふれている。そして、そうした王国に、まだ政治的ではなく文化的な形ではあっても、「みずからの意志で」参加する必要性が痛感されている。学者としても愛国者としてもトリエステⅢに関心を寄せたジリオット教授がこの本に魅力を感じたのも、まさしくこの痛切かつ複雑な「国家への参加」の意識ゆえなのである。

　他方、ズヴェーヴォとサーバにとって「トリエステ」とは、人々が生活する場であり、たとえば、ユダヤ人として生まれること、貧しく生まれることといったあり方と何ら変わらない生活の中の現実である。サーバが詩の最後で「ぼくの街《ラ・ミア・チッタ》」と唱うとき、彼が言いたいのは、そこが生活をし、呼吸をする場であり、自分の故郷だということだ。注釈を加えたり、埋め合わせをしたり、正当化したり、説明したりする必要はさらさらない。ズヴェーヴォの小説にはアニマ・パトリアはまったくない。（しかも、彼のイタリア語は言語学的にみてひどいものだった。）サーバの詩もまた同様であり（ダンテ、ペトラルカからレオパルディにいたる「イタリアの［文学の］伝統の黄金の糸」と彼が呼ぶものの孤独な研究によって、彼はさらに、ズラタペルの形容を借りれば「臆病で」、二流だという評価にさらされた）、『トリエステおよびイストリア文学史』にそうした作品の記述がない理由もそこにある。

　本で作られた町。リテラリー・トリエステ。そこはまた、私にとっては、文学的連想が浸透し、いきわたった町でもある。

ジョイスの『若い芸術家の肖像』（ズヴェーヴォの言葉を借りれば、「サン・ジュストの影の下で生まれた」）の中でスティーヴン・ディーダラスは、ダブリン郊外のドラムコンドラの自宅を出て、市内を通ってユニヴァーシティ・コレッジに向かう。わが家のあまりの汚さに、彼の心は「嫌悪感と苦々しい思い」で一杯になっていたが、すぐに歩き出したことで、関心がそこから、歩行中の景色の感覚的な細部へと向かうと、一つの変容が起きる。

朝の町の散歩が始まっていた。彼にはこれから先が見えていた。フェアヴューのぬかるみを通るときは、ニューマンの浮世離れした、いぶし銀の散文が思い浮かぶだろう。ノース・ストランド街道を歩きながら、食料品店のショーウインドーを見るともなく眺めていけば、グイード・カヴァルカンティの黒いユーモアが思い出されて、ついほほえみが浮かび、トルボット・プレイスのベアードの石切場を通りすぎると、イプセンの精神が、身を切る風のように心を吹き渡ることだろう。それは少年のようにむら気な美の精神だ……

こうした場所と意識との照応の連鎖を通じて、ダブリンは「文学の《リテラリー》」町となった。現実の土地（フェアヴューのぬかるみ。トルカ川に面した硫酸工場の近く、ノース・ストランド道路とバリボー道路にはさまれた、泥だらけのゴミ捨て場。『ユリシーズ』のコンミー神父が歩いて渡ることを拒む、「泥の島を横切る陰気な道」）は、さまざまな連想の飛行のためのエネルギーを充塡するチャンスを提供する。連想飛行は、悪夢の迷宮や、市民として息子として受ける抑圧からスティーヴンを引き上げ、人間的な精神の自由な空気、熟練した創造者たちの超越的な世界へとみちびく。さしあたっては、歴史ある、汚れた日常のダブリンは眼下に残され、視界から消えた。

このようにして、「文学の町《リテラリー》」は緊急避難口として機能する。スティーヴンがフェアヴューを歩いているのとほぼ同じ頃、祖国を離れた作家であり、トリエステにかなり幻滅を抱く英語教師でもあるジェイムズ・ジョイスは、オピチーナの近くの高台の道を馬に乗って駆け抜ける（*apace apace*）若い女性を眼にして、ヘッダ・ガブラーのことを思う（「落ち着きなさい、ジェイムジー！　泣き声で別の名を呼びながらダブリンの通りを歩いたことはなかったの？」）。この考えに彼は幸せな気持ちになり、高台の道も平坦になる。ぬかるみは――今どこにあろうとも――縮まり、想像力の光という別の光に照らされ、輝く。さしあたっては、彼はどこか別の場所にいる。心の中のトリエステ～オスロ間のどこかで、少しだけ自由な気持ちになって。ズヴェーヴォが記したとおり、「彼は一人になるために歩く」。

私自身の経験でいえば、トリエステでの最初の一週間、文学の町《リテラリー》としての機能はさほど違わないことを不幸にも発見した。最初に海の彼方の私を惹きつけたトリエステは、文学の中で出会ったトリエステIであり、私の心の中に、本によって築きあげられた町だった。アイルランド人のジョイスを別にすれば、私が訪れていたのはズヴェーヴォとサーバの町だった。あの最初の日、輝く鉄道駅の外をさんざん歩きまわる前から、フォルニ通りにはすでにマラー一家が暮らしていたし、市民庭園はすでにエミーリオ、さらにゼーノが、彼らの恋人と出会った場所だった。ドメニコ・ロッセッティ通りはすでに、一九〇五年、サーバが未来の妻リーナと初めて出会った「愛と喜びの通り」だった。（私の心の中では、文学史的事実とフィクションとが簡単に入り交じってしまう。）その後の日々に私は、迷宮の地図やルアーロ・ロゼーリ女史だけでなく、ズヴェーヴォの小説やサーバの詩集『カンツォニエーレ』の助けも借りながら、散策コースを練り上げた。かつては田舎、今はカルソに伸びる高速道路がユーゴスラヴィアの料金所まで続くモンテベッロの一角で体験したひどいひととき。突然目覚めたとき、私はゴミだらけの原っぱで、粉々になった便器のそばに座っていた。あの陰気な場所にうずくまり、私はあの有名なユダヤの民の顔つきをした、サーバのめえめえ啼く生け贄の山羊を招喚しようとしていた。はるか昔に——願いが強すぎて、半ば信じかけていた——そこに鎖でつながれていたにちがいないあの山羊を。

最初の週に、私があんなに不幸せだったのはなぜだろう？　なぜなら、ディーダラスやジョイスのような芸術家と違い、私が完全に心を奪われることはありえなかったからだ。リテラリー・トリエステと、私が実際に訪れていたトリエステのぬかるみ。二つの世界は、信頼しあえない共生関係の中で、あざけりの上書きをやり合う中で、私の心の中で、ときには私の眼を通して、共存していた。それらはめったに混じり合わないまま、磨き合い、洗い合ううちに、互いに相手の価値を引き下げた。そして結局のところ、なぜなら、私の読書と記憶が限られているから、なぜなら、一九八五年の私の滞在一週目のトリエステが変わることなく、基本的にずっとそこにあったから（なぜなら、フォルニ通りは今ではマキャヴェッリ通りとなり、マラーの家は、それが仮に存在していたとしても、とっくの昔になくなっていたから。なぜなら、リーナが身をかがめてゼラニウムの花に水やりをしていたロッセッティ通り二十二番地に今あるのは、芥子色の共同住宅だから。なぜなら、ユーゴスラヴィアに向かって疾走するタンデムトレーラーの宙に響く轟音が、雨に濡れた山羊の啼き声をかき消してしまったから。なぜなら……）、なぜなら、海を越えて心の中に私が生みだした世界は、私の心の中にしかなかったから、ぬかるみが勝利を収めた。本物のリテラリー・トリエステは、そこにはなかった。

それは死に絶え、姿を消していた。文学的《リテラリー》だったのは、たんに私自身、哀れな亡霊である私自身にすぎなかった。

トリエステにはトリエステの類型がある。トリエステはトリエステの芸術を求めているにちがいない。

シピオ・ズラタペル
『トリエステ書簡　第四書簡』一九〇九年三月

るつぼとは、最もかけ離れた要素を投入してから、それらを溶かすための道具である。できあがったものは、すべての要素がしかるべき比率で配合された、均質な融合物であり、変わらない特徴をそなえている。しかし、トリエステでは、私の知るかぎり、溶け合わされた類型というものが作り出されたためしはなく、安定した特徴をもった類型も存在しない（カフェに入ったとたんに、ローマ人、ミラノ人、シチリア人の見わけがつくという意味で……だが、店に入ってきたトリエステ人を見分けようとしても、口を開かないかぎりは……）。そして、トリエステ人の類型というものは存在せず、したがって、トリエステには創造的な文化は存在しないのだ。

ロベルト・バズレン
『トリエステについてのインタヴュー』（一九四六年頃）

この私の町には、文化的な特性や顔つきを与えようとして企てられたどんな試みもはばむ何かがある。崩壊をはらんだ雰囲気の中だけではなく、一人一人の市民の中にもそれがある。彼らは自ら進んで孤立し、あるいはどこかに行ってしまう。そこには苦い空気がある……

ジャーニ・ストゥパリヒ
『記憶の中のトリエステ』(一九四八年)

トリエステはおそらく、作家たちによって栄光がもたらされたイタリアで唯一の都市だ。たとえ、場合によっては(ヴィルジリオ・ジョッティのことが思い浮かぶ)、彼らのことを思い出すのが遅きに失したにしても。事実は否定できないし、その理由は明白だ。

エウジェニオ・モンターレ
「イタロ・ズヴェーヴォ生誕百周年に寄せて」(一九六三年)

見出されたトリエステ

ジュゼッペ・プレッツォリーニは、トリエステ出身の若き作家仲間、シピオ・ズラタペルのことを、複雑な故郷の姿をまさに体現した存在と評した。長身金髪はスラヴ人、几帳面さはドイツ人、鋭敏な感性はイタリア人。「早い話が、三つの民族が入り交じった彼の故郷トリエステの完璧なシンボル」だというのである。ジョヴァンニ・パピーニや才気煥発のイタリアの若手作家と共に、ジュゼッペ・プレッツォリーニは、一九〇八年、フィレンツェに新しい文芸誌『ラ・ヴォーチェ』を創刊した。未来派の詩人アルデンゴ・ソッフィチがデザインしたマークは、文化を耕すという実践的な目標を、大地を耕す男の姿になぞらえたものだった。『声』という誌名は、プレッツォリーニによれば、自由、夢、闘い、栄光、内面の追求のために苦しみ続けることを運命づけられた人間にとっては厄介な相棒である、あの詩的で哲学的なインスピレーションを示唆するもの。要するに、『ラ・ヴォーチェ』は、「コシェンツァ」（イタリア語では「意識」でもあり「良心」でもある）の声として働き、国内外の政治、哲学、芸術に関する問題の新たな展開に向けて、栄光の過去と近年の国民意識によって、まどろむイタリアを揺り起こすことにあった。そうしたなかで、『ラ・ヴォーチェ』は、いくつかの「未回収」地域を含めたイタリアのさまざまな州の文化的状況を連載でとりあげた。たとえば、トレンティーノに関する二つの記事はどちらも、ベニート・ムッソリーニという名の若い社会主義の新聞記者が書いたものだった。

二十世紀初め、多くのトリエステ人がフィレンツェに引き寄せられた。一つにはそこに大学があるため（トリエステには大学がなかった）、一つにはイタリアの文化的中心という評価が定まっていたためである。ウンベルト・サーバは、一九〇五年から一九〇八年にかけて断続的にフィレンツェに住み、ウンベルト・ダ・モンテレアーレというダヌンツィオ風異国的な筆名で自作詩の朗読会を行った。ヴィルジリオ・ジョッティはフィレンツェで、トリエステ方言で初めて詩を書き始めた。彼は一九〇七年から一九一九年までフィレンツェに住み、結婚し、家族を養った。ビアジョ・マリン★は、カルロ・ストゥパリヒやカルロの兄のジャーニと同様、一九一一年から一九一二年までフィレンツェ大学で学んだ。ジャーニは一九一五年、ドイツにおけるマキャヴェッリを卒論にとりあげ、学士号を取得した。

二十一歳のズラタペルは大学院の奨学金を取得し、一九〇八年にフィレンツェに到着した。地元の書店で最新号の『ラ・ヴォーチェ』を手にし、惚れ込んだ彼は、彼らしい性急な衝動にかられ、すぐにでもこの雑誌に寄稿したいと考えた。彼はプレッツォリーニ宛で定期購読の申し込みをし、そこに次のようなメッセージを添えた。

> 私はトリエステ出身です。トリエステでは貴誌はどこの書店で買えますか？　ちょっとした個人的宣伝をしたら、貴方のお役に立てますでしょうか？　イタリア王国の知的生活から隔絶した私の故郷の町が『ラ・ヴォーチェ』の存在に気づいたとしたら私としても嬉しいのです。それにおそらく、芸術や科学に関わるうえでのトリエステの特殊な状況を公にすることに、貴方ご自身、ご興味がなくもないでしょう。いかがですか？

プレッツォリーニはズラタペルに対話をもちかけた。その結果生まれたのが、ズラタペルが『ラ・

ヴォーチェ』に宛てた故郷の町に関する五通の書簡〔トリエステ書簡〕であり、それは一九〇九年二月から四月にかけて掲載された。半世紀前の冬晴れの日々に出版された『トリエステの三日間』以来、「外部」に向けて発信された初めての「トリエステ発見」(二八ページ参照)へのお誘いということになる。しかし、内容の雰囲気はまったく異なるものだった。

一通目の書簡には、名高い「トリエステには文化の伝統がない」という挑発的な表題が掲げられている。表題に続き、才気あふれるズラタペルの人を喰ったような会話体の散文が皮肉たっぷりに描き出すのは、「お人好しな」、若きパルジファルの姿。誤った教え(冒険や栄光を求めて放浪の旅に出たりしないように、心配性の母親であるオーストリアがわざと仕組んだ)を受けた、道化師めいた身なりの彼は、「ある日、箱詰めのレモンやコーヒー豆の袋の間で目覚めると、考えた。今後のことを思うと、そろそろ、蒸気や煙を噴き上げるエンジンではなくて、別のなにかのリズムに合わせて生活を変える時期ではないのか。大きなサイズのチョッキのポケットの中でじゃらじゃら鳴る銀貨の音ではなく、もっと別の調べを生活に与える頃合いではないのか」と。文化がないことを嘆くこの若き巨人とは、もちろんトリエステのこと。彼はときどき、音に聞くヴェネツィアやジェノヴァのような他の商業都市か、あわよくば——いやはや!——「ダンテやポリツィアーノの時代の」フィレンツェにでもなれはしないかと夢見ている。問題は、彼がその方法を知らないことである。気持ちは乗り気でも、心はひ弱。森の中をさまよい歩いては、木々に鼻先をぶつけ、いざ森を出たところで、アーサー王の宮廷にたどりつけるのかどうかもさだかでない小径の多さに途方に暮れるばかり。「だが、遠い昔にはわれわれだって……いや、それは遠い昔だからできたこと……」昨今は訓練や情報力の補給がなければ、やる気だけではどうにもならない

二通目、三通目、五通目の書簡は、もっと具体例に踏み込んでいる。トリエステの博物館の貧弱さ、

頼りにならないガビネット・ミネルヴァ、大学がないこと、地方紙のこと。新聞といえば、シルヴィオ・ベンコは、「トリエステ最強の作家」に選ばれているが（ズラタペルはズヴェーヴォを読んだことがなかったようだ）、彼の芸術性が求めるものと、日々の報道に求められるものとの間で引き裂かれた作家という診断もくだされている。すなわち、ダヌンツィオ風の小説家、美術や音楽の大胆な批評家、トリエステの未来の優雅なエッセイストとしてのベンコと、文芸欄のコラムニスト、時事評論家、『ピッコロ』紙の編集者としてのベンコである。『ピッコロ』紙について語る段になると、ズラタペルの筆致はアイロニックになり、この新聞の「トリエステ的文体」を退ける。何が「トリエステ的」かといえば、「イタリア文学の活力源であり、どれほど熱心に古典研究をしたところで身につかない、あのノンシャランで気軽な書きぶりが、ベンコにかぎらずわれわれすべてに欠けている点である。どれほどアルプスの登山鉄道並みの蒸気を発する文体（私のことだ）で打ち破ろうとしても、ほとんど常に、われわれの文体は重苦《ペーゾ》しいのだ。文学的類型によって造形されただけで、人生から命を吹き込まれていない」。

四通目の書簡は「精神生活」について書かれている。他の書簡ほど耳障りでも、華やかでもなく、もっと静かで、なごやかな雰囲気がある。主なテーマは、「トリエステは他のイタリアの都市とは異なるやり方でイタリア的である」。アッティリオ・タマーロのような領土回復主義者は否定するであろうが、トリエステには有名な三つの異なる民族が共存する。そして、性格としても分裂症的症状を呈しており、「二つの気性がぶつかり合い、互いに打ち消し合う……トリエステは二重の魂をもっている。商業都市として、イタリアの都市として」。ズラタペルによれば、トリエステは悲劇的な分裂を起こした町である。「トリエステはローマを欲しているが、ウィーンに頼らざるをえない。だが、ウィーンからは何ももらえず、そのため、やつれ果て、なんとか自活の道を探らなければならない」。

そして次のような力強い結論が続き、この四通目の書簡をリテラリー・トリエステの宣言文として完成させる。

今なお、我々の精神は異質なままだ……あらゆる対立を抱える点からいっても、単純な条件のもとで生まれる思考の公式の中に収めることはできない。トリエステにはトリエステの類型がある。トリエステはトリエステの芸術を求めているにちがいない。われわれの波乱に満ちたつらい生活を、明快な表現の歓びによって新たに創造し直してくれる芸術を。トリエステのことを考えるにつけ、私はこうした堅苦しい説明しかできない自分の無力さを痛感する。ここで筆を擱くべきだろうか。いや、だめだ……ナイチンゲールが歌い出すには、まずカラスを黙らせる必要があるのだから。

もちろん、この最後の一文は単なる修辞的な文飾ではない。ズラタペルは、オウィディウスの『転身物語』にも登場するナイチンゲールのような古典的な鳥には、トリエステのような徹底的に分裂した町、「なにもかもが……二重、三重になった」町を明確に表現することは到底できないことを力説しているのだ（ズラタペルがほどなく、すでにペトラルカやレオパルディの詩が充分すぎるほど「慈しんで」表現しているからとして、少し年上の同時代人、ウンベルト・サーバの詩を軽んじて相手にしなくなる理由の一つでもある）。彼自身はカラス——しぶとい鳥——であり、そのことを誇りとしている。

これらの「書簡」が特に「トリエステ書簡」と呼ばれるのには、いくつもの理由が考えられる。まず第一に、それらの書簡は、ある都市の「特殊な」文化的環境を、ズラタペルの表現を借りれば、「公に」し、洗練されたイタリアのリーダーシップに委ねている。しかし、それが同時に、文化的貧しさ——と、それを隠そうとするビーダーマイヤー的なお国自慢気質——を「さらす」ことにもなる。以上、そうしたトリエステ市民の間に——意図的に——スキャンダルを巻き起こすことになる。つまり、『ラ・ヴォーチェ』を読んだ人々は、書簡の書き手を、「ごろつき」、「裏切り者」、「目立ちたがり」、「エゴイスチックな若僧」となじることになる。『トリエステ書簡』はまた、トリエステ人の「類型」の自己検証のための道具を、広くイタリアという文脈の中で提供している点において、明確に文化的新しさがある。そうしたトリエステ人は、紺碧のアドリア海を前に「いつになる?」と心悩ますカルドゥッチの若者像とは大きく異なり、自分の厄介な異質性にこだわる。領土回復主義者のおなじみの「アニマ・パトリア（故郷を思う魂）」よりもはるかに多くのものを頭の中にもっている。最後に、そして大切なこととして挙げられるのが、これらの『書簡』は、これから生みだされるトリエステの芸術作品についての非公式な歴史的・社会学的な序文となっている点である。というのもシピオ・ズラタペルは、トリエステで最も重要な芸術家とはどういう人間でありうるかについて、きわめて明確なイメージをもっていたからである。

ズラタペルの本には、『カルシーナ』（スラヴの百姓娘にして山の精の姿形をした「土地の精霊」に対して彼がつけた名前）であったり、『トリエステ出身のジュストの生活と感情』であったり、『わがカルソ、わが町』であったりと、さまざまな表題が付けられた。また、短い田園物語であったり、叙事詩風ドラマであったり、一部を方言で書いた「科学と芸術が二重写しになった書物」であったり、一篇の詩であったり、自伝的な散文詩であったりと、さまざまな構想が練られた。だが、ズラタペルの本は、単にトリエステについて書かれたものではなく、一九〇八年にイタリアに到着して以来、アイデアを温め続けてきたテーマである「魂の成長」をダイレクトに表現した作品である。具体的には一九一〇年一月から一九一二年五月まで下書きが書かれ、『ラ・ヴォーチェ』から「ラ・ヴォーチェ・ライブラリー」と銘打ったシリーズの一冊として出版されたこの本とは、もちろん『わがカルソ』のことである。そして、その年の残りの『ラ・ヴォーチェ』のすべての号に、小さな宣伝文が掲載された。「トリエステ人によって書かれた最初の詩の本、『わがカルソ』をお読み逃しなく」

もう一人のトリエステの詩人、ウンベルト・サーバは、最初の詩集を一九一〇年にフィレンツェで出版したが、十年後、自伝的なソネットの十篇目の最後の三行押韻連句に、フィレンツェ時代を振り返り、その宣伝文を苦い気持ちであざけっている。

ジョヴァンニ・パピーニと『ラ・ヴォーチェ』の面々に、
私はほとんど、いやまったく、気に入られなかった。
彼らの間では、私は異人種だった。

具体的な名はあがっていないものの、「彼らの間」には、サーバと同じ人種、すなわち、彼と同郷のシピオ・ズラタペルが含まれていた。ズラタペルは実際、プレッツォリーニの要請に応じて、一九一一年後半から翌年の春まで『ラ・ヴォーチェ』の編集者を務めた（後を継いだのはパピーニ）。『わがカルソ』刊行の六か月後、ラ・ヴォーチェ書店はサーバの『わたしの眼で――わたしの二冊目の詩の本』を出版した。『わがカルソ』と違い、この詩集はほとんど注目されなかった。サーバがプレッツォリーニとパピーニに宛てた書簡（ズラタペルには宛てていないが、それには意味があるというのが私の考えだ。まるで彼を責めても無駄だとでもいうかのようでもある）では、自著に対する『ラ・ヴォーチェ』の取り扱いについて不満を洩らしている。ちっとも宣伝がされなかったし、書評の写しも送られてこなかった。そもそも本自体、サーバが訪れたどの書店にも置かれていなかったというのだ。編集者たちは「忘れていた」のだと、だいぶ後になってサーバは自嘲的に記している。実際、サーバは『わたしの眼で』が故意におざなりな扱いを受けたと確信していた。

そのうえ、あの当てつけのような小さな宣伝文。「トリエステ人によって書かれた最初の詩の本、『わがカルソ』をお読み逃しなく」。サーバの詩集の副題「わたしの二冊目の詩の本」とは、一人称所有格に含みをもたせた点も含めて、この宣伝文への答えではないだろうか。サーバがズラタペルに責任なしと考えたとは信じにくい。

同じ町出身の二人の男が、一九一二年以前に批判し合う関係にあったことになる。イタリアのフィレンツェという「外地」にあっても、故郷の空気は苦かった……

どこにでも姿を現すベンコは、イタリアの「放浪」からトリエステに戻ったばかりの、そしてまだ自分の声と筆名を見つけていなかった若いサーバの、魅力的なポートレートを残している。

ざっと二十年ほど前［筆者注・一九〇八年か一九〇九年］、トリエステの通りを、その後の人生では失われることになる軽快な足取りで歩き回る、一人の散策者の姿があった。その若者は、かなり奇矯ないくつもの人格を自ら集めて、つなぎ合わせていた。ダヌンツィオ風の山羊髭、若はげ、自分よりも背の低い相手と話す習慣のせいで前屈みになった広い胸。フィレンツェで作りあげられた、優しくささやくような、鼻に掛かった話し方。そこでぶつかり合う、天使のような上品さと粗野な率直さ、ポン引きめいた下世話さとヴェネツィア人の空世辞、神経症的な感情の激発と僧侶のような慇懃さ。その手には、一キロ先からでも見つけられそうな、白い毛糸の手袋。そして、値段の安さは誰の目もあざむけない、まがいものの宝石でできた文学的変名：ウンベルト・

ダ・モンテレアーレ。これが、人生が彼を作り直す前のウンベルト・サーバの亡霊。彼が絶望的にまで愛する町トリエステは、ただちにそして本能的に、彼に対して反感と不信感、仲間同士のあざけりを投げつけた。何年も後、名声が高まり、広い世界の耳元で彼を讃えるつぶやき声が聞こえるようになって初めて、そうした反感やあざけりは薄らいだ。

一年後、カルソの野生児とも、熱のこもった書き手であるペンナドーロともまったく異なる、この独創性に欠けた、奇妙にイタリア化した人物は、フィレンツェで最初の著作『ウンベルト・サーバ詩集』を、シルヴィオ・ベンコの序文付きで自費出版した。

案にたがわず、ベンコの書評にはとりたててトリエステ市民について触れる部分はなく——ウンベルト・サーバは若いイタリアの詩人として評価されている——感覚的であると同時に建設的でもある。彼はサーバの詩に頻繁に見られる散文的なぎごちなさ、修辞的効果のひずみ、時折見られる平板さを指摘する。そして、いくつかの詩のもつ「ほとんど聖書のような重々しさ」を説明するレオパルディの存在感の大きさや、イタリアでの従軍体験（実際、これらの詩では、「人生」が彼を作り直し始めた）を踏まえたソネットのもつ「堅固でコンパクトなリアリズム」や、「文学性」に背を向け、「表現の率直さ」に惹かれるサーバの性向がいかに散文的文体の中に示されているかを、ベンコは鋭く見抜く。ベンコはさらに、駆け出し詩人のできたてのアルス・ポエティカ（詩法）を、いまにもこう宣言しかねないものとして、あざやかに読み解く。「よい文学とはひたすら自伝的なものである。その他のどんな文学もよい文学ではない。」十年前に書いた『老年』の書評がそうであったように、ベンコは同郷人たちの作品の、判断力と注意力を兼ねそなえた読み手として、唯一無二の存在であることを実証してみせる。

一九一一年一月号の『ラ・ヴォーチェ』に『ウンベルト・サーバ詩集』の書評を書いたのは、シピオ・ズラタペルだった。ベンコ同様、ズラタペルもまた、トリエステ市民としてのサーバの側面についてはまったく触れず、もっぱら彼の「ユダヤ人としての」受動性と自分が考えるものに力点を置いた。「サーバはどこか不分明でノスタルジックな思い出に生きる。なぜならば、彼の背後には捨てられた故郷があり、不安な流浪を重ねた何千年もの歳月があるからだ」。その結果、彼の詩は「小春日和のように、穏やかで、青白く、少し不安げだ」。唯一、軍隊の詩だけが、さすがに多少のバックボーンがあることを示しているが、それは彼の過去が強行軍や兵舎の仲間たちによって形作られざるをえなかったためである。ズラタペルは『ウンベルト・サーバ詩集』を最初に読んだときの感想について、はしゃいだ筆致で記している。

> まず最初に感じたのは、たえまない轟音にさらされた舗道に照りつける、狂おしい昼の光の中を、あわてふためきながら這い回るちっぽけな昆虫を踏みつぶさないよう立ち止まるときに、もっと頑丈な動物がもつであろう寛大なプライドと優しさのようなもの。その後は、同情から生まれる悲しみと、倦んだ頭を休める腕を差し伸べてあげたいという願い。

これは要するに、イタリア人が「ストロンカトゥーラ（酷評）」と呼ぶものであり、サーバの性格――あるいは性格の欠如――に対するこき下ろし、総攻撃である（ズラタペル自身の標準的な詩人像は、ツァラトゥストラそのものである。「彼は常に強い人間であり、自分自身がすべて《トゥット》の主人である人間である」）。

十か月後、ズラタペルはさらに、ふざけた口調の『ラ・ヴォーチェ』のエッセイを通じて、この中傷行為を続けた。そこでは、臆病な昆虫のイメージを再び用いただけでなく、「クレプスコラーリ（黄昏派)」と称されるイタリアの詩人たち五人の小さな一派とサーバをひとくくりに扱った。ズラタペルによれば、パスコリを師と仰ぐ黄昏派の目的は、「カルドゥッチやダヌンツィオのいんちきでゴージャスな大言壮語に対する、臆病だが人間的な——甘く、女々しいまでに人間的な——応答を表現することにあった」。ズラタペルはさらに、黄昏派とひとくくりにされたことへのサーバの反応まで想像してみせた。「当然、兄弟の一人はつるっぱげを持ち上げて、恐れおののく大きな眼で私を見つめ、声を裏返らせてこう言うだろう。サーバとゴッツァーノ? おまけにパラッツェスキとコラッツィーニもかい? どうやったら一緒にやれるんだい?」しかし、ズラタペルの主張によれば、彼らは皆、互いに入れ替えてもわからないほど、よく似ていて、「文学的類型によって造形されただけで、人生から命を吹き込まれていない」(『トリエステ書簡』で用いられた表現)。ズラタペルは彼らの青白いひ弱さやわずかなとまどいを、「道徳的に嫌悪を催すもの」と感じた。しかし、悪意に満ちた人身攻撃や、女々しい優美主義への反ユダヤ主義的で「男性主義的な」軽蔑は、同郷人で、「兄弟の一人」のウンベルト・サーバに対して向けられた。

サーバの反応を、一人の友人が記憶している。「つるっぱげだと?」怒るふりをして、彼は叫んだ。「このはげ頭は聖者の証だ」。しかし、怒りの偽装の下には、本物の怒りが隠されていた。ズラタペルの記事は、バランスを欠き、不寛容で、不公平なものだった。あの『詩集』が不完全なものであることとは、サーバ自身もよくわかっていた。言葉遣いは時折ぎごちないものとなった。サーバ自身の言葉を使うなら、自分の方言まじりのイタリア語を「矯正」するために、彼はまずフィレンツェにおもむいたのだ。いくつかの詩は、ベンコがすでに指摘し、サーバ自身のちに誇りをもって認めているように、パスコリや黄昏派の詩人よりもむしろ、レオパルディの亜流だった。一九一〇年にパピーニに送った献呈本の中で、サーバは、もちろん謙遜に皮肉もまじえて、六五ページ、一〇〇ページ、「たぶん」一一四ページの詩だけを読んでほしいと頼んでいた。しかし、ズラタペル本人に対するサーバの態度は、外交的としか言いようのないものである。

　最初の『ラ・ヴォーチェ』の記事掲載後、サーバはトリエステから書き送っている。「敬愛するズラタペル！　あなたの書評を拝読いたしました。そのことに感謝いたします。よろしければ、今度お会いしたときにでも語り合いましょう」（特筆すべき点は、ここで用いられた「あなた」とは、tu ではなく Lei という敬称であること）。怒りっぽく「気難しい」ことで悪名高いサーバがこれで矛を収めたのは、思うに、ズラタペルがサーバの次作を——トリエステ問題への関心の一環として、主にパピーニの要請を受け——ラ・ヴォーチェ・ライブラリーの一冊として出版する予定だった雑誌の編集委員であったことに加えて、ズラタペルに対する正面切った返答は、彼が『ラ・ヴォーチェ』（「唯一可能性のある書評誌」）での掲載を期待していた同封のエッセイの中に含まれていたからである。

　「詩人がなすべきこと」とは、サーバ自身の表現を借りれば、「初めての恋文のように」書かれた「作業方法や生活のためのプログラムを公にすることである」と、ズラタペルへのメッセージの中に記されている。その中に——これは後で振り返ってみてわかることだが——サーバは詩人として生きるうえでの生涯にわたる規範を定めたのである。

　「詩人がなすべきこと」とは、詩を「誠実なもの」にすること。少なくとも理屈のうえでは、要点はきわめて単純である。

> 自分の情熱の表現をリズムで支えようと真摯に願って詩を書いていない者、そろばん勘定や野心が念頭にある者——本の出版を勲章の獲得か商店の開店のように考えている者——には、誘惑に抗して、自分自身に対して純粋かつ誠実な自分を保つには、どれほど粘り強い知性の働きと、ど

れほど公平な心の大きさが必要であるかなど、想像すらできない。不誠実な詩行が、それだけをとってみたら最高のできばえに見えたとしても、事情は変わりはない。

よい詩――「よい」という形容詞は、美的意味が倫理的意味に縛られている――かどうかを判定する唯一の基準は、それが詩人の体験と本当の意味で対応しているかどうかである。サーバはおそらく、普段から詩を読み慣れている人間（「表面のすぐ下まで行ける者」）は、道徳の命令の逸脱に気づくだろうと無邪気にも考えている。しかし、犯罪者が人前で捕まるかどうかは別問題である。「詩人がなすべきこと」とは、一人の詩人が詩人たちのために書いた信仰告白書である。そしてそれは、何かを生みだす知覚や情熱に対して表現行為ができるかぎり忠実になれるように、詩人が負う重大な責任が、道徳的自覚《コシェンツァ》の領域にも及んでいることも告げている。

> 自らの心でもって恩寵を受け取る備えをするには、長い鍛錬が必要である。それはたとえば、日々、自分の自覚を検証する。分析作業が可能となる沈潜期に自分が書いたものを読み直してみる。そうした詩句を生みだしたときの精神状態を常に思い出すように努める。英雄的な几帳面さでもって、考えたことと書いたことの間の隔たりを明らかにする、そういった行為である。

ここで語られている姿勢は、もちろん、文学的流派だの因習だのをさげすむ、そして歯に衣着せない正直なカラスと正反対の、甘ったるい金のナイチンゲールを軽蔑する、ズラタペルのモラルに似ていないわけではない。サーバの第二詩集のタイトル『わたしの眼で』は、それと同じことを違った形で語っている。しかし、この詩集の詩法を明らかにするために書かれた「詩人がなすべきこと」は、ズラタペルからはふたたび、亜流だとして退けられ（「パスコリがすでにやったこと」と彼は余白に記している。つまり、パスコリの焼き直し）、作者に返却された。次にこの文章がサーバ以外の人間に読まれたのは（サーバは二度とこの文書について触れていない）、一九五七年の彼の死後、ほどなくのことだった。それは彼が遺した書類の中に発見され、サーバの娘のリヌッチャ、ジャーニ・ストゥパリヒ、アニータ・ピットーニ★、さらにサーバと親しかった仲間数人の前でカルロ・レーヴィによって朗読された。

『わたしの眼で』について言えば、『ウンベルト・サーバ詩集』同様、自費出版で、ただし今度は『ラ・ヴォーチェ』の支援のもとで刊行されたが、サーバの言葉を借りるなら、「運がなかった」（私が思うに、その理由は明らかだが）。ようやく戦後になって、「トリエステとひとりの女」という表題のもとに改訂され、『カンツォニエーレ』の一部となった後は、おそらくサーバの最もすばらしいシークエンス、「サーバの」町の真髄と、その中で営まれる彼の「むら気で、密やかな生活」が語られる章（「それはわたしのものだ／他の人の〝わたしのもの〟より、ずっと。わたしはそこで生まれ、少年の頃にそこを見つけ、大人になると／わたしの歌で、永遠にイタリアに嫁がせたのだから」）として徐々に認められていった。

いずれにしても、優位を争うズラタペルとの宣戦布告なしの内戦は、サーバのきわめてすぐれた記憶力によれば、一九一五年の末頃に決着がついた。このときズラタペルは、志願兵としてイタリアのために闘い、二十七歳の若さで、カルソの地で銃撃戦に斃れた。著作同様、ズラタペルの人生もまた、友人で編集者のジャーニ・ストゥパリヒが記しているように、若者らしい傲慢さ、むこうみずなエネルギー、早熟の才能に彩られ、ただ一度の、息を吞むような疾風怒濤《シュトルム・ウント・ドラング》の時代にあったリテラリー・トリエステの中で、彼をひときわ異彩を放つ存在にした。

一九〇七年〜一九〇八年頃——忠実なる生徒エットレ・シュミッツによって［英語で］描かれたジェイムズ・ジョイス氏のポートレート——

通りを歩く彼をみかけるたびに、いつも私は思う。氏は余暇を、完全な余暇を楽しんでいるのだと。誰も、氏を待ってはいないし、氏もまた、どんな目的にも向かっておらず、誰かと会うことも望んでいないのだ。いや、氏は自分一人になるために歩くのだ。氏はまた、健康のために歩くわけでもない。氏が歩くのは、誰にも制止されないからだ。高くて大きな壁に行く手をさえぎられたとしても、少しも慌てはしないだろうと私は思う。そのときは方向を変えるだろうし、新しい方向にまた邪魔ものがあるとなれば、もう一度方向を変え、全身の自然な動きだけを使って両腕を振り、こともなげに長い歩幅の脚を動かし、足取り早く［fasten → quicken］歩いていくだろう。いや！　本当は、氏の歩調は氏のものであり、誰のものでもないし、歩幅を伸ばすことも、歩調を早めることもできない。静止しているときの全身は、スポーツマンのものだ。動いているときは［moved → that is in movement］、親に愛されるあまりにひ弱くなった子供のものだ。氏にとって人生は、そうした種類の親ではなかったことを私は知っている。氏の人生は最悪のものにもなりえたが、それでもジェイムズ・ジョイス氏は、物事を歓びに向かって光を放つ点と考える人間がするような顔つきをし続けていただろう。氏は眼鏡を掛けており、起きているときは早朝（？）から夜遅くまで掛けっぱなしにしている。たぶん氏は、はたから想像するほど、ものが見えていないのかもしれないが、見るために前に進む生き物のようにみえる。きっと戦える人間ではないし、戦おうとも思わない。悪い人間に出会わないことを願いながら、氏は人生を過ごしている。私もまた、氏にそうしたことが起きないよう、心から願う。

若い教師についてのこのポートレートは、宿題として出されたものだが、少しひびの入った英語に施されたいくつかの修正がジョイス自身の手で行われたのではないかと想像してみるのは楽しい。もちろん、彼は寛大な先生だ。この作文練習には、母国語で一日中創作をする人間でなければ考えつかないような、膝を打つ表現も随所に見られる（「物事を歓びに向かって光を放つ点と考える人間」、「見るために前に進む生き物」）。シュミッツの眼に映る自分は「雇われ教師」以上の存在ではないことをジョイスは自覚していたのかもしれないが、それでもこの仕事上の関係がなごやかなものであったことは明らかだ。

ジョイスがトリエステの南端、セルヴォーラの船舶用塗料工場に隣接する家で英語の授業を始めたのは、一九〇七年のことだった。彼は仕上がったばかりの『死者たち』の原稿をリスニングの教材として朗読したのではないだろうか？　いずれにしても、スタニスロース・ジョイスの証言が最も正確に伝えるように、「ズヴェーヴォ事件」がある朝ここでひそかに急展開を見せたというのは、よく知られた事実である。事件が一番の盛り上がりを見せた時期よりも、十八年ほど前のことである。

ジョイスが彼らに『死者たち』を朗読すると、シュミッツ夫人は大変感動した様子で、工場の隣のヴィラの庭に入っていくと、摘み取った花を花束にして、生まれたばかりの作家にプレゼントした。私が覚えているかぎり、私の兄の文学作品を一般の読者が心から賞賛してくれたのはこれが初めてだった。そしてそのことが、兄が彼女の夫の才能を発見することにもつながった。シュミッツが私の兄に、じつは自分も一度は作家になりたいという野心を抱いたことがあり、実際、何年も前に二冊の小説を出版したことがあると打ち明けたのは、たしか次のレッスンのときだったかもしれない。彼は書斎に上がっていくと、しばらく捜しものをしたのち、印刷も製本も粗悪な、小さな本を二冊持って降りてきた。それらは、ささやかな出版事業も行っていたトリエステの書店エットレ・ヴラムから自費出版で出されたものだった。シュミッツは申し訳なさそうな顔で兄に本を贈呈した。私は、兄がそれらの本を家に持ち帰った日のことを鮮明に記憶している。テーブルに本を置くと、兄はこう言った。

——シュミッツがこの二冊の小説を読んで欲しいといってくれたんだ。一体どんな本だろうね？

読み終えると、ジョイス先生は自分の生徒を「見過ごされてきた作家」と評し、次にヴィラ・ヴェネツィアーニを訪ねたときに、そのことを彼に告げた。『老年』にはアナトール・フランスでさえけちのつけようのないほどのくだりがあります」。ジョイスはすでにその一部を諳んじることができた。シュミッツは「泣き出さんばかりに」感動し、昼食をとるのもわすれて、先生を家まで（その途中の、現在はイタロ・ズヴェーヴォ通りと呼ばれているセルヴォーラまで）送りながら、道々、「失望に終わった文学的野心のことを、もはや何の隠し立てもなく兄に話した」。

一九〇九年初めの時点では、ズヴェーヴォは『若い芸術家の肖像』の原稿の最初の三章をすでに読んでおり、ジョイスに対して英語で鋭い指摘を書き送っている。ズヴェーヴォはジョイスの「それ自体が豊かではない事実に肉付けしたりはしない観察方法や描写方法や……事物が自分の中に欲する命を事物に与える人工的な色彩［を用いないこと］」を賞賛した。それは実際のところ、十年前のズヴェーヴォ自身の失敗に手を貸した、まさにあの方法（「くすんでる、くすみきってる」）だった。スタニスロースが指摘するとおり、「兄がイタロ・ズヴェーヴォの中に見出したものは、自分とよく似たメンタリティーであり、似かよった分析方法だった」。

しかし、ジョイスがそうした高い評価を、たまたまガビネット・ミネルヴァの会長を務めていた別の生徒ニッコロ・ヴィダコヴィッチに伝えたところ、「彼は唇をすぼめ、目を半ば閉じながら、ゆっくりと、悲しげに首を振った」。哀れなシュミッツのひどいイタリア語を、アイルランド人がどうして判断できるだろう。イタリアの古典文学を愛し、（ジョイス氏と共に）シングの『海へ騎り行く人々』やイェイツの『キャスリーン伯爵夫人』をダンテやボッカッチョの言語に翻訳したほどの「文学的トリエステ人」が、あんな粗悪な仕事をどうして見過ごすことができるだろう。少し前には背教者ズラタペルがトリエステの文化――ズヴェーヴォについて触れるつもりはさらさらなかった――に対して悪意ある皮肉を投げつけていたにもかかわらず、また、現代のトリエステ文化の重要な担い手の一人でもあったシルヴィオ・ベンコのような人物が、十年以上も前にズヴェーヴォを讃えていたにもかかわらず、ガビネット・ミネルヴァの会長は、悲しいことだがというように顔をゆがめただけだった。「ズヴェーヴォ事件」は、人に気まずい思いをさせるので忘れるのが賢明な、壁の内側でのできごとだった。

そもそも、いかに四か国語を操る才人とはいえ、一介の外国人であるジェイムズ・ジョイスに、ズヴェーヴォが書くような散文の真価を判定することができるだろうか？ 「ほとんど常に」とズラタペルは書く。「われわれの文体は重苦しいのだ。文学的類型によって造形されただけで、人生から命を吹き込まれていない」。しかし、ズラタペル自身の「アルプスの登山鉄道」風のスタイルがニーチェを、ベンコがダヌンツィオを、サーバがレオパルディをモデルとしているとするなら、ズヴェーヴォのぎごちない散文は、イタリア文学や、ましてやドイツ文学の過剰摂取によってできあがったものではないことは明らかである。そして明らかに、ほとんどイタリア語を話さない、根っからのトリエステっ子たちにとってはそのことが問題であり、彼らはそれに気づいていた。

〔ベンコの作家仲間の一人が、ズヴェーヴォがなぜ「あれほど下手くそに」書いたのかを説明しようとしたことがある。「彼の立派な父親はドイツの教育に惚れ込んでいた。彼は息子をドイツにやり、あののろのろとした、正確さを欠いた、そして難解な表現方法に彼を一生縛り付けてしまった」。とはいえ、ズヴェーヴォの娘は、父親のドイツ語は欠点もあったが流暢だったと証言している。サーバが、「ズヴェーヴォはドイツ語で〈上手に〉書くことができたにもかかわらず、イタリア語で〈下手に〉書くことを好んだ」と言うとき、彼は半分しか正確ではない。ズヴェーヴォが冗長で、しばしば不正確なイタリア語を用いた理由は、ジョルジョ・ヴォゲーラが指摘したように、彼が普段は波止場や倉庫のヴェネツィア方言とでもいうべきトリエステ語で「考え」、より複雑で抽象的な文章を組み立てるときにはドイツ語の言い回しを用いたことにあるようだ。彼はそのとき、こうした混成物を自分がまったくマスターしていない言語に「翻訳した」ことになる。しかし、バズレンやクアラントッティ・ガンビーニのようにズヴェーヴォを心から敬愛する人々は、彼の言語は結局のところ、彼の怠惰を表したものだと感じていた。たとえば、『老年』の第二版（一九二七年）での「修正」は、義務的かつ部分的で、しばしば必然性を欠き、心がこもっていないように思われた。〕

それでは、より正しく理解していたのは誰か？　ニッコロ・ヴィダコヴィッチか、それともジョイムズ・ジョイスか？　ベルリッツの同僚教師によれば、トリエステに最初に赴任した時点でのジョイス自身のイタリア語は、ほとんど死語かというくらいに中世的で堅苦しいものではあったが、文法的には完璧だった。数年後、『ピッコロ』紙に寄稿したアイルランドに関する記事のイタリア語のチェックをジョイスから頼まれたシルヴィオ・ベンコは、不正確なところは一つもなく、しかも現代的な表現も欠いていなかったことを知る。「原稿には、修正を要する箇所は一つもなかった」。ジョイスは『ある人生』や『老年』の言語面での欠陥に、もちろん気づいていないわけではなかった。しかし、イタリア語を第二言語とする者――のちにジョイスからズヴェーヴォを勧められたフランス人のイタリア学者、ラルボーやクレミューのように――としては、典型的なイタリア人文学者《レッテラート》やトリエステのガビネット・ミネルヴァの会長よりもジョイスの方が、正確な文法や修辞的言い回しの標準的規範にがんじがらめに縛られず、したがって、そこにありうる異なる秩序、代わりの秩序のもつ価値をより自由に感じとることができた可能性が高い。たとえば、ズヴェーヴォの灰色の、垢抜けないカラスのおしゃべりは、いってみれば、若き芸術家が『ダブリン市民』のために作りあげた「周到に削り抜いた野卑な文体」の半ば庶民的で、奇妙な変種だったが、彼が追求しようとした世界や世界観にとっては「正しい」ものであり、一九二五年のモンターレの表現を借りるなら、「反文学的だが、情熱にあふれ、本質的」であるように、ジョイスには思えたかもしれない。†

一九〇七年にジョイスは彼の雇い主であり生徒である人間が作家として不当に黙殺されていることを発見したが、しかし、そのことでその当時のイタロ・ズヴェーヴォの作家生活に変化が生じることはなかった。彼の鉄の意志は変わらなかったのだ（ところで、結局のところ、一九〇七年のジェイムズ・ジョイスとはどんな存在だったのか？　ズヴェーヴォのいう、旅回りの「動名詞の商人」は、自分の名で出版された平凡な薄い詩集を一冊と数篇の短篇小説を手にしていたが、その名は、シュミッツ家の人々、ノラ、スタニスロース、ジェイムズ自身にとってのみ「前途有望な」ものだった）。しかし、『ゼーノの意識』の構想と執筆を進めるためには、日々のルーティンワーク――工場管理や出張――を止めることが必要であり、それがようやく可能になったのは戦争が始まってからだった。

一九一六年の時点では、原料や雇用の確保が難しくなったために工場の生産体制は大幅に縮小された。ヴェネツィアーニ船舶用塗料会社の主な取引相手はイギリスだったが、イギリスは敵国だった。トリエステは、戦闘が続くカルソからは目と鼻の先だった。海外への出張は固く禁じられた。新しく見つけた比較的自由な時間（『ゼーノの意識』の最終章にも反映されている）のおかげで、エットレ・シュミッツはふたたび「ディレッタント」と自らが呼ぶものになることができた。戦争のせいで地元の弦楽四重奏団は解散していたが、ヴァイオリンを弾いた。かなり後になって語っているように、「完全な精神的健康の本質をなんとかして知りたくなり」、フロイトを深く読み込んだ。甥と共に『夢判断』のイタリア語訳に取り組み、まったく一人きりで（「つまり、フロイトの理論や実践方法にはまったく反するやり方で」）、自分自身に対して心理分析を試みた。この喜劇的で、結論の出せない実験は、これに関連してズヴェーヴォがこの時期につけていた体験記と共に、その後、いわゆるゼーノ・コジーニの告白のための語りの構造を提供することになる。戦争によってもたらされた長い「休息」の間に、彼は振り返っている。「私は昔からの幻想にふたたび取り憑かれたが、警戒心を強めた今回は、それらを筆に起こすことはしなかった。戻ることが可能になれば、いつでも普段の生活に戻れるように準備していなければならなかったからだ。」

戦争の終結とトリエステのイタリアへの帰属と共に、ズヴェーヴォは、一般読者を念頭に置いて緊

† とはいえ、絢爛豪華な文体（ニューマン、ダヌンツィオ）も大好きだったジョイスが、ズヴェーヴォらしくもなく「高揚する」、『老年』の末尾を、特に賞賛するために選び、暗記していた点は指摘しておきたい。

そうだ！　アンジョリーナは考え、泣き出す。まるで宇宙の秘密、存在の秘密が解き明かされたかのように思いをめぐらす。そして、広大な世界のどこにも、神の思し召し《デオ・グラティアス》が見つからなかったとでもいうように、泣く。

もちろん、この取り憑かれたような一節全体には、厳しいアイロニーがこめられている。この「泣く娘」のイメージは、「老いた」主人公エミーリオの、最後の、そして消えることのない幻影なのである。

急にものを書かなければならなくなった。領土回復主義を掲げる『ピッコロ』紙は、早くから休刊しており、印刷工場はウィーンからの命令で破壊された。一九一九年には、旧友の一人が、「国家」という重い意味の名を冠した新しい新聞『ナツィオーネ』の発刊を計画し、ズヴェーヴォは寄稿を依頼された。ズヴェーヴォはこの依頼に応えたが、特に注目されるのが、公共輸送システムについてのコラム、すなわち、トリエステの中心部から彼が住む郊外のセルヴォーラ地区までを往復する「世界で最も遅い市電」についての、一連の楽しい記事である。しかし、ズヴェーヴォ自身は、著述に復帰した最大の要因は、自分がようやくイタリア市民になれたことにあると認識していた。「まちがいなく」、と彼は一九二三年に記している。

もしイタリアが私のところに来なかったなら、自分は文章を書けると思うことすらなかっただろう。これは文章を書くようになった当の本人でさえ説明がつかない興味深い事実である。われわれを取り巻く環境はそれほど変化したわけではないのに！　それでも、軍が駐留してから四か月後には、私は自分の小説に取りかかった。まったく自然なことのような顔をして！　五十八歳という年齢で！　解放されたすべての人々のわがままが噴出したことで、私と私の小言語《リングェッタ》にも市民権が与えられたと思えるようになったのだと、私は信じている。

トリエステの作家たち――一八九〇年代のズヴェーヴォ、開戦の数年前のズラタペルとサーバ――は、常にそのことを知っていた。つまり、認識が価値をもつためには、その認識が外部から、外国からやって来なければならないということを知っていた。ズヴェーヴォがトリエステで最初の二つの小説を出版するためにお金を支払ったことは、この若き銀行員の懐具合の寒さ（トリエステで出版する方

が安かった）と戦略的思考の欠如を示している。せっかくトリエステで出版しても、彼が気に掛けていた唯一の書評はミラノからもたらされた。多くの人間が、半島で自分の本を出版・販売しようと模索し、必要とあらば金を払った。小説家としてのベンコはミラノで、ズラタペル、サーバ、ジョッティはフィレンツェで、ストゥパリヒはナポリとローマで。戦後、トリエステに戻ったサーバは、古書店を買い取ると、書きためた詩を手直ししたうえで『カンツォニエーレ』のタイトルでまとめ、自身の書店の名で五百部を刷った。それは敗北と名誉ある撤退の証だった。実際、かれの作品を出版するリスクを負う者は誰一人としていなかっただろう。

『ゼーノの意識』は一九一九年から一九二二年にかけて執筆され、一九二三年にふたたび自費出版の形でボローニャで刊行された。数少ない書評の中で指摘されたのは、その長さ、いきあたりばったりの構造、とらえどころのない姿、とりわけ、スラヴなまりのイタリア語だった。さすがのベンコでさえも筆が乗らず、この本の独創性は認めるものの、冗長でむらがあり、「悲劇的なまでに耳障りで、奇矯な」言葉で書かれていると評した。歴史はくり返す。ズヴェーヴォはパリのジョイスに送った献本の見返しに、絶望の思いを記した。

「そして、彼らは輝かしい未来のヴィジョンを慰めとしながら、聖別された墓に降りていった。」一九二四年一月、ジリオット教授がトリエステ文学史の不思議なくらい予言めいた最後の文章を書き上げ、花の盛りに命を散らしたトリエステの若手作家たちの影について触れた頃、ジョイスはズヴェーヴォに、贈られた『ゼーノの意識』への感謝の言葉を書き送り、イタリアで正面きった注目がなされないことに対して慰めの言葉を述べた（「どうして絶望する必要があるのですか？ それが断然あなたの最良の本であることを、あなたは知らなくてはいけない。『老年』の最後の段落——「そうだ！ アンジョリーナは考え、泣き出す……」——は、ひそかに大輪の花を咲かせていることを私は知っています」）最も大切なことは、ジョイスが元生徒に対して、イタリア以外での助けを求めるようにアドヴァイスする気になり、具体的な名前や住所を挙げている点である。献本はアドヴァイスどおり、パリのヴァレリー・ラルボー、バンジャマン・クレミュー、フォード・マドックス・フォード、ロンドンのT・S・エリオット、ニューヨークのギルバート・セルデスに送られた。「ズヴェーヴォ事件」は「ズヴェーヴォ喜劇」になろうとしていた。

イタロ・ズヴェーヴォの「公的」発見は、およそ二年後、イタリアの国境の両側で起きた。イタリア国内では、ミラノの雑誌『レザーメ』の一九二五年十一月／十二月号に、ジェノヴァ出身の二十九歳の詩人が、最初の、そして今なお価値を失っていないエッセイを掲載した。その内容とは、「アルプスの向こうで、少なからぬ数の文学者《レッテラート》やイタリア好きの間に関心と賞賛を呼び覚ましつつあり、しかも、これまで自国ではほとんど知られていない現代の語り手」の作品についてだった。著者モンターレは、このエッセイがウォルター・ペイターばりの「架空のポートレート」ではないことを読者に念を押しておく必要を感じた。「影が大きすぎて、作品のみならず、イタロ・ズヴェーヴォと称する小説家の名前をも覆い隠してしまっている」(モンターレの背後には、もう一人の影の人物、トリエステ出身の若きロベルト・バズレンがいた。バズレンはその年、モンターレに先駆けてズヴェーヴォを読み、本人を捜し当て、『老年』については、皮肉なしに「恐るべき文体《スティーレ・トレメンド》!」と書き、「イタリアでただ一つの現代小説(一八九八年!の出版)」と評した。彼はまた、ズヴェーヴォ自身から三冊の小説の献本をジェノヴァのモンターレに送るように手配していた。バズレンはさらに、「ズヴェーヴォ爆弾」と自らが呼ぶもののタイミングを計っていた。つまり、モンターレによるズヴェーヴォ発見の打ち上げ花火が与えたショック。それがヨーロッパで炸裂した最初の一発となった。)モンターレの「イタロ・ズヴェーヴォに捧げる」が掲載されたちょうど二か月後には、アドリエンヌ・モニエの雑誌『銀の船』の一九二六年二月号がイタロ・ズヴェーヴォ特集を掲載。ラルボーがすでに個人的に巨匠《マエストロ》と呼んでいた人物についての有名なエッセイを、クレミューが書き、ズヴェーヴォの孤立した才能を賞賛し、作品の抜粋四十ページ分の翻訳を掲載した。「クレミューやラルボーによって翻訳されたものを読むと、ズヴェーヴォはまるで別人に見える」と苦々しげに書いたのは、一人のイタリア人の書評家である。「世間にはまだ知られていないこのイタリア人が、ヨーロッパでの認知という褒美がもらえる運命にあるのなら、それは幸運なことだろう。ただしそれは、別の言語というだけでなく、〈まともな言語〉に置き換えられていればの話だが」

　イタロ・ズヴェーヴォのセンセーショナルな発見と再発見は、イタリアのアヴァンギャルドの若きメンバーたちで構成される、リテラリー・トリエステのその後の文学地図の広がりに刺激を与えた。たとえば、一九二六年春、モンターレはズヴェーヴォの招きを受けてトリエステを訪れ、ヴィラ・ヴェネツィアーニの客人として滞在した。このときバズレンは、若き詩人をサーバ、ベンコ、ジョッティ、ストゥパリヒ、さらには画家のヴィットリオ・ボラッフィオに紹介した。そして、こうしたトリエステの人々の姿が、モンターレ自身の詩の中に姿を見せ始める。サーバの娘のリヌッチャ。ジェルティ・トラッツィ、リューバ・ブルメンタール、ドーラ・マルクスといった、バズレンのオーストリアの友人たち（モンターレはドーラには会ってはいなかったが、バズレンが撮影した「みごとな脚」が、彼の最も不安にみちたポートレート詩の一つを生みだすきっかけとなった）。そして、バズレン自身も登場した。その後のモンターレのエッセイには、サーバやジョッティも取りあげられた。一九二八年には、廃刊した『ラ・ヴォーチェ』の後継である、重要なフィレンツェの雑誌『ソラリア』が、ジョッティのトリエステ方言による詩（用語集付き）や、サーバの最新連作詩を出版した。同年、『ソラリア』は、サーバの特集号を刊行した。また、一九二九年の「追悼号」は、故ズヴェーヴォの創作に捧げられた。モンターレはサーバについての最初のエッセイを、「互いに大きく異なる、三人の偉大なトリエステの芸術家たち」、すなわち、サーバ、ズヴェーヴォ、画家のアルトゥーロ・フィトケの人物像で締めくくった。ジェノヴァとは反対側の国境に位置し、この詩の背景となったトリエステの町は、最近、彼ら三人によって、「現代思想や芸術に真剣に関心をもつ」すべてのイタリア人にその姿が明らかにされていた。三十七年後、「トリエステの芸術と文化交流の輪」をテーマに行われた、ズヴェーヴォ生誕百周年記念講演の中で、モンターレはリテラリー・トリエステを取りあげ、「作家たちによって栄光がもたらされたイタリアで唯一の都市」と形容した。

事実は否定できないし、その理由は明白だ。イタリアの他のどの都市よりも、トリエステは自身をイタリア文化にしっかりと結びつける――結びつけると同時に、差もつける――必要性を感じた。そして、「トリエステの作家」という言葉がきわめて特別な意味をもつにいたったといわれるのは、おそらく、このせいである。つまり、作家の生活は、故郷の町の生活、慣習、険しい運命に密接に結びついている。町の風俗や、いうまでもなく、地方色に結びついているのではなく、イタリアの他のどの都市とも違う町のイメージに結びついているのだ。

ズラタペルの言葉「トリエステは、他のイタリアの町とは違ったやり方でイタリアなのだ」で締めくくられるこのすばらしい講演は、実際、一つの碑文にひとしい。

「トリエステの作家」とは、トリエステ地域出身の作家であるといってさしつかえない。つまり、「リテラリー・トリエステ、その存在証拠」と題した付録のリストに挙げられた作家たちを結びつけているのは、まちがいなくこの地形的条件である。そして、トリエステⅢの有機的形態《ゲシュタルト》はおそらくトリエステⅡの有機的形態《ゲシュタルト》とは異なっていることを考えると、モンターレが思い描いた種類の「トリエステの作家」は、二つの特性を兼ねそなえていなければならないという時間的・歴史的な但し書きを付け加えてもよいかもしれない。すなわち、一八六一年以降に生まれていることと、（ズヴェーヴォの死亡日を到達点として用いるなら）一九二八年以降に亡くなっていること。しかし、それ以外には、共通のスタイルも、共通の問題意識も見られない。ズヴェーヴォ、ベンコ、サーバ、ズラタペルといったトリエステ出身の代表的作家を考えてみれば、類似性よりも、ときには敵対性までも含んだ差異に気づかされるにちがいない。

ズラタペルの言葉に反して、「トリエステ的文体」というものは存在しない。カラスとナイチンゲールを両極として、その間にはさまざまなレヴェルがある。（マリンやジョッティといった抒情詩人の方言でさえも、変わり種である。）そして、モンターレの言葉に反して、すべてのトリエステの作家を結びつける「町のイメージ」は、作家によって大きく異なっている。ズヴェーヴォにおいては偶発的な日常、ベンコにおいてはほとんど自分とは無関係、ズラタペルにおいては存在論的問題、サーバにおいては気分を映し出す鏡（サーバの晩年の宣言によれば、トリエステが「自分の」町であるのは、生まれ育った町だからというだけでなく、詩的言語という行為によって、彼だけがトリエステを取り戻し、本当のイタリアにしたからである。「わたしの歌で、永遠にイタリアに嫁がせた」）。

一九二〇年代後半には、批評家ピエトロ・パンクラーツィが共通のテーマを見つけようと試みた。

> 今日では、トリエステ文学というものが存在すると断言できる。イタリアの伝統に普通見られるもの以上に、これらの作家たち［ズラタペル、サーバ、ジョッティ、ズヴェーヴォ、ストゥパリヒ］に共通するものは、道徳的なオブセッションである……言語、文化、ときには血脈までもが、混じり合ったこれらの作家たちは、通常、自己発見や自己定義といったものに熱心であり、自分たちの現実が何かを追求する――ただし、追求が手段というよりは目的と化した者にとっては、答えは見つからないだろうという前提のもとで。

これは、実のところ、「現代」文学がもつ世界的な特色の一つの定義のように思われる。そこでは、「文学」という言葉自体が（「レトリック」と同様に）うさんくさい用語であり、コシェンツァ（意識＝良心）が決定的に重要であり、「見抜く」ことがすべてである。ズヴェーヴォ、サーバ、ズラタペルから、バズレン、グイード・ヴォゲーラ（自称「トリエステの逸名著者」）にいたるまで、トリエステ文学の多くが心気症すれすれの状態であるというのは、ことによると、このオブセッションというテーマの熱のこもったヴァリエーションかもしれず†、トリエステ自体が現代イタリア文学の現代性に貢献しているといえるかもしれない。

モンターレの格調高い言葉が碑文になるというのも、かつてのトリエステをトリエステたらしめていた条件（そしてかつての書き手を書き手たらしめていた条件）、かつては「未回復の領土」、「イタリアの境界」、「国境都市というアイデンティティー」、そして「二重の魂」といった表現に圧縮されていた条件が消えたか、あるいは変質したためである。トリエステは今なお、他のイタリアの都市とは異なる。だが、そもそも違いのない都市などあるのだろうか？　もちろん、そうした違いは、かつてのものとは異なる。なにしろ、この町もそれなりの同化を果たしたのだから。

経済活動とスラヴの領土回復主義は別として、トリエステⅢは、多くの民間伝承と、色合いゆたかな地方らしさと、尋常ならざる記憶をもった、スタイリッシュで、棘のある町である。モンターレはまったく触れていないが、この町の重要な記憶の一つは、「リテラリー・トリエステ」であり、この注目に値する、毒のある、有名な、そして、その長い過去の中でも比較的最近の一時期のかたみである記憶に、トリエステⅢは一連の市民的取り組みを考案することで敬意を払った。百周年記念のディナーパーティーや会議、一部のファサードに取り付けられた大理石の銘板、通りの名前の変更（ズヴェーヴォ通り、サーバ大通り、ジョイス坂、ジョッティ広場など）、市民庭園に設置された胸像。

もちろん、リテラリー・トリエステは存在する。ただし、まったくもって亡霊のような形で。トリエステは、約百年前に生まれた作家によって書かれた本で作られた町である。

そして、今は死んでいる。そして、別の世界にいる。

† ズヴェーヴォが、「完全な精神的健康の本質をなんとかして知りたくなった」ように。「翻訳」と題した付録の二三七ページに収録した、このテーマに関する愛の書簡を参照されたし。この手紙はズヴェーヴォが一八九七年に『老年』を書き終えようとしていた頃に書かれたものだが、四半世紀以上の後に完成された『ゼーノの意識』のユーモアやヴィジョンが先取りされている。

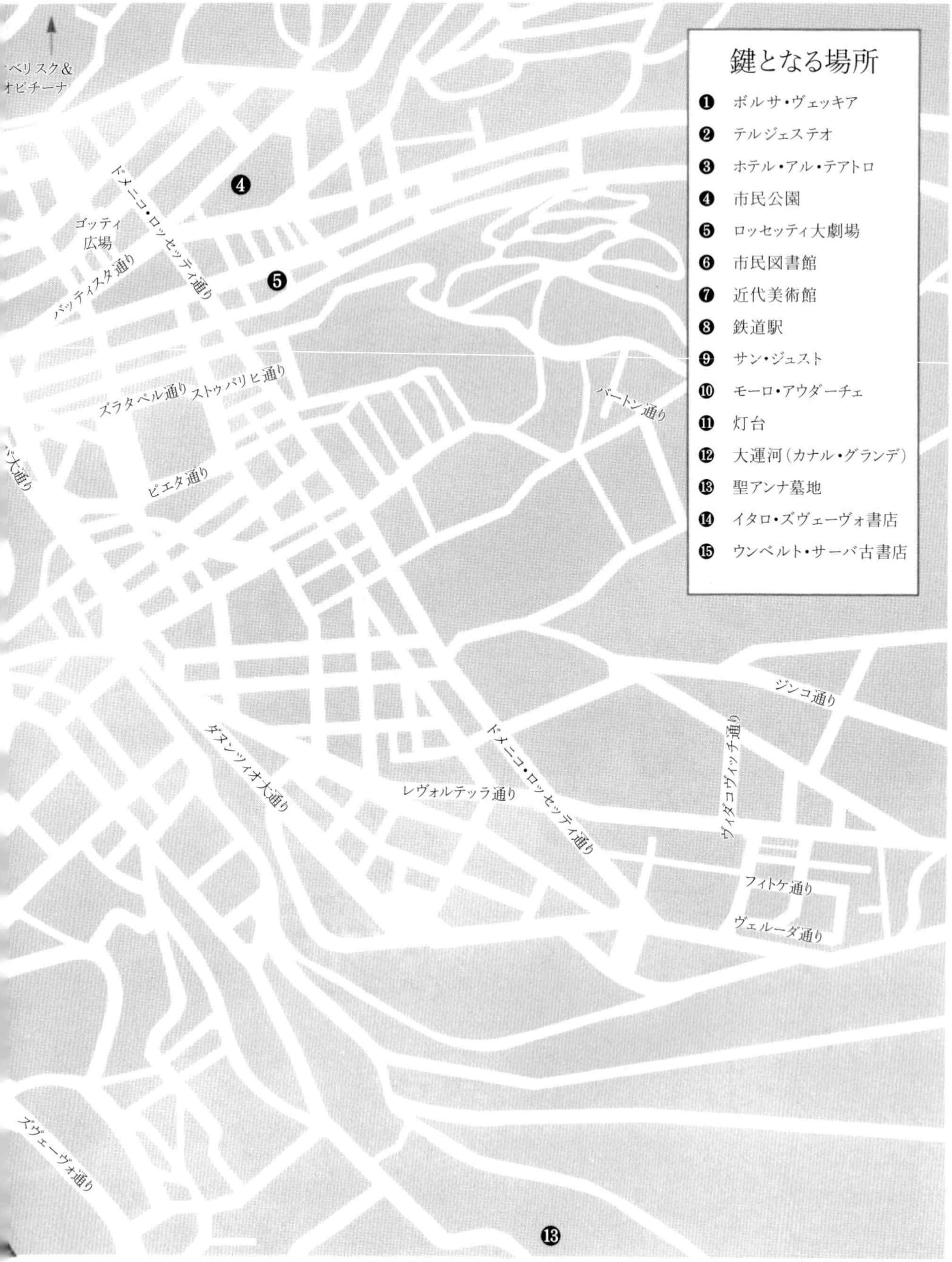

鍵となる場所
❶ ボルサ・ヴェッキア
❷ テルジェステオ
❸ ホテル・アル・テアトロ
❹ 市民公園
❺ ロッセッティ大劇場
❻ 市民図書館
❼ 近代美術館
❽ 鉄道駅
❾ サン・ジュスト
❿ モーロ・アウダーチェ
⓫ 灯台
⓬ 大運河（カナル・グランデ）
⓭ 聖アンナ墓地
⓮ イタロ・ズヴェーヴォ書店
⓯ ウンベルト・サーバ古書店
ベリスク＆
オピチーナ
ドメニコ・ロッセッティ通り
❹
ゴッティ
広場
バッティスタ通り
❺
ズラタペル通り
ストゥパリヒ通り
バートン通り
大通り
ピエタ通り
ジンコ通り
ヴィダコヴィッチ通り
ダヌンツィオ大通り
ドメニコ・ロッセッティ通り
レヴォルテッラ通り
フィトケ通り
ヴェルーダ通り
ズヴェーヴォ通り
⓭

リテラリー・トリエステ
TRIESTE
ミラマーレ＆
ドゥイノ
イタリア
統一
広場
コルソ・イタリア
ラザレット・ヴェッキオ通り
セルヴォーラ＆イストリア
1
2
3
6
7
8
9
10
11
12
14
15

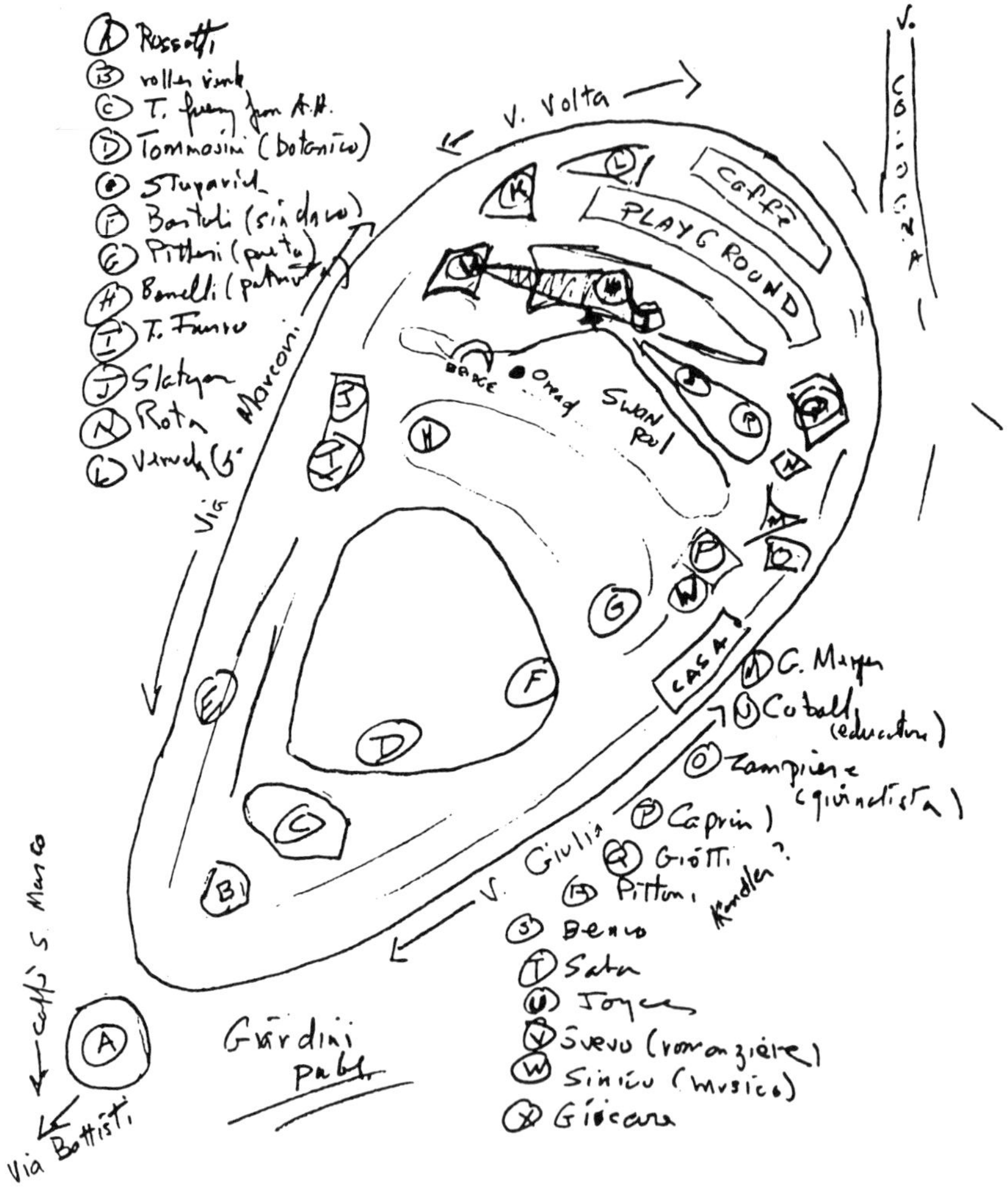

Rossetti
Tommasini (botanico)
Stuparich
Bartoli (sindaco)
Pitteri (poeta)
Slataper
Rota
V. Volta
Via Marconi
Caffè
PLAYGROUND
SWAN pool
CASA
V. Giulia
Zampieri
Caprin
Giotti
Pittoni
Benco
Saba
Joyce
Svevo (romanziere)
Sinico (musico)
Giardini pubbl.
caffè S. Marco
Via Battisti

市民庭園の三巨匠

今は落ち葉の季節。

（落ち葉はポプラの木の下にかき集められ、淡い黄褐色をした、養分たっぷりの山となり、風に舞う日を、掃除される日を待つ。道の反対側の芝生の縁に植えられたずんぐりとしたツゲの葉先に刺し貫かれた落ち葉が、身を震わす。白鳥池の落ち葉は、かすかに揺れながら、ゆっくりと沈んでいく。岩を模した浮島に立つ白鳥の石像の腹を抱きかかえる、豚の尾を生やした山の精（オレイアス）も、羽繕いをする生きた白鳥たちも、落ち葉のことなど気にもとめない。私のクリップボードの上に落ちてきた、鞣し革色の乾いた落ち葉は、指で押すと粉々になる。）

緑がしぶとく残るのは、遊歩道や小径の間に点在する芝生を縁取る生垣、密生する月桂樹の茂み、トキワガシや松の並木。午後四時の冬の日射しが、異国の樹木（スペインやヒマラヤの樅、レバノン杉、セコイアの巨木……）に取り付けられた真鍮のプレートを燦めかせる。庭園の柵やその向こうの通りへと続くのは、暗い木立、イバラの茂み、木の実が生る藪。そこでは野良猫たちがうろつき、孔雀が餌を探しまわり、キャンディーの包み紙が朽ちていく。頭上には、裸になった枝や常緑樹の茂みを透かして、白茶色と煉瓦色の夢の集落が見え隠れする。幸運な人々が暮らす、住まいの連なり。

バッティスティ通りを走るバスの排気音。遊び場に響く子供らの叫び声。冷たいベンチで交わされる、母親たちのひそひそ話（凍てついた空気にも負けない、温かな暮らし。カルダ・ヴィータ）。メモ帳の

上を走る、私の鉛筆の音。冬期休業中のカフェテリアのアスファルトのテラスを走り抜ける、スケートボードのけたたましい音（栗色のコートの紳士に話しかけられるアヒルたち。ポケットの中を手探りする紳士）。きゅっきゅっと鳴る、書き直しの消しゴムの音。鼻孔の中を心地よく昇り降りする町の空気。

Xの文字が示すのは、白鳥の池を背に、こうしたすべてに囲まれた私が座る場所。二十羽の青灰色の鳩が、私が放り投げてやらなかったパン屑をさがし、私の足下の砂利をむっつり顔でつつきまわる。私は手製の庭園地図作りにいそがしい。

その形はギターのピックにも、逆さになった涙のしずくにも見える。あるいは、バッティスティ通りをまっすぐ抜け、ロイド・アドリアティコの広告看板を指す、殴り書きの矢印の先端にも見えるし、ずんぐりとした疑問符のようでもある。（疑問符の点にあたるのは、地図中のAの場所。そこは小さな円形の入り口で、高くそびえる台座の上に悠然と立つドメニコ・ロッセッティが、花輪を差し出す三人のニンフを完全に黙殺しながら、現代の車の流れに目を向ける。スペイン風のケープをはおり、片手は胸に当て、片手に題名のない本を握るその姿は、トリエステの父としての貫禄に満ちている。

その頼もしい背中から離れ、犬や自転車の立ち入り禁止を掲げるゲートを越えると、B地点。一度も使われたことのなさそうな、小さなローラースケートのリンク。その先にあって、侵食するイチイやウバメガシの林の中にまぎれやすいのが、オーストリア゠ハンガリー帝国を象徴する鷲から逃れようともがくトリエステの像。すなわち、C地点。そこから先は、入り組んだ迷宮と化す。遊歩道や浮島の正確な形には、私はあまり注意を払わなかったが、胸像のおよその場所を特定するには充分だ。）

場所を示した彫像は全部で二十一体。ただ死んだというだけで、彫像になれるわけではない。ビアジョ・マリンは三十年前にこう記した。「われわれは日々の暮らしに流されているので、こうした似姿やそれに伴う厳粛な墓碑銘があったところで、町を愛するがゆえに、私事私情を排して、市民のために生き、かつ働いたこうした人々の人生や価値を、必ずしも自分の〈意識〉の中によみがえらせることができるわけではない」。長年にわたり、当のトリエステ市が感謝の気持ちをこめて制作依頼を続けてきた胸像は、市民庭園の中に立つ柱の上で、人々を鼓舞する日を待っている。鳩の糞だらけになった頭や肩、そして日にさらされた名前、生没年、職業（造園家、教育者、ジャーナリスト、音楽家、愛国主義者……）は、思い出してもらうだけでなく、そこを行き来するトリエステ人に、自分もまた、いまだ成就されざる苦難の歴史を担う市民の一人であることを思い出させるためにそこにある。

いや、我らの祖先たちの心に
語りかけた、あの声は嘘ではなかった……

その一人、ジュゼッペ・シニコ（作曲家。短期間、ジェイムズ・ジョイスの声楽教師を務めた）は、オペラ『マリネッラ』（一八五四年）の今では忘れ去られた「サン・ジュスト讃歌」の中に記した。「いや、我らの祖先たちの心に語りかけた、あの声は嘘ではなかった……」これらの胸像は、人の心をかきたてるためにある。

（しかし、通行人はただ通り過ぎる。スケーターの膝はひどい出血をする。恋人たちは二人きりになりたくて、柵の方へじりじりと近づいていく。しなびた葉が落ち、アヒルたちは、公共の場で暮らすアヒルとしての見返りを要求する。ベンチの女性は地面に足を打ち付けながら、もう一度、腕時計に目をやる。そして、緋色のとさかと肉垂をもつ優美な金色の雄鶏は、雪のように白い仲間を、ウンベルト・ヴェルーダの台座の裏の月桂樹のところまで追い回す。営まれるのは、温かな暮らし。心を鼓舞されたり、かきたてられたりするには、自分のことで目一杯の暮らし。それは地図では表せない。）

ようやく仕事ができて幸せな気分の私は、そうした暮らしが行き過ぎ、冷たい胸像たちが人々を待つのを眺める。そして、彼らが哀れにもブロンズや大理石と化した献身的市民として、庭園の遊歩道沿いに人々の訪れを待つ場所を思い出す助けにするための地図を作る。シニコ、作曲家、一八三六年〜一九〇七年。場所は遊び場の近く、白鳥の池のはずれ。そして、できるものなら、そうした胸像が表現するものも思い出せるといい。なにしろ私は、トリエステに延べ三週間いたとはいっても、碑文を読み、思索にふける時間と興味をもち合わせた一人の外国人なのだ。市民庭園の胸像たちが頼れるのは、私のような人間だ。

たとえば、ジュゼッペ・シニコは、ジョイスの軽やかなテノールの声には美しい響きがあると思っていた。シニコの名は死後、『ダブリン市民』の中の一篇「痛ましい事故」で機関車に轢かれて死んだアル中の女性の名として残った。一九一五年に病没した詩人のリッカルド・ピッテーリは、後世の人間——少なくともジリオット教授と私——が、自分のことを「ウェルギリウスの魂をもったカルドゥッチ派の詩人」とみなすとはよもや思いもしなかった。いつもウイングカラーのシャツを着こみ、前髪が片目にまで垂れていた画家ウンベルト・ヴェルーダは、ズヴェーヴォの親友で、『老年』に登場する精力旺盛な彫刻家バッリのモデルとなった人物である。気の毒なヴェルーダが、医者の指示に従おうとしない母親に怒ったふりをしたせいで、おびえた母親は心臓発作をおこし、息子の腕の中で息を引き取った。ヴェルーダは残りの人生を、自分は死んだ人間だとしてきっぱり見限り、町から町へと渡り歩いた。路上やホテルのベッドで自分の亡骸が発見されても身元がすぐにわかるように、ポケットにはメモや身分証の類を詰め込んでいた。

敏感な外国人は、フランツ・ヨーゼフが言う「忠誠きわまるトリエステ人」も、スラヴ人もここにはいないことに気づく。ただし、シピオ・ズラタペルを勘定に入れるなら話は別だが。十体の胸像の主は、ピスガ山からの眺めに否応なく魅せられながら、トリエステⅡに暮らし、そこで死んだ。一人を除く全員が約束の土地に入り、戦争が終結すると、イタリア人と認定された。くり返すが、この庭園は公共施設であり、トリエステ市民やイタリア人としての功績をまず第一に考えている。ズラタペルが庭園に迎えられた資格は、「わが町の作家が作った最も美しい本」（ベンコの言葉）の著者としてではなく、碑文によれば、一九一五年三月十二日、ゴリツィアの近くの丘で「倒れた」「ジューリア地方の志願兵」としてである。胸像たちの中ではいちばん最近（一九六一年）に死んだ一人、作家のジャーニ・ストゥパリヒがここにいるのは、主に空軍であげた軍功によるもので、自身も退役軍人だったモンターレは、よく彼を「戦士」や「獅子」と呼んでからかった。ジュゼッペ・シニコは、領土回復主義者の愛唱歌として知られる「サン・ジュスト讃歌」を作曲した。カルドゥッチ風の詩を書くかたわら、リッカルド・ピッテーリは領土回復国民同盟の会長を務め、領土回復主義者の家庭の子供たちをイタリアの学校にやるための運動を精力的に行った。ジャンニ・バルトリは、第二次世界大戦後の年月に、ユーゴスラヴィア軍の占領と領土分割という苦難の時期にトリエステ市長を務めた。

祖国の魂《アニマ・パトリア》……

しかし、トリエステⅢの時代には、公園の胸像の設置場所は、東にある子供たちの運動場やカフェテリアに向かってゆっくりと広がり、逆に、台座の上からバッティスティ通りの悪臭と騒音を見下ろすドメニコ・ロッセッティの彫像からは遠ざかっていった。私がクリップボードを手に見届ける白鳥の池のすぐ先、庭園の東の端にあたるX地点では、ビアジョ・マリンの重々しい託宣（「町を愛するがゆえに、私事私情を排して、市民のために生き、かつ働いた」）は、あまりそぐわない。というのも、ここで私を取り巻く似姿の主たちは、私事私情にまかせて仕事をし、そこから公的な業績をあげ、それがめぐりめぐって、町自身も驚くほどの名声をこの町にもたらしたのだから。三巨匠もまた、そうした人物だったと私は思う。

もちろん、そうした人物たちがすべてここにいるわけではない。画家でいえば、アルトゥーロ・フィトケやヴィットリオ・ボラッフィオはいないが、文句なしにヴェルーダはいる。モンターレはいない。自称「第二のトリエステ人」のモンターレは、トリエステを自ら選び取った「祖国《パトリア》」と考えた。作家たちは、ストゥパリヒにしてもズラタペルにしても、軍功をあげたにもかかわらず、ここから西の方向に少し離れた位置に立つ。私の肩越しに見えるのはシルヴィオ・ベンコで、鋤のような髭をたくわえた厳めしい風貌は、どことなくヤン・スマッツを思わせる。寸法が小さく、奇妙なほど細長いジョッティは、生前と同じく、市民庭園の中でも、表舞台からちょっと離れたところに立っている。一九八五年に亡くなったビアジョ・マリンは、最後に逝った大物であり、まだここには迎えられていない［現在は胸像として立つ］。

リテラリー・トリエステ。三角形の斜辺をまたぐように、幸せな気分で私が座る幾何学的区域。等辺ではなく不等辺ではあっても、充分に美しい三角形の中に集められ、ようやく一堂に会したのは、なによりも言葉の力で私をここに引き寄せた三人の亡霊のシミュラークルである。躁病気味に、ぎょろりと目を見開いた実業家［ズヴェーヴォ］の胸像は、戦前のブロンズ製らしく暗い重厚感がただよう。動名詞の商人［ジョイスを評したズヴェーヴォの言葉］は若い頃のパスポート写真をもとに鋳造されていて、像を縁取る鍛造ブロンズの額縁は、彼の姿を目立たせるのに役立っている。自身の歌によって、永遠にトリエステをイタリアに嫁がせた古書店主［サーバ］の、糊の利いたスポーツシャツと衿を立てたコート姿は、長じて彼が肩入れしたプロレタリアートの人間像におさめるにはおしゃれが過ぎる。

イタロ・ズヴェーヴォ
小説家　一八六一―一九二八

ジェイムズ・ジョイスに
生誕百周年を記念して　一八八二―一九八二

ウンベルト・サーバに
生誕百周年を記念して　一八八三―一九八三

トリエステへの貢献ぶりは当然としても、似姿としては上出来とはいえない。それに、実感したことだが、彼らがこの庭園にいることに、私は結局さほど感銘を受けなかった。
それでも、私は彼らの名を地図に書き留めることに、格別な喜びを感じている。

トリエステ　1985-90

トリエステでは、すべてが二重にも三重にもなり……

シピオ・ズラタペル
『領土回復』

ある朝、かねがね見たいと願っていたものが、私の前に現れた。このあたりではそうたびたび見られるものではない。海の上の蜃気楼、ファタ・モルガーナである。朝食後、私たちは広大な海を一望できる小さな丘を登りに出かけた。そこから見えたのは、まるで水平線の上に海水が盛り上がったかのような光景で、その下側を、上下が逆さになった船が通り過ぎた。目の前の浜辺はこれまで目にしたことのないものとなった。最も風変わりな姿をした二重の海が生みだす、魔法のような景色。輝く太陽が照らし出すこの出し物は、冷静な頭で調べることができるほど長く続いた。そして最後は、紺碧の海と靄の中に、美しい夢のごとく姿を消した。

マクシミリアン大公
『日記』

三つの別れ

Sua mare grega

帰国の飛行機の中で、私はイタロ・ズヴェーヴォ書店で買い込んだたくさんの本のうちの一冊を読んだ。リヴィア・ヴェネツィアーニ・ズヴェーヴォ夫人が、夫の魅惑的な暮らしぶりを記した本だ。彼女は一九二一年にジョイスがズヴェーヴォに宛てた手紙をそっくり引用している。ジョイスはズヴェーヴォに、できれば次のパリ出張のときに、『ユリシーズ』の最後の二章のための原稿の束を持ってきてほしいと頼んでいる。それは一九二〇年の夏にジョイスがトリエステを離れた時に弟のスタニスロースのもとに残していったものだった。「慈善修道女のお腹の色をしたゴムバンドで束ねてある」ので、すぐに見わけがつくはずだという。

この手紙が興味深いのは、他にも多くの理由がある。まず第一に、ズヴェーヴォ夫人が指摘するとおり、そこに浮かび上がるのは、小説家として認められることがかなわなかった六十代の老人と、すでに巨匠として名が通っていた、四十代手前のアイルランド人亡命者との間に生まれた、なごやかな心の交流である。しかもそこには、ジョイスの多くの手紙がそうであるように、さまざまな文体が華麗に繰り出されていた。最初と最後は、平明で機能的な、会話体のイタリア語。そこに挟みこまれるのは、ジョイスがその頃とりかかっていたイタカの章（『ユリシーズ』）の文体というよりは、正確さに取り憑かれた、十六世紀のいかれた人文主義者が書いたかのような、ペダンチックな文体を風刺した、ことさら格式張ったイタリア語のカリカチュア（問題の原稿の小包の寸法は、「およそ」九五×七〇センチメートル。風袋引き総重量は四・七八キログラム）。最後は、トリエステ方言でゴシップを披露した一段で締めくくられる。

なかには意味がとりにくい箇所もあった。たとえば、原稿は、mappa di tela cerata にくるまれていたとある。これはオイルクロスの mappa のことだと考えられるが、どうにも奇妙だ！（帰宅後に知ったことだが、mappa とは、ジョイスの書簡集の中で翻訳されていたような、「ブリーフケース」という意味ではなく、祭壇やその上の祭具にかぶせるなどの、典礼上の目的で用いられる布を指すこともある。）方言とは、まずは頭の中で声に出して発音し、それから勉強の成果をもとに推測してみるべきものだ。

とりわけ私の想像力に火をつけ、最後は元気づけてくれた一節があった。ジョイスは、『『ユリシーズ』あるいは『Sua mare grega』と題した文学作品」を書き上げるために早急に原稿が必要であると書いていた。これはどっちのことを指すのだろう？　彼の文学作品の題名は『ユリシーズ』なのか、もう一方か？　もう一方ならば、その意味は？

それはトリエステ方言だった。mare とは、「海」の意味でまちがいない。ところが、奇妙なのは、それが女性形のように見える点。正しいイタリア語ならば、男性形の定冠詞をつけて il mare となるはずだ。だが、『ユリシーズ』自体のまさに第一章には、海はわれわれの万能の母であると書かれていたのではなかったか？　ひょっとすると、トリエステ人のような海の民にとっては、海は文法的にも女性なのかもしれない。女性形の定冠詞をつけた la mare。それがトリエステ方言の「海」なのだ。残りは、勉強に裏付けられた推測と、不意に訪れる洞察にゆだねられた。形容詞の grega については、「群れをなして」の方言なのか、「灰色」の方言なのかを決めかねていたのだが、トリエステで過ごした日々のことを思い出し、「灰色」が正しいことに気がついた。Sua は前置詞に女性形の定冠詞が融合した形。したがって、灰色の海に。『ユリシーズ』あるいは『灰色の海に』。

故郷への帰路、広い大西洋を洋上高く飛びながら、私は本を置き、喜びを味わった。この一週間を終えて、私もまた、異国の地を訪れる異邦人となったのだ。初めてオベリスクの前に立った最初の朝を、市電から見た風景を、犬のレックスを、オピチーナから見下ろした、自足する町のぼやけた景色を、私は思い出した。私の心の外側も、内側も、あのときはすべてがなんと灰色一色に染まったことだろう。「灰色の海に」。この言葉は、貴重なつながりを伝えていた。私が愛する本や作家と、彼らが当時暮らした町とのつながり。私が訪れたこの時代の町と、町の中にいた私自身とのつながり。そしてそれは、すべてを軽やかに、自己憐憫抜きで説明するのに必要な関係だ。

いっそ私の著書のタイトルにしてもよかったかもしれない。『リテラリー・トリエステ』に代えて、『灰色の海に』と。（名づけることで、なにがしかのリアリティが生まれた。）

あるいは、あの手紙に書かれていたように、副題を加えるという手もある。『灰色の海に、あるいは……』

あるいはの、その先は？　答えをさぐった。

Do vidjenja Trst　～さよなら、トリエステ～

乗ったのは、リベルタ広場と鉄道駅行きの三十番バス。日射しあふれるリーヴァ（海岸通り）を通って、バスはモーロ・アウダーチェ（アウダーチェ突堤）を通過。聖画壁が輝くギリシア正教会の薄暗い堂内では、黄金が光を集めていた。つづいて通過したのは、堂々たるかまえの新古典主義建築、パラッツォ・カルチョッティ（現在はオフィスビル）。そのファサード上部の円柱が支える欄干にずらりと並ぶ大きな像は、ミネルヴァ、名声、正義、メルクリウス、豊饒、それともう一体が「シルフィー」（どんよりとした空模様のある朝、ルアーロ・ロゼーリ女史の助けを借りて見つけ出し、正体をつきとめた）。彫像の上にそびえる、銅板葺きの緑色の丸屋根には、ナポレオンの紋章であるブロンズの鷲が、きかん気な顔で止まっていた。つづいて通過したのは、もはやそれほど大きくはない、カナル・グランデ《グランデ》（大運河）。そして、バスが波止場を曲がって現れると、そこには小さなレストラン。私はその店でトリエステ滞在二週目の初めての夕食をとったのだが、ソーセージとキャベツの料理ばかり出されたのには辟易した。かといって、席を立って店を出る、凛とした勇気もなかったのだが。

リベルタ広場の露店は閉まっていた。日曜日のこの時間、ジーンズやトランジスタラジオを安値で買いあさるユーゴスラヴィアの旅行者の姿はない。ほとんど乗客のいない電車がプラットホームで待っていた。灰皿には吸い殻があふれ、ヴェロアのクッションの中の詰め物が、窓際の棚の下の板にへばりついたり、汚れた床に撒き散らされたりしていた。そうしたコンパートメントの雑然とした状態からみて、列車が夜のうちに到着したことや、別の町が始発駅であったことは明らかだった。私は一番清潔そうなコンパートメントを選び、相席が頼みにくくなるような側の座席にバッグを置いた。

駅にもどり、キオスクで最後の『ピッコロ』紙を買い、プラットホームのゲートのそばの屋台でサンドイッチとビールを買うくらいの時間は充分あった。箒とバケツを手にした、青い仕事着の掃除夫が、私のドアの前で一瞬ためらってから、意を決して前進してくる姿を眺める時間もあったし、コンパートメントの中の自分の陣地をがっちり広げることで、三、四人はいる相席候補を威圧する時間もあった。そしてまた、ヘッドレストの上の鉄枠の中に飾られた色あせた写真を、ビニールカヴァー越しに検分する時間もあった。

そこにはフォロ・ロマーノも、リアルト橋も、ピサの斜塔もなかった。ミラマーレ城からの眺めもなかった。イタリアは、そこにはなかった。代わりにあったのは、レペンスキ・ビール遺跡。その川岸や湖畔に置かれていた、人面が粗く彫られた、あばただらけの石灰岩の巨塊。ノヴィ・サドの水力発電所。ロヴチェン山の頂きに陰気にそびえる、誰かの城塞、あるいは墓。足下が照らし出された、ポストイナ鍾乳洞の中の地下カフェ。チトーグラードの高層ホテル、クルナ・ゴラ。カルソの端から一望する、不可思議なバルカンの景色。奇妙な言葉で書かれた説明の下には、ドイツ語、フランス語、英語、ギリシア語の翻訳が並ぶ。ここからさほど離れていないのに、私は何も知らない世界。ある意味では、ここでさえ、私の知らない世界ではあるのだが。

突然前触れもなしに、列車は西へヴェネツィアに向かって動き出した。私はコンパートメントのドアを開けて通路に出て、後ずさりする駅や、ゆっくりと旋回する港に、最後の一瞥を投げた。さよなら、トリエステ。通路の壁のビニールケースの中に、青と緑とオレンジで塗り分けられた大きな地図がねじ入れてあるのが目にとまったので、風景が流れる窓の左側にそれを立てかけた。

ヤドランスコ・モーレ（アドリア海）と書かれた青い海を背景に、緑色に塗られているのは、私の想像力では何も思い浮かばない形（軍艦だとか、長靴だとか）をした国、ユーゴスラヴィア。そこはミッテルオイローパ（中欧）の中の東部であり、私が訪れたことのないバルカン半島の西のはずれにあたる。ザグレブ、サラエヴォ、ベオグラード、スコピエは黒い星印。それよりも小さな町は黒い点。それらを取り巻くオレンジ色は、隣接諸国。アルバニア、ギリシア、ブルガリア、ルーマニア、ハンガリー、オーストリア。そして左端、つまりいちばん西から始まるのは、青いアドリア海、イタリア、そしてトリエステのまさに先端でカーヴを描く、ほっそりとした海岸線。

私はスピードを上げながら、すでに目にしてきた風景――ミラマーレ、ドゥイノ、モンファルコーネの工場群の煙突や巨大クレーン――を後にして、それなりになじんできたつもりの世界――ヴェネツィア、ミラノ、わが故郷――に向かって戻っていった。だが、目の前の地図は、違う世界を見せていた。その観点からいえば、私がいたのはトゥルストだった。トゥルスト。スロヴァキア語のトリエステ。さよなら、トゥルスト。

今離れようとしているその場所を、私は指で触れることができた。トゥルスト。未知の世界の最西端の町。ポーラと呼ばれた時代にジョイスがベルリッツ校で教鞭をとった町プーラ（ジョイスはそこをクルと呼んだ）からは、海岸沿いに北上する。リエカからイストリア半島の付け根を縦断する手もある。リエカとは「川」。イタリア語ではフィウメ。ダヌンツィオと彼が率いる義勇軍が六十年前に占領した町の名でもある。リュブリャナからもトゥルストはさほど離れていない。若きフランツ・ヨーゼフが馬車の行列を仕立てて、トリエステに新設されたズュートバーン駅の定礎式に出向いた折り、途中で立ち寄ったとき、リュブリャナはライバッハと呼ばれていた。今のトリエステではなく、トゥルスト。あるいは、トゥルストでもあるトリエステ。

Do vidjenja Trst　さよなら、トリエステ。なにかがここで終わり、なにかがここから始まる。滞在中にはそんな風には思っていなかったのだが。

カモメ

木屑。ぷかぷかと揺れる、半分に切って搾った後のレモンやオレンジの浮島。アーティチョークの葉も少々。洋梨の濃縮ジュースのつぶれた空き箱。かなり青く着色された、一・五リットル入りのフアンタの空き瓶。

ヴェネツィアにはカモメはいなかった。しかし、汚れた運河の水面には、それ以外のたくさんのものが漂っていた。クラゲのような、無地の透明なビニール袋。臓物から広がった油膜。警察の大型ボート、ヴァポレット（水上バス）。だが、嗚咽のように啼きながら浮かぶカモメも、急襲や餌の横取りのかまえで宙を旋回するカモメもいない。鳩ならばどこにでもいて、パン屑を探して椅子やテーブルのあたりをうろついていた。鳩たちに追い払われた可能性はないだろうか？

そもそもトリエステにカモメはいたのだろうか？

一日前の『ピッコロ』紙から静かに顔を上げ、自分の席から、汚れた灰色の海面の方に目を向けた私は、突然、そこにいないものを見た。つまり、カモメがいないことに気づいたのだ。あるいは、見えないカモメが見えたといってもよい。私は幾度もたしかめた。この時刻、ヴェネツィアではカモメの姿は見えなかった。トリエステでは、カモメの姿を探そう、声を聞こうとも思わなかった。三週間の滞在中、カモメを見た記憶はない。いるのが当たり前だとすら思わなかった。

鳩たちに追い払われたのかもしれないが、腑に落ちなかった。

滞在三週目も終わりにさしかかった、ある晩遅く、暗闇の中で横になっていた私は、なにとも定めがたい轟音に強襲された。走りながら鉄の柵を棒で叩く音。絞首刑の前の太鼓の連打。それとも、豪雨のように激しく、近くの側溝を叩きつける雹の音。轟音は突然始まり、突然終わった。

それから朝が来た。ひと刷毛の薄い灰色が私の部屋の四隅を染め、ヴェネツィアンブラインドから見下ろす街灯の灯りが、天井に淡いオレンジ色の縞を投げた。それは再び始まった。パンノニア平原やスキタイ起源の冬の北風（ボーラ）によって、石灰岩の卓状台地から南に吹き下ろす局地性豪雨。それが、私が出した結論だった。私はベッドで体をまるめたまま、雨上がりの爽やかな空の下できらめく港に立つ自分の姿を思い描いた。

しかし、起床後、浴室の窓から見下ろしたチッタ・ヴェッキア（旧市街）は、まだ雨で洗われてはおらず、土埃もたてずに乾いたままだった。徐々に聞こえてきたのは、町いちばんの早起き者、陸地暮らしのあの何千羽もの鳩たちが、私の頭上の軒下で、途切れることなくひそひそと交わす口げんかの声だった。

さらにそののち、朝食のノックの一時間前に、轟音の強襲がまた始まった。音の正体は、鳩の起床だった。群れを崩し、なぜか大きく肩をすくめては、また元の位置に戻る鳩たちが、ホテルのブリキの雨樋や雨受けでたてる音だったのだ。その後に続いたのは、人間が鳴らすベルの音。下の店で引き上げたサラチネスケ（イタリア人が好んで使う言葉で、金属製の防犯シャッターのこと）の騒音。狭い通りにカツカツと響く木靴の音。私には身につかなかった方言で交わされる、一日の最初のやりとり。

トリエステ滞在中は、亡霊を追い求める仕事に夢中だった私は、カモメの鳴き声を聞きたい、姿を見たいとは一度も思わなかった。数日後に訪れたヴェネツィアで、目の前の景色から、奇妙なことに一時的に彼らの姿が消えたことがきっかけで、トリエステでの日々を思い出した。カモメを見なかったという記憶はないが、もっと私を不安にしたのは、見た記憶がないことだ。一〇〇マイルを隔てて同じ灰色の海の海岸にいながら、カモメのことはただの一度も意識に浮かび上がらなかった。

そもそも私は、自分の仕事を見つけるためにトリエステを訪れたわけで、それにはとりわけ感覚を研ぎ澄ませ、何一つとりこぼすことなく、すべてを見、すべてを聴く人間であることが必要であった以上、これは悔しくもあり、腹立たしくもある経験だった。たぶん不当な言いがかりで責められているような気がしたからだ。

「〈トリエステを見つける〉には、どうしたらよいでしょう」。この問いにどう答えるべきかを知るのは難しい。友人の一人は、トリエステのことを、どこの町にもあるジョリーホテルのロビーで鼻血を出した町として記憶している。別の友人の子供は、駅でザグレブ行きの列車を待つ間に、財布に入れていた爪切りの先で手を切った。不幸な巡り合わせだ。

さよなら、トリエステ。哀しき《トリステ》トゥルスト。あるいは、オーストリア人の言うトリエスト。塩でできた海岸線が曲線を描く、はるかな異郷テルジェステ。トリエステへの、さまざまな感情が入り交じった別れの言葉。三週間の滞在に加えて六か月が経ち、多くのことを知った今、私はトリエステを離れる。その出会いに結末はない。

帰宅後、再び文献にあたっていると、少なくとも一八九二年には、トリエステにカモメはいたという事実を、ズヴェーヴォの著作の中に発見した。カモメたちは小さな頭から小さな叫び声を発し、寂しげに見えた。大きな白い翼を広げ、魚だけを狙って、混雑する港の上を旋回した。あれほど大きな翼、あれほどの食欲の持ち主であっても、多くの脳みそは必要なかった。本能に従う生活は机上の空論をあざ笑うと、ズヴェーヴォは処女作の中で書いている。

自宅ではさらに、sua mare grega が、思ったとおりトリエステ方言だったことも確かめた。文字どおりの意味は「彼のギリシアの母親」。だが、もっと正確に訳すなら、「彼の娼婦の母親」という意味の方言。『ユリシーズ』あるいは……」と書いたとき、ジョイスの念頭にあったのは、彼のペネロペイア、すなわちモリー・ブルームのことだったのだ。ふしだらで、かつ母のような配偶者。(それにしても、私のトリエステ滞在の大半において、海は本当に灰色だったのだが。)

そして、わが家でようやく私は、今回の旅の本質を理解した。そう思うだけの根拠はあるものの、リテラリー・トリエステ、「文学の町トリエステ」ではない。もちろん、「灰色の海に」でもない。なぜなら、それは部分的な見取り図であり、蜃気楼も、紺碧の景色も、駅からの明るい散歩道も抜け落ちているから。もっと真実に近く、それゆえにもっとふさわしい表題。それは「トリエステでの私の三週間」。

それは、読み終えるとハッピーエンドが待つ、ゴーストストーリー。あるいは、最後はハッピーな表現で締めくくられるゴーストストーリー……

トリエステの亡霊。

付録

翻　訳

1. 『カンツォニエーレ』より、ウンベルト・サーバのトリエステ詩篇九つ
2. シピオ・ズラタペル、『わがカルソ』より二つの節
3. エットレ・シュミッツ、『家族の年代記』より
4. ジョイスのトリエステ詩篇二つとモンターレによるイタリア語訳

『カンツォニエーレ』より、ウンベルト・サーバのトリエステ詩篇九つ

Città Vecchia

Spesso, per ritornare alla mia casa
prendo un'oscura via di città vecchia.
Giallo in qualche pozzanghera si specchia
qualche fanale, e affollata è la strada.

Qui tra la gente che viene che va
dall'osteria alla casa o al lupanare,
dove son merci ed uomini il detrito
di un gran porto di mare,
io ritrovo, passando, l'infinito
nell'umiltà.
Qui prostituta e marinaio, il vecchio
che bestemmia, la femmina che bega,
il dragone che siede alla bottega
del friggitore,
la tumultuante giovane impazzita

旧市街

家に帰るときに、ぼくはよく
旧市街の暗い通りを抜けるようにする。
水たまりが黄色い街灯を映して
通りは混み合っている。

ここに行き交う人びとは
酒場から家だか売春宿に向かい、
売り物も人びとも、大きな港の
漂流物で
ぼくがそこを通りながら見つけるのは
みすぼらしさのなかの無限。
ここでは娼婦や水夫、ののしっている
老人、毒づいている女、
揚げた魚の屋台に寄りかかっている
騎兵やら
恋に狂ってしまっている

d'amore,
sono tutte creature della vita
e del dolore;
s'agita in esse, come in me, il Signore.

Qui degli umili sento in compagnia
il mio pensiero farsi
più puro dove più turpe è la via.
(1911)

Tre Vie

C'è a Trieste una via dove mi specchio
nei lunghi giorni di chiusa tristezza:
si chiama Via del Lazzaretto Vecchio.
Tra case come ospizi antiche uguali,
ha una nota, una sola, d'allegrezza:
il mare in fondo alle sue laterali.
Odorata di droghe e di catrame
dai magazzini desolati a fronte,
fa commercio di reti, di cordame

向こう見ずな娘やら
誰もが、誰も皆が人生と
悲しみの所産。
皆のなかで動いているのは、ぼくもそうだが、神様。

ここでみすぼらしい連中のなかにいると
ぼくの思いが澄みゆくのを感じる、
通りが汚ければ汚いほど。
（一九一一年）

三本の道

トリエステには、閉ざされた悲しみの長い日々に
自分を映してみる道がある、
旧ラザレット通りという名の。
救貧院に似た、どれも同じな古い家屋のあいだに、
ひとつ、ただひとつだけ、明るい調べが。
海が、交差する何本かの道のつきあたりなのだ。
生薬とアスファルトが匂う道、
人気のない倉庫のむかいには、
網や、船舶に使う

per le navi: un negozio ha per insegna
una bandiera; nell'interno, volte
contro il passante, che raro le degna
d'uno sguardo, coi volti esangui e proni
sui colon di tutte le nazioni,
le lavoranti scontano la pena
della vita: innocenti prigioniere
cuciono tetre le allegre bandiere.

A Trieste ove son tnistezze molte,
e bellezze di cielo e di contrada,
c'è un'erta che si chiama Via del Monte.
Incomincia con una sinagoga,
e termina ad un chiostro; a mezza strada
ha una cappella; indi la nera foga
della vita scoprire puoi da un prato,
e il mare con le navi e il promontorio,
e la folla e le tende del mercato.
Pure, a fianco dell'erta, è un camposanto
abbandonato, ove nessun mortorio
entra, non si sotterra più, per quanto
io mi ricordi: il vecchio cimitero
degli ebrei, così caro al mio pensiero,

縄を商っている。ある店の看板は
一本の旗。中では通行人に背をむけ、ふりむきも
しないで、血の気のない顔の女たちが、
とりどりの国旗の色のうえに
かがみこんで、人生の苦悩の持ち分を
減らそうとしている。無辜の囚人たちは
暗い顔で陽気な旗を縫う。

悲しいことも多々あって、空と
街路の美しいトリエステには、
山の通り、という坂道がある。
とばくちがユダヤの会堂で、
修道院の庭で終っている。道の途中に小さな
聖堂があり、草地に立つと、人生のいとなみの
黒い吐息が聞こえ、そこからは、船のある海と、岬と、
市場の覆いと、群衆が見える。
それから、坂の片側には、荒れはてた
墓地。ぼくの記憶にあるかぎり、
絶えて、葬式も、埋葬もない、
旧ユダヤ人墓地。そこにいるのは、
ぼくの想いにとって大切な、
苦労を重ね、商売にあけくれて、

se vi penso i miei vecchi, dopo tanto
penare e mercatare, là sepolti,
simili tutu d'animo e di volti.

Via del Monte è la via dei sand affetti,
ma la via della gioa e dell'amore
è sempre Via Domenico Rossetti.
Questa verde contrada suburbana,
che perde dì per dì del suo colore,
che è sempre più città, meno campagna,
serba il fascino ancora dei suoi belli
anni, delle sue prime ville sperse,
dei suoi radi filari d'alberelli.
Chi la passeggia in queste ultime sere
d'estate, quando tutte sono aperte
le finestre, e ciascuna è un belvedere,
dove agucchiando o leggendo si aspetta,
pensa che forse qui la sua diletta
rifiorirebbe all'antico piacere
di vivere, di amare lui, lui solo;
e a più rosea salute il suo figliolo.

(*1911*)

葬られた、たましいも
顔も同じな、ぼくの先祖たち。

山の通りは聖なる思い出の道だが、
歓びと愛の通りは、
ドメニコ・ロッセッティ街。
街はずれの、緑につつまれたこの通りは
日一日と色褪せ、
街らしくなり、田舎を忘れるが、
よかったころの魅力も、まだ、残っている。
散在する、むかしに建った家と、
数すくない並木。
すべての窓が開かれている夏の夕べに、
ここを散歩すると、どの窓も見晴らし台で、
縫い物をしながら、本を読みながら待っている。
ここなら、愛するひとが、もういちど、
むかしながらの人生の愉しさに、花ひらき、
彼を、彼だけを愛してくれるかも知れないと思う、
わが子には、もっと薔薇色の健康を、と。

（一九一一年。須賀敦子訳）

Via della Pieta

Accennava all'aspetto una sventura,
sì lunga e stretta come una barella.
Hanno abbattute le sue vecchie mura,
e di qualche ippocàstano si abbella.

Ma ancor di sé l'attrista l'ospedale,
che qui le sue finestre apre e la porta,
dove per visitar le gente morta
preme il volgo perverso; e come fuori
dei teatri carrozze in riga nera,
sempre fermo ci vedo un funerale.
Cerei sinistri odori
escon dalla cappella; e se non posso
rattristarmi, pensare il giorno estremo,
l'eterno addio alle cose di cui temo
perdere sola un'ora, è perché il rosso
d'una cresta si muove fra un po' d'erba,
cresciuta lungo gli arboscelli in breve
zolla: quel rosso in me speranza e fede
ravviva, come in campo una bandiera.

Via della Pieta

As long and narrow as a stretcher
it has always suggested hard luck.
Now they've broken down its old walls
and planted chestnut trees to make it pretty.

Yet still the hospital saddens it
whose doors and windows open on this street,
where still a stubborn crowd pays call
upon the dead, and, like a black line
of carriages queued outside some theater,
a funeral seems forever fixed.
Waxy, sickish odors
escape from the chapel; and if I cannot
sink back into my sorrow, or think again
of my last hour or my eternal farewell
to those things I fear to lose
if only for an hour, it is because
that red comb is moving in a tuft of grass
which grows upon a mound beneath a chestnut tree:
that small red crest which quickens in me hope
and faith, like a banner on a battlefield.

La gallinella che ancora qui si duole,
e raspa presso alla porta funesta,
mi fa vedere dietro la sua cresta
tutta una fattoria piena di sole.
(*1911*)

Il Molo

Per me al mondo non v'ha un più caro e fido
luogo di questo. Dove mai più solo
mi sento e in buona compagnia che al molo
San Carlo, e più mi piace l'onda e il lido?

Vedo navi il cui nomè e già un ricordo
d'infanzia. Come allor torbidi e fiacchi
— forse aspettando dell'imbarco l'ora —
i garzoni s'aggirano; quei sacchi
su quella tolda, quelle casse a bordo
di quel veliero, eran principio un giorno
di gran ricchezze, onde stupita avrei
l'accolta folla a un lieto mio ritorno,

That little hen that suffers there,
that by the grim door scratches on the earth,
empowers my eye beyond its tiny comb:
I see a farmyard, fair, and bathed with sun.
(*1911*)

Mob San Carlo

No place on earth is dearer and more my very own
than this. Where should I be more alone,
where in better company, than Molo San Carlo?
Where, for me, a sea and shore more lovable?

Here I see ships whose very names recall
my childhood. Then as now, —sweaty, tired
perhaps awaiting the hour to weigh anchor—
those sailors loitered. Those sacks upon that deck,
those crates aboard that great three-master,
these once upon a time were treasure trove
with which I might amaze my faithful ones
gathered in joy the day of my return.

di bei doni donati i fidi miei.
Non per tale un ritorno or lascerei
molo San Carlo, quest'estrema sponda
d'Italia, ove la vita è ancora guerra;
non so, fuori di lei, pensar gioconda
l'opera, i giorni miei quasi felici,
così ben profondate ho le radici
nella mia terra.

Né a te dispiaccia, amica mia, se amore
reco pur tanto al luogo ove son nato.
Sai che un più vario, un più movimentato
porto di questo è solo il nostro cuore.
(*1912*)

L'Osteria "All'isoletta"

La notte, per placare un'aspra rissa,
e più feroce quanto è solo interna,
penso lotte più estranee: penso Lissa,

Not now for any such return shall I depart
Molo San Carlo, this final shore of Italy,
where life is conflict still.
Where else could I take joy in my life's work,
or dream my daily life was almost happy?
So deep-struck are my roots
in my place.

(Lina, beloved, do not be hurt
if so much love I bear where I was born.
We know there hammers in the heart
a stranger and more agitated port.)
(*1912*)

居酒屋「小さな島」

夜、内面な分だけよけいに猛々しい
激しい諍いを鎮めようとして、なるだけ
かけ離れた争いについて考える。たとえばリッサ、

i Bàlcani, Trieste, il vecchio ghetto;
infine mi rifugio a una taverna;
dal suo solo ricordo il sonno aspetto.

Deserta com'è lungo il caldo giorno,
sulle pareti un'isoletta è pinta,
verde smeraldo, e il mar con pesci ha intorno.

Ma di fumi e di canti a notte è piena;
un dalmata ha con sé la più discinta;
ritrova il marinaio la sirena.

lo ascolto, e godo della compagnia,
godo di non pensare a un paradiso,
diverso troppo da quest'allegria,

che arrochisce nei cori e infiamma il viso.
(*Bologna, 1913*)

バルカンの人々、トリエステ、古いゲットーのことなど。
あげくのはて、ぼくは、とある居酒屋に逃げ込む。
思い出すだけで、眠りがやってくるように。

ながい夏の日は人影がなく、
壁に描かれた小さな島がひとつ、
魚のいる翡翠の海に囲まれて。

だが夜ともなると煙と歌が立ちのぼり、
だれよりも薄着の娘を連れているのはダルマチア人。
海の妖精にめぐりあう水夫、といったかっこうで。

ぼくは耳を傾ける、みなといっしょにいるのがよくて、
天の楽園の夢ではないのが、よくて。ここの
陽気さとあれとは、まったくの別物で、

皆で歌うと、声は嗄れるし、顔が燃える。
（ボローニャ、一九一三年。須賀敦子訳）

Caffè Tergeste

Caffè Tergeste, ai tuoi tavoli bianchi
ripete l'ubbriaco il suo delirio;
ed io ci scrivo i miei più allegri canti.

Caffè di ladri, di baldracche covo,
io soffersi ai tuoi tavoli ii martirio,
lo soffersi a formarmi un cuore nuovo.

Pensavo: Quando bene avró goduto
la morte, il nulla che in lei mi predico,
che mi ripagherà d'esser vissuto?

Di vantarmi magnanimo non oso;
ma, se il nascere è un fallo, io al mio nemico
sarei, per maggior colpa, più pietoso.

Caffè di plebe, dove un dì celavo
la mia faccia, con goia oggi ti guardo.
E tu concili l'italo e lo slavo,

a tarda notte, lungo il tuo bigliardo.
(*Bologna, 1914*)

カフェ・テルジェステ

カフェ・テルジェステの、白クロスの掛かった
テーブルで、酔っ払いがたわごとを繰り返している、
ここでぼくはなんとも陽気な歌を書きつけている。

泥棒たちのカフェにして娼婦たちの巣、
この店のテーブルでぼくは苦難に殉じてきた、
その苦難に耐えて新たな心をつくってきた。

こう考えた。ついにぼくが死を味わうことに、というか
死はこんなだろうと思っているあの無を味わうことになったら、
何がぼくの生きたことに対して払い戻してくれるのかと。

大きな心をもっているなどと自分で思ってはいない。
でも、生まれてきたことが要するに過ちであるのなら
自分の犯した罪のすべてに、大きな心でふるまうだろう。

庶民のカフェ、かつてはぼくが両手に顔をうずめて
いたのに、今日は晴れておまえを見ている。
おまえはイタリア人とスラヴ人を和解させる、

遅くなった夜に、おまえの長い玉突き台で。
（ボローニャ、一九一四年）

Mezzogiorno d'Inverno

In quel momento ch'ero già felice
(Dio mi perdoni la parola grande
e tremenda) chi quasi al pianto spinse
mia breve gioa? Voi direte: 《Certa
bella creatura che di là passava,
e ti sorrise》. Un palloncino invece,
un turchino vagante palloncino
nell'azzurro dell'aria, ed il nativo
cielo non mai come nel chiaro e freddo
mezzogiorno d'inverno risplendente.
Cielo con qualche nuvoletta bianca,
e i vetri delle case al so1 fiammanti,
e il fumo tenue d'uno due camini,
e su tutte le cose, le divine
cose, quel globo dalla mano incauta
d'un fanciullo sfuggito (egli piangeva
certo in mezzo alla folla il suo dolore,
il suo grande dolore) tra il Palazzo
della Borsa e il Caffè dove seduto
oltre i vetri ammiravo io con lucenti
occhi or salire or scendere il suo bene. (*1919*)

Winter Noon

Once upon a time when I was happy
(may God forgive that great and fearsome word!)
what was it turned nearly to tears
my fragile joy? "Some lovely thing who smiled,"
you'd say, "as she was passing by …"
and you'd be wrong. It was a toy balloon,
a bright and bluish-green balloon adrift
in the azure air, the sky of home
never so brilliant as in that clear, cold
winter noon. It was the sky
with a small white cloud or two, the sun
setting the windowpanes on fire, the thread
of smoke from several chimneys and, over all,
over every blessed thing, it was that globe
fled upward from some child's careless hand
(surely sobbing out his grief, his matchless grief)
somewhere in the crowd between Palazzo Borsa
and my Caffè while I sat staring,
tracking out the window with my shining eyes
the soar and dip of all his heart's desire.
(*1919*)

Avevo

Da una burrasca ignobile approdato
a questa casa ospitale, m'affaccio
— liberamente alfine — alla finestra.
Guardo nel cielo nuvole passare,
biancheggiare lo spicchio della luna,

Palazzo Pitti di fronte. E mi volgo
vane antiche domande: Perché, madre,
m'hai messo al mondo? Che ci faccio adesso
che sono vecchio, e tutto s'innova,
che il passato è macerie, che alla prova
impari mi trovai di spaventose
vicende? Viene meno anche la fede
nella morte, che tutto essa risolva.

Avevo il mondo per me; avevo luoghi
del mondo dove mi salvavo. Tanta
luce in quelli ho veduto che, a momenti,
ero una luce io stesso. Ricordi,
tu dei miei giovani amici il più caro,
tu quasi un figlio per me, che non pure

I Had

Cast up by a brutal storm
into this friendly house, freely at last
I can show myself at the window.
I watch the clouds that pass in the sky,
the whitening crescent moon,

Palazzo Pitti opposite. And I ask myself
the old, impossible questions. Why, mother,
did you give me birth? What shall I do
now I am old, now everything is strange,
now the past is a shambles and I have shown
myself unequal to the test of terrible events?
Even my faith in death, that it solves
everything, has faltered.

I had a world, and in that world I had
my sacred places. And there I found such light
that, for moments, I was a light myself.
Do you remember? you, the dearest
of all my young friends, almost my son,
whose whereabouts I do not know, dead

so dove sei, né se più sei, che a volte
prigioniero ti penso nella terra
squallida, in mano al nemico? Vergogna
mi prende allora di quel poco cibo,
dell'ospitale provvisorio tetto.
Tutto mi portò via il fascista abbietto
ed il tedesco lurco.
Avevo una famiglia, una compagna;
la buona, la meravigliosa Lina.
È viva ancora, ma al riposo inclina
più che i suoi anni impongano. Ed un'ansia
pietà mi prende di vederla ancora,
i non sue case affaccendata, il fuoco
alimentare a scarse legna. D'altri
tempi al ricordo doloroso il cuore
si stringe, come ad un rimorso, in petto.
Tutto mi portò via il fascista abbietto
ed il tedesco lurco.

Avevo una bambina, oggi una donna.
Di me vedevo in lei la miglior parte.
Tempo funesto anche trovava l'arte
di staccarla da me, che la radice

or a prisoner in that squalid land, in the hands
of the enemy? And now shame fills me
for this crust of bread, this hospitable
and temporary shelter.
All that I had they have taken,
the vile fascist and the swilling german.
I had a family, a companion:
the good, the marvelous Lina.
She is alive still, but weary
beyond her years. And a troubled
pity fills me now to see her
busy by hearths that are not her own,
feeding a little fire with hard-won wood.
The heart twists in the chest like remorse
at the dolorous memory of other times.
All that I had they have taken,
the vile fascist and the swilling german.

I had a baby girl, today a woman.
Once in her I saw the best part of me.
The dark times have found the way
to take her from me, who must see in me

vede in me dei suoi mali, né più l'occhio
mi volge, azzurro, con l'usato affetto.
Tutto mi portò via ii fascista abbietto
ed il tedesco lurco.

Avevo una città bella tra i monti
rocciosi e il mare luminoso. Mia
perché vi nacqui, più che d'altri mia
che la scoprivo fanciullo, ed adulto
per sempre a Italia la sposai col canto.
Vivere si doveva. Ed io per tanto
scelsi fra i mali il più degno: fu il piccolo
d'antichi libri raro negozietto.
Tutto mi portò via il fascista inetto
ed il tedesco lurco.
Avevo un cimitero ove mia madre
riposa, e i vecchi di mia madre. Bello
come un giardino; e quante volte in quello
mi rifugiavo col pensiero! Oscuri
esigli e lunghi, atre vicendc, dubbio
quel giardino mi mostrano e quel letto.
Tntto mi portò via il fascista abbietto
—anche la tomba—ed il tedesco lurco. (*Firenze, 1944*)

the root of all her troubles, who cannot turn
her bluest eye on me with her accustomed love.
All that I had they have taken,
the vile fascist and the swilling german.

I had a city, lovely between the rocky
highlands and the shining sea. Mine
because I was born there, more than others'
mine who discovered it as a boy, and as a man
married it to Italy forever with my song.
One cannot live by singing so I chose,
of all burdens, the worthiest: the little shop
of rare and antique books.
All that I had they have taken,
the vile fascist and the swilling german.
I had a cemetery where my mother rests
and my mother's parents. It was lovely
as a garden, how many times in my thought
I've taken refuge there! But abrupt
exiles and the skein of dark events have shown
how spectral are that garden and that resting place.
All that I had —even the tomb—they have taken,
the vile fascist and the swilling german. (*Florence, 1944*)

Tre Poesie a Linuccia

I

Era un pitcolo mondo e si teneva
per mano.

Era un mondo difficile, lontano
oggi da noi, che lo lambisce appena,
come un'onda, l'angoscia. Tra la veglia
e il sonno lento a venire, se a tratti,
col suo esatto disegno e i suoi esatti
contorni, un quadro se ne stacca e illumina
la tua memoria, dolce in sé, ti cerca,
come il pugnale d'un nemico, il cuore.

Era un piccolo mondo e il suo furore
ti teneva per mano.

2

In fondo all'Adriatico selvaggio
si apriva un porto alla tua infanzia. Navi
verso lontano partivano. Bianco,
in cima al verde sovrastante colle,

Three Poems for Linuccia

I

It was a small world and you could clasp it
in your hand.

It was a hard world, very far from us
today, whose loss and longing lap it softly
like a wave. Between the night's long watch
and sleep so slow to come, there comes
in flashes —precise pattern, precise contour—
its image breaking clear and flooding memory
with its sweet light, sweet although it seeks,
like an enemy's blow, your heart.

It was a small world and its fury
could clasp you by the hand.

2

At the top of the wild Adriatic
a port flowered to your innocence. Ships
steamed for the distances. White
at the tip of green San Giusto hill,

dagli spalti d'antico forte, un fumo
usciva dopo un lampo e un rombo. Immenso
l'accoglieva l'azzurro, lo sperdeva
nella volta celeste. Rispondeva
guerriera nave al saluto, ancorata
al largo della tua casa che aveva
in capo al mob una rosa, la rosa
dei venti.

Era un piccolo porto, era una porta
aperta ai sogni.

3

Da quei sogni e da quel furore tutto
quello ch'ài guadagnato, ch'ài perduto,
il tuo male e il tuo bene, t'è venuto.
(*Milano, 1946*)

from the parapet of the old fort, a puff
of smoke would follow the flash and bang
to be gathered into the blue immense,
dissolving into arching heaven. From the gulf
below the window where you watched,
the anchored warship would salute
back, back to where the pier proffered
its bouquet, a wind rose.

It was a small port, a door open
to your dreams.

3

From those dreams and from that fury, all
you've won and lost, all that's bad, all that's good,
everything has come to you.
(*Milan, 1946*)

シピオ・ズラタペル、『わがカルソ』より二つの節

1. 序

君たちに言っておこう。私が生まれたのはカルソだ。雨と暖炉の煙で黒ずんだ藁葺き屋根の掘っ立て小屋だ。持ち物といえば、しゃがれた唸り声をあげる、みすぼらしい雑種の犬が一頭と、その腹の下にうずくまる、泥だらけの鵞鳥が二羽。それに、鍬と鋤とが一丁ずつ。雨上がりには、ほとんど干し草の混じらない肥やしの山から、茶色い液が浸み出し、小川となった。

君たちに言っておこう。私が生まれたのはクロアチアだ。周りはオークの大きな森だった。冬はすべてが雪で白くなり、ドアを開けると必ずぎいぎいと音がした。夜には狼の遠吠えが聞こえた。私は真っ赤にふくれあがった手をぼろ切れで母親にくるんでもらい、寒さにべそをかきながら、暖炉のそばに駆け込んだ。

君たちに言っておこう。私が生まれたのはモラヴィアの大草原だ。長いあぜ道を野兎のように私が駆け上ると、鴉らがかあかあと鳴きながら飛び立った。私は地面に腹這いになり、ビートを掘り起こし、土のついた根をかじった。それから、ここにやってきた。ここになじもうと努力して、イタリア語を身につけた。学のある若者たちを友に選んだが、ここでの暮らしは体に合わず、もうじき故郷に戻らなければならない。

君たちをだませるとよいのだが、とても信じてはもらえそうにない。君たちは賢く、敏い人間だから。私が孤独な不安を抱え、それを都会に不慣れなせいにしようとする哀れなイタリア人であることを、君たちはたちまち見抜いてしまうだろう。自分は君たちの兄弟だと告白しておけばいいのだが、それでも私は時々、君たちを夢うつつに、遠く離れて眺めてしまう。君たちの文化、君たちの理詰めの議論を前に、怖じ気づく。私はたぶん、君たちが怖いのだ。無心に、気分よく君たちの話を聞いていても、何か言い返されると、私は徐々に檻の中に追い込まれていく。君たちが知性の曲芸を楽しんでいることに気づきもせずに。それから私は羞恥に頬を赤らめ、テーブルの端で口を閉ざし、風

に吹きさらされた巨木を思い、心を癒す。丘の上の太陽と、そこでの暮らしの豊かな自由を思い焦がれる。私を愛し、固い握手と穏やかな笑いで迎えてくれる本当の友人たちを思い焦がれる。彼らはみな、すこやかで、善良だ。

　そして、私は思いをめぐらす。遠い昔の、名も知らぬ自分の祖先たちのことを。四頭の老いぼれ馬が牽く鍬で果てしなく広がる畑を耕していた人々のことを。革の前掛けをつけてガラスを融かす炉に向かって屈み込む男たちのことを。自由港の時代に、一旗揚げようとトリエステまで下りてきた先祖たちのことを。私が生まれた家、悲しみで心を閉ざした祖母が今も暮らす、苔むした大きな家のことを。

2．トリエステの旧市街†に吹き込む、カルソの香り

私は急に振り向く。そこにそびえるのは、モンテ・カル［モンテ・カルヴォ「＝禿げ山」。トリエステの真東に位置する］。なぜお前はここまで下りてきたのか？

　まあいい、現にお前はここにいる。お前はここで生きていかねばならない。自分の体がそこにあるかどうか、ちゃんと持ちこたえられるかどうかを確かめるために、両手で胸をたたいてみる。大丈夫だ。それでは、旧市街の一番みすぼらしい酒場に入ろう。

　たちこもる煙と匂いで息が詰まる。それでも私は自分のパイプに火をつける。煙の中に煙を吹き入れ、唾を吐く。「ウェイター！　酒を半クォート。」他の連中が飲むのなら、グラッパにつきあってもいい。奴らが唇をつけて飲み干せるのなら、このグラスだってきれいなもんだ。目には見えないが、このグラスの縁まで、私の一生分の苦悩が注がれているのかもしれない。それでも、私は飲み干し、飲み仲間たちに目を向ける。

　左肩がばかでかい腫瘍のように盛り上がった炭鉱夫が、黒い痰を吐く。おしろいのついた口元に黒く髭をたくわえた女が、口元をずんぐりした指でぬぐう。テーブルの下では、女の向かいに座った、冷えた目をしたシャツ姿の男が女の両脚の間に膝を割り入れる。酒場のおかみの脂じみた黒い髪の間に盛り上がったこぶが、ガス灯の明かりで薔薇色に輝く。私は逆さにしたグラス越しに、それを眺める。

「ウェイター、酒をもう一杯！」そして、固めたこぶしをぐらつくテーブルに打ちつける。酒場の連中は私をじろりと見やると、再び話を始める。

私の隣では、青いシャツの肩に上着を掛けた男が二人、盗まれた錫の水差しについて話している。奇声を発して騒ぐ者、歌を歌う者。大いにけっこう。ここでは何が起きても不思議はない。すべてはカルソの断崖のように堅く、揺るぎない。もし私があのポーターの鼻面に一発お見舞いしたら、二発になって帰ってくる。あっちの娼婦に説教を垂れたら、返事代わりに自分のケツを叩いてみせるだろう。私は泥棒や人殺しのたぐいの男だ。だが、このテーブルの上に跳び乗って、キリストが私に言葉を授けて下されば、世界を滅ぼし、作り直してみせる。これが私の街だ。ここで私は元気に暮らす。

† サーバの詩「旧市街」「居酒屋『小さな島』」「カフェ・テルジェステ」を参照。

この鋭敏な省察（および、「一点の曇りもなく健全な道徳観」の権化であるリヴィアの肖像）の執筆のきっかけとなったのは、シュミッツ夫妻の最初の結婚記念日に撮影された、上掲の写真である。『老年』の若き著者は、写真の添え書きとしてこの省察を書きあげ、『家族の年代記』という表題を付したうえで、二週間後に妻に送った。

エットレ・シュミッツ、『家族の年代記』より

この写真では確認できないが、じつはここには赤ん坊がいる。手すりを置いたのは赤ん坊への配慮からで、カメラマンのうまい思いつきだ。もちろん手すりがなくとも赤ん坊はおとなしくしていただろうし、カメラマンの撮影にはまったく問題はなかっただろう。そうしていたら、お腹の子を腕で支えた娘はもっとそれらしい姿で写ったはずで、この写真の顔からうかがえるような、いかにも若やいだ、均整のとれた表情にはならなかっただろう。そうしたわけで、赤ん坊はまだ名前もつかないうちから写真に撮られた。名前の候補はレティツィアか、フランチェスコ。［ケアリー注：レティツィア「＝喜び」。ズラタペルの母親の名がアレグラ「＝陽気な」だったことから。フランチェスコは父親の名。赤ん坊は一人っ子で、レティツィアと名づけられた］。どっちの名前が好きか、私たちにはまだわからない。というのも、どちらでも決まった名を好きになろうと、私たちは決めていたからだ。私としては当時発明されたばかりのレントゲン写真で赤ん坊を覗いてみたかったのだが、子供の母親が断固として拒んだため、こうした半端な写真で満足するしかなかったのだ［…］

私の横で写真に写るという栄誉に浴した、目を惹くブロンドの女性の名は、リヴィア・ファウスタ・ヴェネツィアーニ。私の妻となってからちょうど一年目だが、正直、彼女には驚かされている。彼女は誰に対しても折り目正しく接する。料理女のマリア、自分の夫、さらには人生そのものに対しても。マリアは［…］写真には写っていないし、手すりの後ろにもいない。しかし、一年が経った今も、誰に対しても態度を変えず、とりわけ夫へのきまじめな接し方は崩さない。そこはそれ、わが子の父親であればこそ。実際、彼女は血の濃い薄いによらず、どんな親族に対しても折り目正しい。母親は私たちに命を授けてくれた人であり、父親も同様だが、しかも父親にはさらに、母親や周囲の人間の主人としての重みも加わる。この点、妻に迷いはないが、彼女のもとにはまだフランス革命の情報が届

いていないのではないかと私は見ている。もしも「封印状」［ケアリー注：国王個人の印章付で発せられる拘引令状］が、国王自身の署名入りで大司教から届けられても、ことさら怒りもしないのではあるまいか。相手はなにしろ国王だ。国王の命で投獄されるのならば、彼女にとっては栄誉のきわみ。彼女はいつもまっさきに町長やら教区司祭やらに頭を下げる。挨拶を返してもらえるかどうかは問題ではない。なぜなら彼らは挨拶をされるに値する権威の担い手であり、私たちに対しては代表者であるという以外の義務を負わないからだ。かくして世界は、美しいイデオロギーの構築物となる。そこでは誰もが自分の居場所をもつ。自分の居場所には敬意が払われて当然であり、逆に他人の居場所にも敬意を払わなければならない。社会思想の観点からいえば、私の妻は革命家ではない。彼女にとっては、人は変われど居場所は変わらずというのが自然の摂理だからである。そこに社会契約というものは存在しない。先に居場所の方が生まれ、そこにいるべき人間はあとから生まれたのだ。

結局のところ、明らかなのは、私の妻が人生に対しても真摯に接していることだ。彼女はいたって真摯に次々と居場所を変えてきた。思うに彼女は、赤ん坊の頃からそれなりの威厳を身につけていたにちがいない。言うまでもなく、赤ん坊の仕事とは、お乳を吸い、夜泣きをし、病気にかかることだ。彼女の本当の務めはその後のこと。私の知るかぎり、彼女はごく若い時分に部屋着と街着の違いを学び取った。たとえ庭先であっても部屋着で人前に出てはいけないことや、家に戻ったら即刻、街着から着替えなければいけないことも学んだ。

そうした真摯な生活は、さまざまな人生の局面にきっちりと切り分けられ、そのそれぞれに特別な喜びがあり、特別な悲しみがあるのだと、正直私は思っている。かくして妻は誰か自分よりも若い人間を見ると、すぐさまその頃の自分はどうだったかを思い起こす。そしてそこからめっぽう陽気な正義感が発揮される。彼女といえどもその頃は、どんなに正しい言い分であろうとも、人から命令されれば相手の意志に楯つきもしたし、動きの仕組みが知りたくて物を壊しもした。跳びはねたり、踊ったり、はては大声をあげたりもして、大いに彼女も楽しんだのだ。一方、私はといえば、自分に分別がなかった頃のことなど記憶にないし、少なくとも、日々自分を生まれたての獣のように考えるほど分別がなかったのであれば、そんな過去を思い出したり、正当化したりすることなど夢にも思うまい。そんな生まれたての獣は罰されて当然であるし、分別がなかった自分と同じ年齢の連中がいたら、私自ら懲らしめてやりたいものだ。

「私があんな風だった頃……」と、たびたび彼女は言う。悔やむそぶりもなく。私には理解できないことがもう一つあり、それはそんな風に彼女が過去を悔やまないということである。私としては、彼女が現在というものを正当に位置づけ、特段の思い入れもなく冷静に過去の傍らに置き、双方を同じ価値のものとして見ているのだと考えざるをえない。それは一見、関心のなさとも思えるが、彼女を知る私にはわかる。それは何物にも代えがたく、説明のつかない、生きる歓びの証なのだ。ときどき私は、彼女が自分の周りにある物や、もっと多くの場合、自分の持ち物に興じている様子を、驚嘆の思いで眺めていることがある。幸せであれ、不幸せであれ、その間口の何という広さ！　私はといえば、自分ははたして存在するのかしないのか、何が自分のもので、何が人のものなのか、そんな不易の疑問に取り憑かれ、俗事への関心を失ったいま、わが身に何がおころうとも、悲しんだり、怒ったり、泣かされることはありえても、驚くことなど考えられない。そもそも何に驚けというのか？　空から石が降ってくる。それは隕石のかけらだろう。大地が割れる。地中に火が燃え盛っていることは周知の事実だ。全人類が改心し、聖人か人殺しだけになる。それもありうる話ではないか。なぜならすでに世の中の一部はそんな姿をしているのだから。対する妻は、日々、新たな物事に耳を傾け、驚き、憂いに沈む。もちろん、そこに疑念はない。疑念の入る余地はない。いつもの時間の彼女の祈禱は、天上高くに聞き届けられる。たいがい願いがかなうことはないが、そもそも我々人間は、やるべきことをやったという自覚があれば、心安らかに過ごせるものだ。

こんな風にして、私たち二人は共に過ごしてきたが、そのこと自体が最も驚くべきことにちがいない。それはともかく、叛逆と無関心と堕落のために生まれてきた私、ありうるものばかりを追い求め、今あるものをうとんじてきた私は、新奇な社会実験をしているものと信じて結婚した。それは、束の間のことかもしれない魅力に惹かれて結ばれた対等な二人の和合であり、科学的態度、つまりあるがままの物事やすでにある感情を受け入れることで嫉妬心を駆逐しなければならない和合であり、お互い相手に変わることを求めない和合でもある。なぜなら、結局のところ、一緒に暮らすのにお互いに似ている必要はまったくないのだから。もしもどちらかが変わったとしても、それは決して自分ではない、私はそう信じて結婚した。むしろ私は、妻を少しだけ変えたいと思った。彼女に自由を与えるために。自分自身を知る手ほどきのために。私はショーペンハウアー、マルクス、ベーベル［ケアリー注：ドイツ社会民主党の創設者の一人。『女性と社会主義』の著者］らの本を揃えたが、それらを無理に押しつけるのではなく、少しずつ浸透させていきたいと願った。私たちは一度だけ、私が普段思っていることや、ハイネをめぐる私見について意見を戦わせたことがある。あのロマン派詩人にとってはいい迷惑だったことだろう。なにしろ、議論が熱を帯びるなかで、人生でただ一度、彼のことをわが神と公言する羽目になったのだから。その後、私は自分の考えを胸に収めるようになったし、妻は妻で、じつに抜け目のない、かつ思いやりあふれる政治的配慮でもって、そうした話題を持ち出して私を刺激することは避けた。あのブルジョワ娘にとって何より大切なことは、誰とも波風たてずに暮らすこと、そしてあのたっぷりとした髪に守られた小さな頭の中に自分の考えをしまい込むこと。人を説き伏せることなど二の次なのだ。結局のところ、私たちは皆、なんらかの考えの伝道者となるか、何一つ伝えぬ者となるかのいずれかだ。

この点では妻の考えを尊重せざるをえないが、そう言いつつも、彼女に感心しているのか、怒っているのか、自分でも自信がない。彼女は誰のことも説き伏せはしないが、それでも私の家は私よりもむしろ彼女に似ている。そこには揺るぎない秩序があり、彼女がこよなく慈しむ美しい品々がある。もちろん、私も彼女と同じ気持ちだ。だが、ときには必要だと彼女が思うものを手に入れるために犠牲を払わねばならないこともあり、機能的には申し分ないが美しさの点では見劣りするものとの交換を余儀なくされる。私はそうした選択に同意をするが、ときには裏目に出る選択をすることもある。つまり、議論をしたうえで拒否をするという選択だ。数日前、彼女にすばらしいアイデアが浮かんだ。ガスストーブを入れたいと彼女は言った。そうなると、石炭ではなく黄金から抽出したのかと思うくらい、この国ではガス代が高いということを、彼女に知ってもらう必要がある。記憶違いでなければ彼女自身から聞いたはずの、良き主婦たる者の心がけを思い出し、私は同意を与えることを拒んだ。何かを拒むこと、しかもそれを家長の権限で行うことには、たしかに大きな喜びがある。だが、興味深い実験のつもりで行った私の拒否が真摯に受け止められたことに、私は仰天した。そこでいささかの迷いが生じた私は、ひょっとしたらわが家にガスストーブを入れるのも悪くはないかもしれないと、今は思案の最中だ。まぎれもなく、家長としての私がここにいる。

わが妻も、義理の両親も、いとこたちも、私が良き夫であると口にするが、最悪なのはそう言われたときに私が腹を立てていないということだ。

（『書簡集』、六五〜六九ページ：一八九七年八月十二日付書簡）

ジョイスのトリエステ詩篇二つとモンターレによるイタリア語訳

1. Watching the Needleboats at San Sabba

I heard their young hearts crying
Loveward above the glancing oar
And heard the prairie grasses sighing:
No more, return no more!

O hearts, O sighing grasses,
Vainly your loveblown bannerets mourn!
No more will the wild wind that passes
Return, no more rerurn.

September 7, 1913
Pomes Penyeach

〔「サン・サッバで小舟を見る」　小舟の若者がきらめくオール越しに／恋にむかって呼びかけるのを聞いた／そして聞いた、草原の草の嘆息を／「もはや、もはや帰らぬ！」／／おお、若者よ、おお、嘆息する草よ、／恋にあえぐおまえの小旗をいたずらに嘆け！／通りすぎる野の風は、もはや／帰らぬ、もはや帰らぬ。（丸谷才一訳）〕

1. Guardando i canottieri di San Sabba

Ho udito quei giovani cuori gridare
spinti da Amore sul guizzante remo,
l'erbe dei prati ho udito sospirare
non torna, non torna più!

O cuori, o erbe anelanti, invano gemono
gonfiate dall'amore le vostre bandierine!
Mai più il vento gagliardo che trascorre
vi tornerà vicino.

Quaderno di traduzioni
（Montale, *L'opera in versi*, p. 729）

サン・サッバはトリエステの南にあり、今ではこの港の工場地区である。一九四三年から一九四五年まで、ナチスのＳＳが運営するイタリアで唯一の絶滅収容所施設があったことで名を知られている。「もはや帰らぬ」という繰り返し句にはプッチーニのオペラ『西部の娘』の影響がある。ニードルボートは競争用舟艇のことで、当日その一艘に弟のスタニスロースが乗り込んでいた。

2. A Flower Given to My Daughter

Frail the white rose and frail are
Her hands that gave
Whose soul is sere and paler
Than time's wan wave.

Rosefrail and fair — yet frailest
A wonder wild
In gentle eyes thou veilest,
My blueveined child.

1913

Pomes Penyeach

2. Per un fiore dato alla mia bambina

Gracile rosa bianca e frali dita
di chi l'offerse, di lei
che had l'anima più pallida e appassita
dell'onda scialba del tempo.

Fragile e bella come rosa, e ancora
più fragile la strana meraviglia
che veli ne' tuoi occhi, o mia azzurrovenata figlia.

Quaderno di traduzioni

（Montale, *L'opera in versi*, p. 730）

『ジアコモ・ジョイス』の一節にこうある。「うちの娘が彼女からもらった花。はかない贈り物、はかない贈り主、静脈が青く浮くはかない子供。」（丸谷才一訳）この贈り手はジョイスの学生の一人だったアマリア・ポッパーで、いっときジョイスは彼女への愛の奴隷状態だった。『ジアコモ・ジョイス』はこの関係についての慎みぶかく意味深長な述懐である。

登場人物名簿

ロベルト（「ボビ」）・バズレン（一九〇二年～六五年）

バズレンの友人であり崇拝者でもあったモンターレは、彼のことを「文化と歴史のはざまの裂け目の中で暮らすことを愛し、自分に理解を示す人間に影響を与えつつも、脚光を浴びることは拒み続ける男」と評している。間接情報でしか彼を知らないわれわれのような人間には謎の人物バズレンは――あれほど秘密主義に徹し、度を越した隠遁趣味に淫していたのでは、どんな人間が想像できるだろう？――国籍の異なる両親のもと、トリエステに生まれた。彼が生まれた翌年に亡くなった父親はドイツ人（ルター派）、母親はイタリア人（ユダヤ教徒）だった。愛情深い「三人の母」（実の母と、二人のおば）の輪の中で育ったバズレンは、数年間、市内のドイツ語学校に通った後、自宅と市民図書館で勉強を続ける自由を得た。その成果は目をみはるものとなった。十八歳にして、文学や現代哲学の早熟な知識と、型にはまった趣味や信仰心に浴びせかける皮肉の辛らつさにおいて、トリエステの知識人仲間の中で名を馳せていた。

たびたび故郷の町を「脱出」したバズレンだが（一九三九年の「脱出」を最後に、トリエステには戻らなかった）、一九二三年の最初の「脱出」で、ジェノヴァのシェル石油に就職。少し年上のモンターレと出会った。モンターレは終生、バズレンをよき助言者として記憶する。「私にとって、新しい世界に開かれた窓だった。」モンターレに最初にイタロ・ズヴェーヴォ（さらには、カフカやムージル、中欧文学全般）のことを話したのも、一九二五年秋に「ズヴェーヴォ爆弾」の導火線に火を付けたのも、バズレンだった。トリエステの町とその文学に対するモンターレの熱中の直接のきっかけとなったのはバズレンとの交遊だったが、バズレンの方ははるかに懐疑的であり、トリエステに「創造的な文化」があるなどとはさらさら思っていなかった。

貪欲な知的好奇心の持ち主だったバズレンが初期のフロイト信奉者となったのは（サーバ同様、バズレンはエドアルド・ウェイス教授［フロイトの項を参照］の精神分析を受けていた）、おそらく必然的ななりゆきといえるだろう。その後、バズレンは神秘思想にかぶれて、ユングやグルジェフ、グノーシス主義や禅の研究に打ち込むことになる。彼が好んで身につけた人格は、オブローモフの兄弟ともいうべき、「ぐうたらな」冷笑家だった。かつてモンターレに書評誌の創刊への協力を求められたバズレンは、次のように答えた。「正気かい？　僕はくわえ煙草で本を読みながら、日がな一日ベッドで過ごすような人間だぜ。外出するのは、ときたま人の家を訪ねるか、映画を見に行くときくらいだ。なにしろ僕には救世主ぶって教訓を垂れる趣味はないし、自分の考えを他人と共有したいと思ったことなど一度もない。書評誌の読者との共有など論外だよ。」怠惰な精神と入り交じった倨傲な自我が、この言葉にくっきりと浮き出ている。

バズレンは、ローマとミラノの出版社のために下読みを行うことで孤独な生活の資を稼いだ。バズレンが手がけた出版目録（ミラノ、アデルフィ叢書）には、時代に先駆けた彼の趣味や関心の途方もない幅広さが示されている。また、バズレン自身のわずかな著作――エイナウディ社やアデルフィ社への下読みレポート、モンターレ宛の手紙、ユリシーズをテーマとしたドイツ語の小説の草稿や断片――が、彼の死後、追悼出版としてアデルフィから刊行された（こうしたプライヴァシーの侵害を、彼は忌み嫌ったはずだが)。自注の中で、バズレンはこう記したことがある。「本を書くことなどもはや不可能だと私は思う。ほとんどすべての本は、ページの下に書くメモを何冊にも膨らましたものにすぎない……私はただメモを書くにとどめる。」しかし、自分がどんな「ポストモダン」の様態あるいは段階の中に生きていると感じていたにせよ、記録によれば、彼は本を書こうとして止めたことがわかっている。ただし、その理由がいかなるものかは知られていない。何か障害があったのか、自らの意志での中断か。失敗を恐れたのか、哲学的な決断か。しかし、才能に恵まれながら、不安げで、おそらく心に痛みを抱えていたボビ・バズレンのまわりには、悲哀のオーラが立ちこめている。

(ダニエーレ・デル・ジュディチェは、バズレンについて、あるいは彼の「沈黙」の謎についての小説を書いた。タイトルは『ウィンブルドン・スタジアム』)

シルヴィオ・ベンコ(一八七四年〜一九四九年)

この知的で勤勉、上品で寛容な人物に対しては、「目撃者」という言葉がまちがいなく似つかわしい。彼が書き溜めた記事や著作は、二十世紀前半の歴史的、文学的トリエステを紹介する、考えうる最良のガイドとなっている。一九〇九年、競争心の強いズラタペルをして「我らが最強の作家」と呼ばしめたベンコは、今では主に芸術(音楽、絵画)や文学について才筆をふるったジャーナリスト、エッセイストとして記憶されている。一八九〇年から一九〇三年まで、彼は領土回復主義の雑誌『インデペンデンテ』の編集者を務めた。一九〇三年から一九四五年までは(戦時中を除く)、『ピッコロ』紙の編集者だった。リベラルな政治姿勢ゆえに、フランツ・ヨーゼフの時代であれ、ムッソリーニの時代であれ、長い作家人生の中で、当局から好ましからざる人間としてたびたび目を付けられた。

誰もがベンコの知己だった。洞察力と明晰な文体をもって、ベンコは自分が知ることを書き綴った。トリエステについて語った、本一冊分におよぶ初期のエッセイは、この町に興味をもつ者なら誰にとっても永遠の価値をもつ。最初の二冊の小説は、そのスタイルを分類するならダヌンツィオ風といえるが（ベンコはジョイスが彼の小説を嘲笑したと誤解したが、ジョイスはそうしたエキゾチックな文体練習が嫌いではなかった）。三冊目にして最後となった小説は独創的だが、不当にないがしろにされてきた。どこにでもいる女たらしとの性的関係にのめりこむ若い女性の心理を究明した作品である（舞台はミラノ）。そして、サラエヴォ事件に始まり、アウダーチェ級水雷艇の栄光の係留にいたるまで、オーストリア＝ハンガリー帝国のトリエステ統治時代末期についての直接的な見聞を綴った三巻におよぶ記録は、ルポルタージュの偉業である。モンターレの言葉を借りるなら、著者は「中世の年代記作者さながらの深い慎みをもってできごとを語り、そのできごとの中に自分を消すすべを心得ていた」。そうした慎み深さは、ベンコの遺言、すなわち、第二次大戦末に書かれた『無秩序に関する考察』においても明らかである。それは、生涯にわたって彼が目にしたヨーロッパの加速する無秩序についての思索である。目撃というきわめて個人的な行為にもとづく著作であるにもかかわらず、彼自身が姿を見せるのは序文のみであり、そこでベンコは自分がこの本を書くに至った経緯を、エスカレートする暴力の時代になんらかの形式や意味を見出そうとして、と述べている。

冗談好きのジョイスや、ジョイスのベルリッツの同僚で気まぐれなアレッサンドロ・フランチーニ・ブルーニとともに食卓を囲む父親の姿を、ベンコの娘が回想しているが、私にはそれが何か善き人としての「コシェンツァ〔意識＝良心〕」の表れのように思われる。

碧い目を喜びにきらめかせながら、彼はときどき辛辣な意見を述べた。しかし、友人二人とのこんな楽しい集いにあってもなお、ベンコは持ち前の民族主義を捨て去ることはできなかった。単なる世間への気後れと呼ぶのは安直にすぎるだろう。心が内向きであったのは事実であったにしても、それは彼の禁欲的な生き方を貫く原則でもあったと考えるべきである。その原則とは、自分と自分を取り巻く世界の双方に意識を向けること。まるで、人間が意識というものを自覚しさえすれば、思考する生き物としての尊厳を無傷で保てるとでもいうかのように……

リチャード・F・バートン卿。探険家、聖マイケル・聖ジョージ勲章受勲者および英国王立地理学会員（一八二一年〜九〇年）

トリエステで亡くなった、この向こう見ずな探検家にして東洋通は、一八七二年から亡くなるまで同地で英国領事を務めた。彼にとってそこは守銭奴たちが暮らす吹き溜まりだった。彼は自分の特異な才能がトリエステで無駄になっていると感じたし、おそらくその考えは正しかった。スポンサーたちとは考えられる限り最も離れた地で、（献身的なイザベル夫人と共に）苦痛を堪え忍んで暮らした。たとえば、駅前広場に立つパラッツォ・エコノモの階段を百二段のぼった最上階。そこには現在、スコンパリーニの壁画がひっそりと飾られている。あるいは、オピチーナのオベリスクの向かいにあるホテル・ダニューブ。一八八〇年代にバートン卿はそこで、『千夜一夜物語』の悪評の高い翻訳を行った。

「骨の髄まで典型的なイギリス人」。バートン卿は自分をそう分析した。「個人的にはオーストリアに親近感を覚えるが、こうしたことすべてに強く心が動くのは、アラブの血のなせる業である。」この町を不潔で暴力的と評したバートン卿だったが、それでも、少なくとも理念上は、住民たちへの賞賛を惜しまなかった。「この町は独立したトリエステ人を讃える。法律の縛りは弱く、官憲はまるで住民を恐れているかのように扱い、一番の重罪といえば、酔って起こした刺傷事件と自殺くらいである。しかもそうした自殺は、完全に気候に煽られて起こしたものだったり、宗教からすっかり解き放たれた末の決断だったりする……」

ジグムント・フロイトおよびその他

フロイト（一八五六年〜一九三九年）が最初の、そして重要なトリエステとの出会いを果たしたのは一八七六年のことである。この年、医学生フロイトは、新設された海洋生物学研究所で実験を行うための奨学金を得てトリエステを訪れた。数か月におよんだ彼の研究課題は、同地で行われたばかりの実験の真偽を検証することにあった。その実験とは、ウナギのオスには生殖腺があり、したがって従来考えられていたように雌雄同体ではないことを主張するものだった。追試を行う中で、四百匹あまりのウナギの解剖を行ったフロイトは（その中にはメスもいた）、慎重な結論に達し、翌年、実験の主張には妥当性があると発表した。フロイトはまた、個人的観察として、トリエステの男性は「小柄で、肥満体。異常に長い髭をたくわえており」、女性は「ドイツ人の基準からいえば美しくはない」と記している。しかし、海辺の景観はフロイトを魅惑した。

ゴットロープ・フレーゲが指摘したように、「トリエステはウィーンではない」。しかし、トリエステが地理的にも経済的にもウィーンに近かったことは、フロイトの精神分析活動の最初の拠点がなぜトリエステとなり、研究の場をなぜそこからイタリアや地中海ヨーロッパに広げていったのかを考えるうえでの手がかりとなる。（トリエステ自身が病む神経症、すなわち、心気症や偏執的な自己分析も、まちがいなくその一因となったが、それらは政治的アイデンティティーの混乱、忠誠心の葛藤、古典的ともいえる不安定な自我に起因するものだった。）フロイト理論をトリエステに広めたキーパーソンとなったのが、エドアルド・ウェイス（一八八九年〜一九七〇年）である。ウェイスはウィーンでパウル・フェーデルンやフロイト自身のもとで学んだ人物で、一九一八年から一九三一年まで故郷の町で精神分析の実践を行った後、ローマに転居した。（ユダヤ人だったウェイスは、一九三九年にアメリカに永住した。最初はメニンガー・クリニックに勤めたが、その後、シカゴに自身のクリニックを開設した。）

イタリア精神分析学会の共同創設者であり、フロイト理論に関する重要な著作の著者（『精神分析の諸要素』、一九三一年）であるウェイスは、トリエステの知識人や作家たちの小さなサークルのほとんどと友好的な関係を築いていた。バズレンや、有名なところではサーバもウェイスの患者だった。サーバが自分の苦しみの根源が父の不在にあることを理解するにいたったのは、ウェイスとの関係を通じてだった。サーバは詩集『小さなベルト』をウェイスに、感謝をこめて献呈した。

ズヴェーヴォとウェイスは姻戚関係にあった。一時は、『ゼーノの意識』の冒頭の、自信満々な警告の手紙の書き手「ドクターS」は、ウェイスを風刺したものだと噂されたこともあった。ズヴェーヴォはウェイスに本を贈呈したが、ウェイスからの手紙には、この小説は自分ともフロイトとも関係がないと書かれていてがっかりしたと、のちに皮肉をこめて伝えている。（ゼーノの「告白」が生まれた歴史的契機は、戦時中失業していたズヴェーヴォが行った、おっかなびっくりの自己分析の試みにあった。）ズヴェーヴォは実際、フロイト理論の主張には興味は示したものの、きわめて懐疑的だった。「イタリアの美学の中に精神分析を導入した」ことでウェイス先生から感謝の電報をもらえることを半ば期待していたと語っているのも、「ズヴェーヴォ流」レトリックにすぎない。ズヴェーヴォはいかにも彼らしい表現で自分を納得させている。「われわれ小説家はしばしば偉大な哲学をもてあそぶが、当然ながら、そうした哲学を明晰に解きほぐすほどの知性は持ち合わせていない。われわれはそれらを偽造する。ただし、人間の視点に立って。」

ヴィルジリオ・ジョッティ（一八八五年〜一九五七年）

トリエステ生まれではあるが、青年時代のジョッティはイタリア、それも主にフィレンツェの近くで暮らし、セールスマンとして働き、結婚し、家庭を築いた。普段のジョッティはきわめて「純粋な」トスカーナなまりのイタリア語を話した。友人にかつて、なぜ自分の詩に用いる方言を話さないのかと訊ねられたジョッティは、こう答えた。「なぜかって？ こんな日常のことに詩の言語を使わせたいのかい？」

ジョッティの場合、詩の言語とは主にトリエステ方言だった。ただし、方言とはいっても、「日々の暮らしの」言葉、一般的な言語ではなかった。ベンコはそれを、どこか古めかしい話し言葉と表現した。急速に変貌を遂げる町の郊外で、おそらくかつては農民だった年寄りから探し集めた言葉。そうした人々は、少なくとも話しぶりや声色の中に、過去につながるものを守ってきた。特異な個性をもち、格式張った、つまり、たまたま受け継がれてきたというよりは、慎重に選別され、形づくられた、保守的で、本質的に哀調をも帯びたトリエステ方言なのである。そしてそれは、ジョッティの性

サーバの書店のトレードマークとして、ヴィルジリオ・ジョッティが描いた聖ジュスト大聖堂。

格にみられる、強い、しかし視野の狭いこだわりにぴったり合った言語である。モンターレの回想によれば、それは「最も貧しく、最も人間味にあふれた、炉端と家庭の感覚であり、日々の糧を求める戦い、妻や子供、狭い家事の領域など、最も大切な日々の真実にまでそぎ落とした、生活のくつろぎである」。晩年、サーバは自分が気に入りの言葉のいくつかをイタリア語に変えようとしていかに失敗したかについて、ジョッティに書き送った。「方言の中で生まれ育った私には、一語たりとも置き換えたり、手を加えたりすることはできなかった。」

ジョッティとサーバは半生を超すつきあいの親友であり、仕事仲間でもあった。サーバはジョッティのイタリア語による詩と散文を集めた本を、自身の出版社リブレリーア・アンティーカ・エ・モデルナで出版した。一方、絵描きとしての才能があったジョッティはサーバの二冊の詩集の編集とデザインを手がけた。最後は、サーバ自身が「いわく言いがたい」と形容した理由から二人は疎遠になり、顔を合わせないようになる。これにはおそらく、自分がライヴァルのジョッティほど充分に「世間に認められていない」というサーバの怨嗟の思いが関係していただろう。一方では、ジョッティ自身の悲劇的な境遇――いつまでも安定しない収入、病弱で精神病を病む妻、息子二人の戦死、さらには、父方の家系に流れる狂気の血への恐れ（そのため、詩人としてのペンネームには、本名のヴィルジリオ・シエーンベックではなく、母親の旧姓を用いた）――が、彼が決まって最後に誇りをもって逃げ込んだ孤立の姿勢を一層エスカレートさせたのかもしれない。

J・ジョイス（一八五〇年には生存）

一九二六年、ズヴェーヴォはパリに住むジェイムズ・ジョイス宛に手紙を書き送った。その内容とは、一八五〇年にトリエステのロイド・アウストリアコで印刷・出版された『ザルツカンマーグート、イシュル、ザルツブルク、バート・ガスタインの思い出とトリエステ点描』の著者であるJ・ジョイスなる人物が、彼の親類かどうかを訊ねるものだった。ジェイムズ・ジョイスは心当たりがないと返信した。トリエステにいたもう一人のJ・ジョイスについてこれが知られているすべてである。

ジェイムズ・ジョイス（一八八二年～一九四一年）

一九〇四年、ジェイムズとノラ・ジョイスは初めてトリエステを訪れたが、あてにしていたベルリッツ語学学校の教師のポストは、実際には存在していなかった。彼は十日間トリエステに滞在し、そこで職を探し、「八方手を尽くして金を借りまくった」。そして、校長のアルミダーノ・アルティフォーニの力添えのおかげで――『ユリシーズ』に登場するのは感謝の証――、イストリアの海岸を一五〇キロ南にくだった港町ポーラに向かった。そこでは新たにベルリッツの学校が開校したばかりだった。

ジョイスはポーラにも（「海軍のシベリア」）、イストリアにも（「真っ赤な帽子と柱のような半ズボンを履いた無知なスラヴ人たちが暮らす、アドリア海に楔のように打ち込まれた長く退屈な土地」）、良い印象をもっておらず、四か月後、トリエステにベルリッツ・スクールが開校するや、これ幸いとばかりにトリエステに戻った。一九〇五年三月から一九一五年六月まで、増え続けるジョイス一家（最初の年にジョルジョ、一九〇七年にはルチアが生まれた）は、市街地やその周辺で八度の転居をくり返した。なにしろ小さな世界である。最初の住まいはベルリッツのすぐそばのサン・ニコロ通りに面しており、一階にはベンコの『トリエステ』の出版を手がけたジュゼッペ・マイレンダーが所有する古書店があった。この店は後にウンベルト・サーバが買い取り、経営を引き継いだが、ジョイスがサーバと出会うことはなかった。

ジョイスの同僚だったアレッサンドロ・フランチーニ・ブルーニの一九二二年の講演にもとづくパンフレット『ジョイス、広場で裸になる』には、ベルリッツ時代のジョイスについての楽しいエピソードが紹介されている。一九〇七年、ジョイスは個人教授で生計を立てるために、ベルリッツを辞める。シルヴィオ・ベンコは、「すべてのトリエステ市民に英語を教えるために家から家へと駆けずりまわる」ジョイスの姿を記憶にとどめている。ジョイスの生徒を次に挙げておく。地元の文学サークル（ガビネット・ミネルヴァ）の主宰者ニッコロ・ヴィダコヴィッチ。後にトリエステ史家となるアッティリオ・タマーロ。『ピッコロ・デッラ・セーラ』紙の編集者で、夫に許しを得てノラ・ジョイスを讃美してやまなかったロベルト・プレツィオーゾ（ジョイスの戯曲『亡命者たち』の不誠実なジャーナリスト、ロバート・ハンドのモデルでもある）。ジョイスの窃視者的トリエステ・スケッチ『ジアコモ・ジョイス』の中ではエロチックな「彼女」として描かれている、「このうえなく慎ましい処女」アマリア・ポッパー。そして、もちろん、リヴィアとエットレ・シュミッツ夫妻。

ジョイスはトリエステで資金を貯める別の方策を模索した。彼はトリエステの社会人教育の拠点である市民大学で、アイルランド問題を論じる講演をイタリア語で行った。レヴォルテッラ高等商業学校（第一次大戦後、トリエステ大学開学の核となった）の非常勤教師の職を得た。さらには、トリエステの実業家三人と共にダブリンで映画館ヴォルタ座を開こうとした。（ズヴェーヴォはこの事業の失敗について、「だまされて驚いておられることからも、先生が純然たる文士であることがわかります」と書き送った。）ジョイスはまた、『ピッコロ』紙にさまざまな記事や批評を寄稿し、そのことが縁でシルヴィオ・ベンコと出会った。ベンコはプレツィオーゾからこのアイルランド人のイタリア語の出来をチェックしてやってくれないかと頼まれたのだ。「私の手助けは長くはかからなかった」とベンコは振り返る。「ある言葉をめぐって議論したことがあったが、辞書を手にした彼の言い分は正しく、彼の原稿にはもはや私が朱筆を入れる必要がないことは明らかだった。」

戦時中、チューリヒに移り住んだジョイス一家は、一九一九年に数か月間トリエステに戻った。しかし、領土回復後のトリエステは、もはや彼がチューリヒで懐かしんだトリエステではなかった。壁には落書きが書かれていた。ジョイスが好んで述べたように、「トリエステ中の人間が英語をおぼえたから、もうここにはいられない」。そして一九二〇年夏、トリエステを離れる前夜に、パウンドに「良きことにあらざれば、死者について語るなかれ」と書き送っている。

ジョイスはトリエステで大量の執筆を行った。出だしでつまずいた『スティーヴン・ヒーロー』の原稿の多く。『ダブリン市民』の大半。『若い芸術家の肖像』、『亡命者たち』、『ジアコモ・ジョイス』のすべて。『ポームズ・ペニーチ』の半分以上。『批評集』の中に収められた講演や批評の多く。ヴィダコヴィッチと共に行った、イェイツやシングの戯曲のイタリア語への翻訳。『ユリシーズ』の第一部「テレマキア」の草稿と、「ナウシカア」と「太陽神の牛」の挿話。彼はズヴェーヴォの提案には同意しなかった。（「我々の町についてイタリア語で何か書くのはいつになるでしょう？　ぜひお願いします。」）しかし、リチャード・エルマンが示したように、『ユリシーズ』とそのヒーロー像には、多くのトリエステ的要素、とりわけズヴェーヴォの影響が認められる。

スタニスロース・ジョイス（一八八四年〜一九五五年）

ジェイムズの弟、スタニスロースの墓は、トリエステの聖アンナ墓地のプロテスタント区画にある。墓碑銘には「教授」とあるが、これはスタニスロース・ジョイスが、一九二一年から一九五四年に七十歳で定年を迎えるまで、トリエステ大学の英文学教授の職にあったからである

彼は一九〇五年に兄の後を追ってトリエステを訪れ、兄と同様、ベルリッツ学校で教鞭をとるが、のちに個人教授にも仕事の幅を広げた。（ジェイムズが好んだ言い方にならえば）兄がキリギリスなら、弟はアリ。兄カインよりも格段に責任感が強く（ときには怒りを爆発させもしたが）、癇癪を起こしつつも兄を慕う、頼りがいのあるスタニスロースはしばしば兄の番人となり、エルマンが指摘するように、一九〇五年から、ジェイムズがトリエステを離れてチューリヒに向かった一九一五年までの十年間、「素性の怪しい友人たちや、放蕩や、無気力に陥る危機から兄を救い出した」。スタニスロース自身はそれを「長い闘い」と呼び、ジェイムズがトリエステを離れてパリに移った一九二〇年、闘いから「引退をはたした」。

第一次世界大戦中、スタニスロース・ジョイスはウィーン西のオーストリアの収容所で抑留生活を送った。一九二七年、トリエステの女性と結婚。一男をもうけ、ジェイムズと名づけた。一九二〇年以降は兄とは三回しか会っていない。スタニスロースの晩年は、計り知れない価値をもつ回想録『兄の番人』の執筆に費やされた。回想録は彼の死によって未完に終わったが、トリエステ時代が始まっ

た一九〇四年まで、ジェイムズ・ジョイスの二十二年間の生活ぶりが綴られている。

トリエステ時代について、エルマンは次のように記している。「ジェイムズが厄介ごとにはまりこみながら十年間を過ごし、スタニスロースが兄をそこから救い出しながら十年間を過ごしたことを否定する根拠はないように思われる。」スタニスロース自身は兄よりも慎重だった。「こうした兄のでこぼこした人生の中で、私は二頭目の荷役馬として働いた。兄はあいかわらず不摂生な生活を続けていたが、私はせっせとその治療にあたった。自分が兄に影響を与えられるとうぬぼれたわけではないが、船が傾きかけているときに、タイミングよく力を貸すことで、救命はしごを丈夫にしたかった。」一九五五年五月、「ズヴェーヴォとジョイスの出会い」と題した大学での最終講義の後、彼は図書館員のステリオ・クリーゼに対して『兄の番人』の進行状況について簡潔に語っている。「目下、難所にさしかかっています。人は秩序を見つけなければならない。私は物事をはっきりと見つめなければならないし、とりわけ真実を伝えなければならない。一九〇四年から一九一五年までが最も難しい箇所です。」

彼は生きてそれを書き上げることはなかった。（スタニスロースのトリエステ日記は未刊。）

ビアジョ・マリン（一八九一年〜一九八五年）

マリンはアクィレイアの真南、トリエステ湾からは二〇マイルほど西に位置する、潟に浮かぶグラード島の出身である。コスモポリタンな高等教育を受けたが（まず、『ヴォーチェ』グループやストゥパリヒ兄弟、とりわけズラタペルと交流をもったフィレンツェ。つづいてウィーン。さらにジェンティーレのもとで哲学を学んだローマ）、彼は最初から自分のアイデンティティーは漁師や職人が暮らす小さな浜辺の村社会にあると考えた。その村にようやく本土にわたる橋が架かったのは、二十世紀末のことだった。彼はグラードかトリエステで人生の大半を送った。仕事は主に、温泉場の主任、教師、図書館員。生まれ故郷の限られた言葉（ジョッティよりもはるかに限られた語彙）で、精力的に抒情詩を書いた。

一九五〇年に書かれた最初の詩集の序文には、自分の立ち位置や使命感についての考え方が披瀝されている。

グラード方言は、発展途上で止まってしまったヴェネツィア方言であり、古代からの、ほとんど中世的な言語の最後の名残と考えた方がよいかもしれない。私の故郷の人々が何世紀にもわたって孤立して生きてきたおかげで、ある程度の［統語上の］形態や、極度に貧しい語彙が保存されたのである……人間社会の観点からいえば貧しくとも、そこは海と空の広大な地平線によってできた世界である……それを所有することは、私にとって、世界を表現するために必要な言葉を所有することを意味した。かくして、私の郷里の人々の言語は、一つの独自の現実として、そうした世界と溶け合い、ごたまぜになっている。

そうした境界線の内側、つまり、海と潟に囲まれた小さな砂の背に載った、漁師たちの孤立したちっぽけな世界の内部にとどまることが何を意味するか、私はよくわかっていた。しかし、私の内なる欲求と愛情は、それ以外の選択を私に許さなかった。たとえ誰にも読まれなくとも、ほかならぬわが島、グラードの声となるつもりだ。

少なくともイタリアでは、マリンの詩は広く読まれた。たびたび方言辞書の助けを借りる必要があるうえに、耳慣れない響きはあるにせよ、マリンは、彼の隣人ジョッティと共に、二十世紀で最も希少な抒情詩の語り手の一人とみなされている。

カルロ・ミヒェルシュテッテル（一八八七年〜一九一〇年）

ゴリツィア生まれ（父親は近隣の町トリエステのジェネラーレ保険の支社長を務めた人物）のミヒェルシュテッテルは、ウィーンとギリシアで数学を、フィレンツェで哲学を学び、二十三歳で博士論文を書き上げた直後、自宅で自殺を遂げた。ショーペンハウアー風の雄弁をもって綴られたその論文『説得と修辞』は、重々しい文体が心に残る、少しも学術的ではないエッセイであり、文学的トリエステにとって最大の問題点の一つ、ズヴェーヴォの言葉を借りるなら、「道徳的に非の打ち所がないほど健全」という特性について論じられている。後知恵とはいえ、論文の中身に照らしてみるなら、彼の自殺は論理的な行動であったように思われる。

エウジェニオ・モンターレ（一八九六年〜一九八一年）

ジェノヴァに生まれ、ジェノヴァとその東のリグーリア海岸で育ったモンターレだが、何かにつけて親和力によって自分を「トリエステ人」と考えようとした。モンターレは陸軍からの除隊をひかえた若い歩兵将校として、初めてトリエステを訪れたが（「わが国の生きた体の中にトリエステを連れ戻す手助けをした巡礼者の魂の持ち主として」)、トリエステが生活者としても作家としてもモンターレの人生に大きな居場所を占めるようになった背景には、ボビ・バズレンとの友情があった(バズレンの項を参照)。実際、「ズヴェーヴォ事件」にモンターレが決定的な役割を果たしたことはよく知られている。

モンターレが最初にトリエステを歌った詩は、一九二〇年代半ばにバズレンが家庭教師を務めたサーバの一人娘リヌッチャに捧げられた。モンターレ自身は会ったことのなかった女性の魅力的な脚が撮られた、今も現存するバズレンの写真は、モンターレのすばらしいトリエステのポートレートの一つ『ドーラ・マルクス』を生みだした。モンターレはまた、サーバやジョッティの詩作に対して毎回批評を書いた。しかし批評家としてのモンターレの最も重要な活動は、ズヴェーヴォの作品を生涯にわたって支持し続けたことである。その頂点ともいえるのが、一九六三年にトリエステで行われたズヴェーヴォ生誕百周年記念講演でのスピーチだった。モンターレはこう締めくくった。「この町の最も有名な子供たちの一人の栄誉を讃えることで、トリエステは今一度、自らが彼とその一筋縄ではいかないメッセージにふさわしい存在であることを示しているのです。」(拍手が起きたとき、今は亡き巨匠の亡霊は、嬉しさとアイロニーが無邪気に入り交じった微笑みを浮かべたのではあるまいか。)

アニータ・ピットーニ(一九八二年没)

一九〇〇年頃トリエステに生まれたアニータ・ピットーニは、一九三〇年代には装飾芸術における仕事ぶりが広く評価され、ファブリックデザイン、テキスタイル、タペストリーの分野でさまざまな国際賞を獲得していた。一九四八年、ピットーニはジャーニ・ストゥパリヒの勧めで、「ジバルドーネ（ごたまぜ）」と名づけた魅力的な本や小冊子の叢書をスタートさせ、自ら編集者兼デザイナーとして独力でその刊行にあたった。その目的は、巻頭言から引用するとこうなる。

無秩序［すなわち、戦後のトリエステとイストリアの分割が市民の間にもたらした緊張関係］に文化の秩序を対置すること。その目的の実現のためには、さまざまな時代のジューリア地方の作家たちのオリジナル作品を出版すること以上に説得力と具体性をもつ行動はない。実際、これまでほとんど知られていない、あるいは誤って伝えられてきた、トリエステと旧オーストリア領ジューリア地方の姿を捉えた客観的な全体像を、ヴァラエティーに富む話題を通じて、彼らが提供することになるだろう。

「ジバルドーネ」叢書に最初に登場したのは、リヴィア・ズヴェーヴォが夫の人生を振り返った回想記、ズヴェーヴォの手紙や日記の一部、ジョッティとサーバの詩、サーバの「詩人にとってなすべきこと」、ストゥパリヒの小説や回顧録である。さらに数多くの関連する古い歴史的資料の数々である。一九六〇年代を通じて、証券取引所の裏手の事務所でアニータ・ピットーニとともに過ごす土曜の午後は、トリエステの芸術家や作家たちにとって談論風発のひとときとなった。

ピエラントーニオ・クアラントッティ・ガンビーニ（一九一〇年～六五年）

この高級感ただよう名前のイストリア人に最初にフィクションを書くように勧めたのは、一九二六年〜二七年に避寒のためにカポディストリア、現在のコペルを訪れていた、傑作『ジャマイカの烈風』の著者リチャード・ヒューズだった。トリエステの現代生活にスポットを当てたクアラントッティ・ガンビーニの短篇小説や長篇小説は映画化され、広く翻訳もされた。クアラントッティ・ガンビーニは、戦時中はトリエステの市民図書館の館長を務めた。ユーゴスラヴィア占領時代の厳しい生活についての貴重な記録『トリエステの春』を残したが、この作品はベンコの第一次大戦期のトリエステ史にも比肩しうるものである。彼は特にサーバと親子のように親密だった。サーバはクアラントッティ・ガンビーニの最良の小説に題名をつけ（『巡洋艦の波』）、出版の直前に次のような手紙を書き送っている。

トリエステはイタリアに……最高の小説家（ズヴェーヴォ）、最高の詩人（サーバ）を授けてきて……そして今、最高に輝かしく複雑なスタイルをもつ若い世代の書き手（ピエラントーニオ・クアラントッティ・ガンビーニ）を授けました。このことにイタリアはほとんど気づいていないようで、歯がゆいばかりです。しかも、君もすでに知ってのとおり、トリエステというのは痛ましいほどの愚か者ですから。

パスクァーレ・レヴォルテッラ（一七九九年〜一八六九年）

レヴォルテッラとはイタリア語で「拳銃（リヴォルヴァー）」のこと。しかし、ヴェネツィア出身の、このどことなく胡散臭いたたき上げの成功者は、狡猾な手段で相当の財産を築きあげた。銀行家、実業家である彼は、一八三〇年代に友人のブルック男爵に付き従ってトリエステにやってくると、たちまちロイド・アウストリアコの支店長となった。親オーストリア派のレヴォルテッラは、ミラマーレ城を含めて、マクシミリアン大公の幾つもの住まいに頻繁に賓客として招かれたほか、ウィーンの宮廷やパリの銀行家のサークルでもおなじみの存在だった。また、フェルディナン・ド・レセップスのスエズ運河会社の副社長を務め、帝国の参事会の中で運河事業の強力な支援者となった。

死を前にして慈善に目覚めたレヴォルテッラは、全不動産を第二の故郷であるトリエステに寄贈した。町の中心部のヴィラは現在、レヴォルテッラ市民美術館となり、トリエステの美術作品を展示している。オベルダン広場近くの不動産は、一八七六年にレヴォルテッラ高等商業学校となり、別々の時期にズヴェーヴォとジョイスがそれぞれ教鞭をとった。またこの高校は、かなり後になってトリエステ大学の母体ともなった。

ドメニコ・ロッセッティ（一七七四年〜一八四二年）

トリエステの古い貴族の家柄（十九世紀半ばには、豪商に取って代わられることになるが）の一つに生まれたドメニコ・ロッセッティは、裕福な法律家、学者であり、十九世紀の変わり目のナポレオン占領と、その後に復活したハプスブルク家支配の時代にあっては、トリエステの熱烈な支援者となった。彼が果たした社会貢献は数多い。ヴィンケルマン記念碑、ガビネット・ミネルヴァ、市民図書館の中核資料となるペトラルカとピッコロミーニ蔵書。さらに、町の新しい一角（マリア・テレジア街区）の大通りや公園の整備も彼の功績である。彼の溢れんばかりのエネルギーはまず、この町の考古学的・

歴史的研究の振興に注がれた。

領土回復主義者ではなかったが（彼が生きた時代にはイタリア王国はまだなかった）、ロッセッティはトリエステの本質的な「イタリア性」を信じていた。ベンコは彼をトリエステの「小マキャヴェッリ」と評したが、たしかに彼は、港湾都市トリエステの「ドイツ化」を図るウィーンの当局に対して、イタリアの狡猾なキツネとして振る舞った。ズラタペルを始め、他の人間たちは、ロッセッティの綱渡り的な戦術の中に、オベルダンの理想主義とは大きく異なる妥協精神を見出した。ズラタペルにとって、ロッセッティはいたって実務的な町に生きる実務的な男であり、基本的に善意の持ち主である「良きドイツ人」だった。ロッセッティがトリエステについて厳しい現実を見ていたのはたしかに事実である。つまり、トリエステの繁栄はひとえにウィーンの自己本位な支援にかかっていた。そして、ウィーンを失うようなことがあれば（代わりにローマが得られたとしても）、トリエステは仕事を失うことになるだろう。トリエステⅢにおいては、このことは悲しい、しかし明白な真実だと思われる。

ウンベルト・サーバ（一八八三年～一九五七年）

サーバは、イタリアが生んだ三人の偉大な現代詩人のうちの一人（あとの二人はウンガレッティとモンターレ）が、正式には一九二八年に採用したペンネームである。ウンベルトの方は、当時の統治者だった二代目のイタリア国王の名だったので、十九世紀の終わり、領土回復運動時代のトリエステにはウンベルトという名の赤ちゃんが大勢いたにちがいない。サーバはウンベルト・ポーリとして生まれた。父親はヴェネツィア生まれのイタリア人だったので、その子供もイタリア人だった。

割賦販売家具のセールスマンだった四十歳のやもめ男ウーゴ・ポーリは、結婚相談所の斡旋で、一八八二年にトリエステのユダヤ人女性ラケーレ・コーエンを妻に迎えた。形だけでもユダヤ教に改宗することと引き替えに、多額の持参金を要求し、それを手にした。だが、そのわずか数か月後、妻とまだ生まれてもいない子供を捨てた。苦境に立たされたラケーレは、旧市街のユダヤ人地区で古物商を営んでいた、未婚の姉の住む住まいに身を寄せた。子供の世話は、ほとんど乳母のジョセッファ・サバズ（サッバズ、サベル、ソバル、シェバルなど諸説あり）にまかせきりとなった。スロヴェニア人でカトリック教徒のサバズは、町外れのモンテ通りに暮らす肉屋の妻だった。

サーバが父親と会ったのは一度きり、二十歳になってからだった。ずっと後年に書いた自伝的連作ソネットの中で、サーバは父親の印象を次のように形容した。「子供のように……陽気で、軽い男」。「ずっしりと人生の重圧を感じていた」母親の手から逃れた彼は、ふわふわと「風船のように」飛び去った。

「父さんなんかに」母は言った「似てはだめよ」
そのことを、ずっとあとから、ぼくは理解したのだ、
二つの民族の旧い諍いがぼくのなかで闘ぎあうのを。（須賀敦子訳）

成人したサーバは、父親が突然トリエステとささやかな家族を捨てたのは、ラケーレが言うような下劣な蛮行というよりも、「オベルダンによる皇帝フランツ・ヨーゼフ暗殺未遂事件にからむなにかに関わったから」と考えるまでになった（彼女も夫を「人殺し」と呼んだが、それは別の思いからだった）。

一九〇二年に友人たちに送った詩に用いた最初のペンネーム「ウンベルト・ショパン・ポーリ」は、本名に音楽の優雅な響きを付け加えただけのものだった。二つ目のペンネーム、ダヌンツィオ風の「ウンベルト・ダ・モンテレアーレ」は、一九〇五年から一九〇七年にかけてフィレンツェを「放浪中」に名乗っていたもので、父親の出身地ウディネ県モンテレアーレ・ヴァルチェッリーナにちなむものだった。（サーバは『自伝』に書いたように、「才能は彼からもらった」と感じていた。）数年後、ダヌンツィオに幻滅したサーバは、ポーリのアナグラム、「ウンベルト・ローピ」を試みた。

彼が「サーバ」を発見したのは、一九一〇年。彼の最初の本の表題への登場に間に合った。この時期、詩人の親友だった哲学者ジョルジョ・ファーノの妻アンナ・ファーノが、どうやって彼がこのペンネームと出会ったか、その奇妙な経緯について書き残している。

世界中で有名になったこの「サーバ」という名の生みの親がジョルジョ・ファーノであったことは、ほとんど知られていないと思う。詩人はポーリという自分の苗字が好きではなかった……あるとき、私の夫が、どこかの新聞に寄せた記事の中で、理由もなくたまたま思い浮かんだ「サーバ」というペンネームを使った。そして夫はそれを友人に譲ったのだが、友人はこのペンネームをいたく気に入ったのである。

では、何がそれほど詩人の心を惹きつけたのか？

「サーバ」はおそらく、ヘブライ語のサバトか、女王で有名なシバ王国、あるいはジョイスがニードルボートのレースを目にした、トリエステの南の郊外（サン・サッバ）と関係があるのかもしれない。ヘブライ語の「サーバ」は「飽満、暴飲暴食、豊饒」を意味すると聞いたことがある。「祖父」のことだともいう。（『ユダヤ百科事典』によれば、この名は「曾祖父で学者のサムエル・ダヴィッド・ルッツァートに由来」するものだと説かれている。）しかし、詩人の娘のリヌッチャも支持した世間一般の通念では、サーバがこの名に惹かれたのは、彼が好きだった乳母の名に似ていたからだということになる。サーバの全詩を収めた『カンツォニエーレ』から読み取れる家族空想のヴァリエーションでは、不運なラケーレ・コーエン・ポーリが主に育児を放棄した継母の位置に立たされているのに対して、ペッパ・サバズ（サベルとも）は心温かい育ての親の役割を果たした。

「ウンベルト・サーバ」という名には、不安定な感情をほのめかす要素がぎっしりと集まっている。子宮の中のような安心感、家族の拒絶、ユダヤ人という出自、カトリックの信仰、オーストリアの臣民であるスロヴェニア人の肉屋の妻、イタリア国王など。（のちにサーバは生まれ故郷のジューリア州にちなんで自分を「ウンベルト・ジュリアーノ」と呼んでおかなかったことを悔やんだが、すでに手遅れだった。）しかし、自分の名を変えたり、新たに作り出したりしなければならないという差し迫った欲求は、自己定義の欲求に通じており、これもまた、「典型的な」トリエステ人の共通の心性として、サーバの同時代のライヴァル、ズラタペルが最初に指摘した異質性や分裂といった要素に付け加えてよいだろう。

一九二一年、サーバは『カンツォニエーレ（歌の本）』という総題のもとで、自作の詩を――しばしば改作や再構成を行いながら――集める作業を開始した。この大冊の詩による自伝には――最終版には、一九〇〇年から一九五四年までに書かれた四百を超す詩が収録された――巨大で特異なサーバの天才的創意が宿っている。サーバはソネットや「カンツォネッタ」といった伝統的な定型詩型ヴァラエティーを用いた。ウンガレッティに触発されて、より自由な詩型の実験を始めたのは、人生の終わりが近づいた頃になってからだった。サーバは『カンツォニエーレ』のことを、「外的なできごとという点ではかなり貧しいが、感情や心の共鳴、詩人が長い人生の中で愛した人々とのつながりという点では、ゆたかな生活の歴史」であると考えた。一冊の本にまとめられた、みごとな自注書『カンツォニエーレの歴史と年代記』に記されたこの説明はたしかに的確である。というのは、サーバの詩の素材は、影のように彼の生涯につき従っているからである。詩から詩へ、連から連へと読み進むにつれて、彼の歴史が明かされていく。少年期から青年期にかけての苦しみや秘密の喜び。従軍体験。恋愛と結婚。家庭生活の煩わしさとかけがえのなさ。現実と空想のエロチックな冒険。友人や見知らぬ人々のスケッチ。彼の暮らしを支えた古書店。心を解き放つ精神分析の体験。ファシストによる迫害や、トリエステが受けた試練や、さらには、自分はないがしろにされているという思いによって、苦いものとなった老年期。それは、トリエステという一つの場所からほとんど離れることのなかった人生の物語である。ズヴェーヴォがトリエステの小説家であったように、サーバはトリエステの詩人である。丘と港。通りと家並みと店。男と女と子供たち。すべてがサーバのユニークな共感力と透明な言語を通じて、『カンツォニエーレ』という書物の中に溶け合っている。

『カンツォニエーレ』の末尾に、サーバは自分で考案した墓碑銘を置いた。

私は、生前、死せる人々に語りかけた。
栄光を拒まれた死者として、私は求める。忘却を。

サーバは、聖アンナ墓地のカトリック教徒用区画の、ズヴェーヴォとそれほど離れていない場所で、妻や娘と共に眠っている。現実の墓碑銘は、晩年の詩の中の語句を生かしたもので、当初の苦味は薄れている。「彼はわれらすべてのために涙を流し、気持ちを汲んだ。」

エリオ・シュミッツ（一八六三年〜八六年）

のちに小説家となるエットレの弟が一八八〇年からブライト病（腎炎）で早世するまでつけていた日記は、若い頃のズヴェーヴォについての最良の情報源となっている。その日記の終わりの方に、エリオはこう記している。「知性では兄にかなわなかった私は、兄の帳簿係と歴史家になるという慎ましい務めに徹した……どんな歴史家のナポレオン崇敬の念も、兄を崇拝する私の思いを凌ぐことはなかった！」エリオの日記には、ガラス製品の商人だったフランチェスコ・シュミッツが息子たちに抱いていた夢のことが書かれている（エットレのイタリア語が流暢とはいいがたい理由の一端もわかる）。

おまえたちは一所懸命勉強して、良い子になりなさい。そして、いつか私の事業を手伝えるような、どこに出しても恥ずかしくない人間になりなさい。立派な商人はうわっつらでもいいから少なくとも四か国語を知らなければならない。トリエステでは商人は二か国語を完璧に身につけるべきだ。それができるようになるためには、おまえたちは皆ドイツに行き、あちらの学校でドイツ語を学ぶといいだろう。トリエステではイタリア語を身につけなさい。［一家はもちろん、方言を話していた。］

日記からは、彼ら息子たちが「トリエステで最も立派なラビが経営するユダヤ教の小学校」と、ドイツ、シュヴァーベン県の一〇〇マイル北の町ゼーグニッツで教育を受けたことがわかる。そして、父親の突然の破産、貧困生活、エットレのユニオン銀行への就職、最初の著述、あこがれる文学作品（シラー、ドイツ語訳のシェイクスピア、ゾラ）、執筆の機会がもてずに、不満を募らせていたことも知ることができる。そこにはまたエリオ自身の、痛ましい死に至る三年におよぶ闘病生活や、明敏な、そして無力な自己省察も記されている。

エットレ・シュミッツ（一八六一年～一九二八年）

「イタロ・ズヴェーヴォ」の名で知られる、イタリア最高の小説家の一人。シュミッツの最初のペンネーム（若い銀行員にとっては賢明な自衛策だ）は「E・サミリ」。一八八〇年代に『インデペンデンテ』誌に掲載された多くの記事や二つの短篇小説に用いられた。本人にとってどんな個人的思い入れがあったのかはわかっていないが、少なくともシュミッツ（Schmitz）という苗字に関する美的な問題を解決した。その問題とは、ドイツ語では「パンチ」や「ブロー」を意味する（シュミス Schmiß）に響きが似ていること。そして、彼の言葉を借りれば、「六つの子音と、その間に挟まれて押しつぶされた、一つの哀れでちっぽけな i からなりたっている」こと。ズヴェーヴォ（Svevo）は頭文字が共通で、イタリア語の輪っかを一つ持っていた。

彼の娘は、「イタロ・ズヴェーヴォ」に関して私が知る限り、最も筋の通った解釈を提示している。

多くの批評家が、父が一方では自分のドイツ人という出自（祖父はラインラントの家系）を、他方ではイタリア人という出自を強調したかったのだと唱えているが、このペンネームはそんな風に解釈すべきではない。むしろ父が望んだのは、「ズヴェーヴォ」という名の中に、「シュヴァーベンの」――つまり、ドイツの――文化を、父がドイツに負っていた莫大な文化的負債を浮かび上がらせること。そして、「イタロ」という名の中に、イタリアへの帰属意識を、彼の本物のそして理想の故郷イタリアの文学、文化、文明への燃えたぎる愛を浮かび上がらせること。かたやドイツ文化、かたや心理、道徳、イデオロギー、文学の面での「イタリア性」。これこそ最終的に父が採用したペンネームで意味しようとしたことである。

(ちなみに、初期の書評者の一人が口にした、ズヴェーヴォの文体についてのしゃれの効いた寸評は、埋もれさせてしまうには惜しい。ポコ・イタロ・エ・トロッポ・ズヴェーヴォ。「イタリアが足りず、シュヴァーベンが多すぎる。」)

以下は一九二九年、未亡人のリヴィアの依頼でウンベルト・サーバがズヴェーヴォのためにひねりだした墓碑銘の原案、つまりは理想化された「人生」である。

いかなる人の幸運をもしのぐ幸運が、
　彼の上に微笑んだ。
少年期には学問と平常心が、
　青年期には希望と愛が、
多忙な円熟期には愛と富が、
　老年期には栄光が。

自らの人種の知恵をもとに、
人に役立つ、巨大で、困難かつ複雑な産業を
繁栄へとみちびき、
自分を軽んじた世間から、
三つの小説と、甘く花咲く寓話の数々と、
長い中篇小説の題材を得た。
晩年には、黄金に輝く日没に見る夢のごとく、
千と一日を生きた。

これはたしかに長すぎだろう。それにおそらくサーバは、自分なりの精神分析をほどこすなかで、自らの嫉妬心をさらけ出し過ぎている。ズヴェーヴォの実際の墓碑銘は（作者はモンターレだと私は考えたい）、聖アンナ・カトリック墓地の、サーバの墓室とさほど離れていない一角に、ヴェネツィアーニが丸天井を設計した礼拝堂の入り口に掲げられている。

エットレ・シュミッツ……愛するリヴィアのかたわらに眠る。
彼は微笑みを投げる、
過ぎ去る人生に、
イタロ・ズヴェーヴォの作品が、のちに手にした栄光に。
その名には、天才の創意の秘密が隠されていた。

シピオ・ズラタペル（一八八八年〜一九一五年）

「トリエステにはトリエステの類型がある……。」もしそれが事実なら、ズラタペルこそは、自らそのことを意識した完璧な実例と考えるべきである。この類型論についてのズラタペル自身の信念が示されているのが、ビアジョ・マリンが亡き友についての回想録の中で引用した次の一節である。

君も知ってのとおり、私はスラヴ人、ドイツ人、イタリア人の混血だ。スラヴの血から引き継いだのは、不可思議な望郷の念、新しいものや人の住まない森に惹かれる気持ち、抱擁や賞賛を欲しがる感傷癖（あるいは感性）。いつまでも、どこまでも夢見る心。ドイツの血から受け継いだのは、ロバのような頑迷さ、独裁的な意志と口調、やむなく議論をするときに感じる退屈、支配欲や権力欲。こうした要素はイタリアの血の中に混じり合い、イタリアの血はそれらの調和を考え、バランスをとり、私を「古典的な」トリエステ人にしようとする……

マリンのコメント。「さあ、これらが彼の個性のドラマとエッセンスだ。ヴェネツィア・ジューリアのすべての人間の歴史とまったく同じドラマとエッセンスだ。」そして、それがトリエステの類型である……

ズラタペルの自称「影」であるマリンは、ズラタペルのことを、「生まれついてのわれわれのリーダー。われわれの誰よりも強い、すでに目標に到達した、たたき上げの男。トリエステの現実を最初にイタリア人たちに明かし、苦い真実を語ることによって、仲間である市民を憤激させた『ラ・ヴォーチェ』の作家」として記憶している。
ズラタペルの傑作は、そうした類型の熱烈な研究の書、『わがカルソ』である。

ジャーニ・ストゥパリヒ（一八九一年〜一九六一年）

ストゥパリヒは人生のほとんどを生まれた町で過ごした。「自分の意思に反して、といってよいだろう。というのも私は、最も愛する、そして最も苦いこの場所を離れたいと、幾度となく切望してきたからだ。ここでの生活は責め苦であり、警戒の連続である……。」彼はプラハとフィレンツェで大学に通い、一九一五年に国境を越えてイタリアに逃げだし、そこで弟のカルロとシピオ・ズラタペルと共に兵役に志願した。三人のうち生き延びたのは彼だけだった。一九一九年から一九四二年まで、トリエステのダンテ・アリギエーリ高校でイタリア文学を教えた（クアラントッティ・ガンビーニは彼の生徒の一人だった）。一九四五年、トリエステの文化芸術サークルを創設したストゥパリヒは、その会長となり、アニータ・ピットーニの作品制作のための道を拓いた。

生き延びた男ストゥパリヒは、過去との連続性を意識した、ウェルギリウス的な意味において「敬虔な」と形容しうるような作家である。「手軽な金言というものは」、彼は次のように言う。

振り返らずに前へと歩むように人を促す。おそらく、現実にそうした金言を守れる勇敢な人間もいるだろう。だが、私自身はそれに従うことはできなかった。そんなことをしたら自分が、夢遊病者のように、突然目覚めてバランスを失うことを無意識に恐れながら前へと進んでいるかのように思えるだろう。ときどき私は、自分の人生の最も奥深くに入り込んだ経験や行動を刷新することで、もう一度自分自身を作り直す必要があると感じることがある。

自分自身の創作よりも前に、戦後にとったストゥパリヒの最初の行動は、弟カルロとシピオ・ズラタペルの著作の収集・編集・出版を行い、彼らの伝記を執筆することだった。ストゥパリヒ自身が手がけたジャンルは、中篇小説と短篇小説、そのムードはひっそりと哀調を帯び、主題は個人的な過去、ハプスブルク時代のトリエステでの学校生活、イストリアの夏などである。『回想のトリエステ』は、両大戦間期の文学的トリエステの貴重な回想録である。

アッティリオ・タマーロ（一八八四年～一九五六年）

この歴史家の凶暴な領土回復思想は、居丈高な外国人嫌いという点で、たとえば、ズラタペルのそれとは区別しなければならない。このことは、タマーロのトリエステが、ダヌンツィオやムッソリーニのトリエステと同様に、古代ローマ・イタリア的であることを意味する。タマーロにとって、トリエステの中のスラヴやドイツの構成要素は、中欧やバルカン半島のプロパガンダの産物ということになる。トリエステに生まれ、トリエステで教育を受け、不承不承ウィーン大学で学んだタマーロは、トリエステにイタリア語で講義を行う大学設立運動のリーダーを務めるとともに、『インデペンデンテ』誌や『ピッコロ』紙に領土回復思想の記事を寄せた。市民大学（トリエステの社会人教育の拠点）の主事にポストを得たことで、彼の英語教師ジェイムズ・ジョイスに対して、トリエステになぞらえながらアイルランド問題を論じる講演を証券取引所のホールで行う機会を提供した。戦争が勃発するとタマーロはイタリアに逃れ、歩兵隊中尉としてオーストリア＝ハンガリー帝国と戦った。トリエステがイタリアに併合された後は、熱烈なファシスト党員となり、一九四三年に召還されるまで、ヘルシンキやベルンで公使として政権を支えた。戦後はイタリア共和国で失意の晩年を送った。

一九二四年に初版が発行された全二巻の『トリエステ史』は、偏狭なナショナリズムにもかかわらず、今もなお——特に第一巻の、十四世紀後半の卑劣なハプスブルク家の策謀のくだりの前までは——きわめて有益な本である。

リテラリー・トリエステ、その存在証拠

初版刊行の年次を示してある。ジョイスがトリエステで書いた作品については、「登場人物名簿」のジョイスの項を参照のこと。

1892 Svevo, *Una vita*（『ある人生』）、小説。

1898 Svevo, *Senilita*（『老年』）、小説。（*Adieu Deo Gratias* もしくは *As a Man Grows Older* という英語題を勧めたのはジョイスであった。）

1909 Slataper, *Lettere triestine*（『トリエステ書簡』）、文化批評。

1910 Benco, *Trieste*（『トリエステ』）、歴史案内。

Saba, *Poesie di Umberto Saba*（『ウンベルト・サーバ詩集』）。序文はベンコ。

1912 Slataper, *Il mio Carso*（『わがカルソ』）、叙情的自伝。

Saba, "Quello che resta da fare ai poeti"（「詩人は何をなすべきか」）、未完の詩論。

Saba, *Coi miei occhi: il mio secondo libro di versi*（『わたしの眼で：わたしの二冊目の詩の本』）。

Marin, *Fiuri de tapo*（『浮いている花々』）、グラド方言で書かれた詩集。

1913 Michelstaedter, *La persuasione e la rettorica*（『説得と修辞』）、哲学論考。

1914 Giotti, *Piccolo canzoniere in dialetto triestino*（『トリエステ方言小歌集』）、詩集一九〇九～一二

1921 Saba, *Il canzoniere 1900–1921*（『カンツォニエーレ』）、詩集改訂版。

Benco, *Nell'atmosfera del sole*（『太陽圏の中で』）、小説。

1922 Benco, *La corsa del tempo*（『時間の経過』）、サーバが粗選びしたエッセイ集。

1923 Svevo, *La coscienza di Zeno*（『ゼーノの意識』）、小説。

1926 Cantoni, *Quasi una fantasia*（『ほとんどファンタジー』）、小説。

Saba, *Figure e canti*（『比喩と歌』）、小説。

1927 Marin, *Cansone piccole*（『小歌集』）、グラド方言による抒情詩集。

1928 Giotti, *Caprizzi, canzonete e storie*（『気まぐれ、小唄と物語』）、トリエスト方言による詩集。一九二一～二八年。

1929 Stuparich, *Racconti*（『物語集』）。

Svevo, *La novella del buon vecchio e della bella fanciulla*（『素敵な老人と可愛い娘』）、短編集、序文はモンターレ。

1932 Stuparich, *Donne nella vita di Stefano Premuda*（『ステファノ・プレムーダの人生における女たち』）、短編集。
Quarantotti Gambini, *I nostri simili*（『われわれと似た人たち』）、小説。
1933 Saba, *Tre composizioni*（『三つのコンポジション』）、詩集。
1935 Stuparich, *Nuovi racconti*（『新物語集』）。
1939 Montale, *Le occasioni*（『さまざまな機会』）、詩集。トリエステに想を得た"Carnevale di Gerti," "A Liuba che parte," "Dora Markus." の三篇を含んでいる。
1942 Stuparich, *L'isola*（『島』）、中編。
1943 Giotti, *Colori*（『さまざまな色』）、トリエステ方言による詩集。
1945 Saba, *Il canzoniere 1990–1945*（『カンツォニエーレ 一九九〇—一九四五』）、詩選集改訂版。
1946 Saba, *Scorciatoie e raccontini*（『断片と小話』）、アフォリズムと回想。
Benco, *Contemplazione del disordine*（『混乱を見つめて』）、現代ヨーロッパに関する戦後の思索。
1947 Quarantotti Gambini, *L'onda dell'incrociatore*（『巡航艇の波』）、小説。
1948 Saba, *Storia e cronistoria del Canzoniere*（『「カンツォニエーレ」の歴史とクロニクル』）、自作の詩についての自伝的発言。
Stuparich, *Trieste nei miei ricordi*（『記憶の中のトリエステ』）、自伝。
1949 Svevo, *Corto viaggio sentimentale*（『短い感傷旅行』）、未完の中編と未発表短篇集。
1951 Marin, *I canti de l'isola*（『島の歌』）、グラド方言による詩選集。
1961 Saba, *Il canzoniere 1900–1954*（『カンツォニエーレ 一九〇〇—一九五四』）、サーバ自ら見直した全詩集。
Anonimo triestino, *Il segreto*（『秘密』。匿名のトリエステ人とはグィド・ヴォゲーラ）、息子の生涯の一つのエピソードの伝記小説。
1964 Saba, *Prose*.
Stuparich, Ricordi istriani（『イストリアの思い出』）、回想録。
1968 Stuparich, *Sequenze per Trieste*（『トリエステのためのシークェンス』）、自伝的短篇集。
1970 Marin, *I canti de l'isola*（*1912–1969*）（『島の歌（一九一二—一九六九）』）、グラド方言で書かれたそれまでの詩集成。

1975 Saba, *Ernesto*（『エルネスト』）、未完の小説。

1981 Marin, *I canti de l'isola*（*1970-81*）（『島の歌集（一九七〇―八一）』）

1984 Bazlen, *Scritii*（『著作集』）、未完成のドイツ語小説、トリエステとズヴェーヴォについてのコメント、モンターレへの手紙を含む文集。

1986 Giotti, *Opere*（『作品集』）、方言およびイタリア語の詩文集。

1988 Saba, *Tutte le poesie*（『全詩集』）、『カンツォニエーレ』にカノンから抜き出した詩を増補したもの（*Canzoniere apocrifo*）。

原注（行頭にある数字は本文のページ数）

i 「愚かにも悲しみにくれる、わが魂の獣!」James Joyce, *Finnegans Wake*（p. 301）からの数行。

「この敵意にみちた……」Marcel Proust, *À la recherche du temps perdu*［Pléiade ed.］, 3 vols.（Paris, 1954）, 2:1121.〔吉川一義訳〕

iv ウンベルト・サーバ「トリエステ」*Tutte le poesie*（1988; ed. Arrigo Stara）〔須賀敦子訳〕

まえがき

2 「青年パルジファル」Slataper, letter 1, *Lettere triestine*, p. 9.

4 「ぜいたくなローブを身にまとった」*Tre giorni a Trieste*, ed. S. Formiggini et al., pp. 44-45.

5 「カルダ・ヴィータ」Saba, "Il borgo," *Tutte le poesie*, pp. 324-26.

「私は従順なトリエステに、シェイクスピアを解説する」Joyce, *Giacomo Joyce*, p. 10.

6 「空気は碧く、不可思議だ」Saba, *Prose*, p. 654.

7 「脳に働く前に、脚を水に変えてしまう、油断のならない白ワイン」Dario di Tuoni, *Ricordo di Joyce a Trieste*, p. 57.

10 「『老年』にはアナトール・フランスでさえけちのつけようのないほどのくだりがあります」Stanislaus Joyce, *The Meeting of Svevo and Joyce*, p. 7.

「私は雇われ教師という立場を超えて……」Joyce, *Letters II and III*, p. 241.

11 「相手をうらやむことなく、なごやかに笑顔を交わす」Giani Stuparich, *Trieste nei miei ricordi*, p. 74.

12 「この町を訪れるには一日で充分である」Joseph Cary, *Three Modern Italian Poets: Saba, Ungaretti, Montale*, p. 31.

13 ジョイスがヴェルレーヌの詩を暗唱する。Di Tuoni, *Ricordo di Joyce a Trieste*, p. 60.

ミラマーレ

17 「景観はかつてのものではない……」"Botaniston. Alp (No. I)," in *Collected Poems* by Wallace Stevens.

「港はちゃんと揃っているが、肝心の船にお呼びがない」James Joyce's *Ulysses*, p. 522. (The Corrected Text; Vintage Books, 1986).

20 「真珠のようなミラマーレ」Montale, "Buona Linuccia che ascendi...," *L'opera in versi*, p. 780.

「営まれずに終わった愛の巣」Carducci, "Miramar," Odi *barbare* XXII, in *Odi barbaree Rime e ritmi*, vol 4 of *Opere [Edizione nazionale]*.

22 「なにがやって来るのか?」Princess Marie von Thurn und TaxisHohenlohe による記述を参照。*Selected Poetry of Rainer Maria Rilke*, trans. and ed. Stephen Mitchell (New York, 1984), p. 315 に引用されている。

23 「呪詛の言葉を積み重ねたような……」*21 Autori: Impressioni su Trieste*, ed. Linda Gasparini, pp. 81–82.

24 「贅沢な女とお思いでしょうね……」Brenda Maddox, *Nora, The Real Life of Molly Bloom*, p. 215.

27 A. J. P. Taylor. "Trieste or Trst?" *The New Statesman and Nation*, 9 Dec. 1944, p. 386. Taylor, *The Habsburg Monarchy 1809–1918*, p. 202 も参照。

「地中海第四の都市が……」Jan Morris, *Destinations*, p. 214.

イタリアの精神分析医エットレ・ヨーガンの言葉は Elio Apih, *Trieste*, pp. 195, 199 に引用。

28 「そこでは、無限の中に溶け込む海の青が……」Laura Ruaro Loseri, *Guida di Trieste*, p. 124.

「良きことにあらざれば、死者について語るなかれ」Joyce, *Letters II*, p. 467.

29 José Kollmann の漫画は *La Cittadella* (*Il Piccolo*, 1985 の週刊付録) に掲載された。

上へ

30 「かくして、異邦の人々は、その地で哀しみ、身を二つにした」Bazlen, *Scritti*, p. 97.

39 「イリリアです、お嬢様」Shakespeare, *Twelfth Night, or, What You Will*, act I, sc. 2, ll. 2–3.

「すべての背後にひそむ、おぼろげな何かよ!」Joyce, *Letters II*, pp. 109–10.

「冷え冷えとめざめる」トリエステ。Joyce, *Giacomo Joyce*, p. 8. 置き換えられたヴァージョンは

「冷え冷えとめざめるパリ」*Ulysses*［"The Corrected Text"］, pp. 35–36.

三つのトリエステ

45 「万歳、サン・ジュスト！」*Inno marziale*（軍隊賛歌）Sinico の愛国的オペラ *Marinella* より。一八五四年八月二十六日初演。

トリエステに関するマルクスの記述は Guido Botteri, *Il portofranco di Trieste*, p. 152 に引用。

46 ズヴェーヴォは Italo Svevo's *L'avventura di Maria*（*Commedie*, p. 277; 1969）より。

47 『ディッタモンド』は Attilio Tamaro, *Storia di Trieste*, 1:295 に引用。

47 三つのトリエステ。Benco, *Trieste tra '800 e '900*, p. 195.

48 アドリア海という「運河」Pietro Kandler の表現で Elio Apih, *Trieste*, p. 8 に引用。

49 トリエステとサンクト・ペテルブルグ。Angelo Ara and Claudio Magris, *Trieste, un identità di frontiera*, 2d ed., p. 4. ドストエフスキー『地下生活者の手記』を参照。

「彼らは放心状態におちいる」Benco, *Trieste tra '800 e '900*, p. 197.

50 アウィエヌスとプリスキアヌス。Tamaro, *Storia di Trieste*, 1:85 に引用。

52 ロッセッティの寓意的音楽劇。*Il sogno di Corvo Bonomo*.

53 「異なる意味でイタリアである」Slataper, letter 4, *Lettere triestine*, p. 37.

『領土回復論』Slataper, *Scritti politici*, pp. 62–63.

54 「スラヴ―ドイツ―イタリア」Slataper, *Lettere*, 3:140–41.

プレッツォリーニのズラタペル評。*Intellettuali di frontiera: Triestini a Firenze (1900–1950)*, ed. Marco Marchi et al, p. 157 に引用。

「二本の魔手を海へと押しやりながら……」Tamaro, *Storia di Trieste*, 1:130.

ロドスのアポロニオス『アルゴナウティカ』第四書、二、二八二―三三七。

55 ストラボンの記述は E. H. Warmington, *Greek Geography*（London, 1934）, p. 218 の引用による。

大プリニウス『博物誌』第三書、第四部。H. Rackham による英訳（Cambridge, Mass., 1947）, pp. 93–94.

テルジェステ―トリエステの語源論は Laura Ruaro Loseri, *Guida di Trieste*, p. 11.

地図製作の愉しみ

60「E. Samigli」の名での最初の作品は、"L'assassinio di Via Belpoggio," in Svevo, *Racconti-Saggi-Pagine sparse*.

61「すべての都市は迷路である……」Frank Budgen, *James Joyce and the Making of Ulysses*, p. 123.

64 サーバが書いた傷心の詩は、"Tre poesie a Linuccia," poem 2.

68「なにびとも解きほぐせなかったその迷路を……」は、ウェルギリウス『アエネイス』第六巻、二、二七—三〇。Robert Fitzgerald の英訳による。

「この小説に目を通した最初の人間」については、一九〇九年二月八日付でジョイスに宛てたズヴェーヴォの（英語の）手紙を参照。Svevo, *Epistolario*, pp. 527–28.

トリエステの三人の殉教者

70「部屋の空気が肩を冷やした……」Joyce, "The Dead," *Dubliners*, p. 223.

「みずからを炎と燃やすこと」*Far di sé stesso fiamma*. Carlo Michelstaedter, *La persuasione e la rettorica*, p. 197.

71「今日は、トリエステの守護聖人……」Joyce, *Letters I*, p. 86.

72『アクタ・サンクトールム〔聖人列伝〕』は、Mario Mirabella Roberti, *San Giusto*, PP. 16, 56–57 の引用。

73 ベネデット・カルパッチョ《聖母子と二人の聖人》。写真、Neva Gasparo. Courtesy of Cassa di Risparmio di Trieste.

75 メロンの古謡。Alberto Spaini, "Borinetto," in *Scrittori triestini del Novecento*, ed. O. H. Bianchi et al., pp. 947–9.

76 サマセット・モームの話は、*Sheppey*, *Collected Plays of W. Somerset Maugham*, 3 vols.（London, 1931）, 3:298 である。

78 ヴィンケルマン最後の数週間の細部は、以下の文献にある。E. M. Butler, *The Tyranny of Greece over Germany*（Boston, 1958）; Dominique Fernandez, *Signor Giovanni*; Wolfgang Leppman, *Winckelmann*.

ゲーテ『自伝』は、John Oxenford, 1:356 の英訳。

80「神様に会う用意をするがいい」は、「トリエステにおいてイタリア人の一撃で殺された男」について宿屋で水夫が言ったこと。Joyce, *Ulysses*［"The Corrected Text"］, p. 514.

81 クロノグラムは、Henry C. Hatfield, *Winckelmann*

and His German Critics 1755–1781*, p. 103 に引用されている。

82　新古典主義運動に関しては、Hugh Honour, *Neo-classicism*, p. 62.
「冒瀆を受けた寺院として、再び聖性をとりもどす」Benco, *Trieste*, pp. 65–66.

83　すぐれた発明品「シミエール」Fulvio Anzellotti, *Il segreto di Svevo*, pp. 60-61, 66.

84　バートン夫人の博覧会評。Isabel Burton, *Life of Captain Sir Richard F. Burton*, 2:237–38, 244.

86　カルドゥッチのある詩とは、"Saluto italico." *Odi barbare XX*, in *Odi barbare e Rime e ritmi*, vol. 4 of Opere［Edizione nazionale］. 次章「忠実に待つ」を参照。

88　オベルダンに関する、カルドゥッチの言。Carducci, Opere［Edizione nazionale］, 9:191–95. ズラタペルの言。Slataper, "L'irredentismo" および "Il valore d'un anniversario: Guglielmo Oberdan," *Scritti politici*, pp. 81–85, 245–52.

忠実に待つ

91　「私はイタリアとともに生まれた」Svevo, *Epistolario*, p. 609.

92　「…楔のようにずかずかと押し入ることが…」Carducci, *Opere*, 19:206, 196.

97　可能性は、ほんの毛ほどのもの、それ以上ではない。スタニスロース・ジョイスの未公刊トリエステ日記の中に反証がなかったとしても、リチャード・エルマンに次のようなことを言う根拠は無い。ジョイスは「一九〇八年頃にトリエステで開かれた未来派の展覧会におそらく立ち会ったことだろう」（*James Joyce*, rev. ed., p. 430 n.）。いずれにしても日時が間違っている。それよりましな論拠でもないが、Gianni Pinguentini はジョイスが一九一〇年の夕べに「たぶんいただろう（certamente assistava）」と断じている。（*James Joyce in Italia*, p. 175）.

98　三色の海。Walter Vaccari, *Vita e tumulti di F. T. Marinetti*, p. 173 の引用。

99　トリエステの夕べに関するマリネッティの回想。Francesco Cangiullo, *Le serate futuriste*, pp. 263–71 の引用。トリエステの人々に向けたマリネッティの演説完全版を含むやや異なるヴァージョンが、F. T. Marinetti, *Teoria e invenzione futurista*, pp. 210–16 にある。

101　マリネッティのドローイングは *Futurismo and Futurismi*, ed. Pontus Hulten（Milan 1986）, p. 192

より。

102 「おまえは果敢に敵に立ち向かう、イタリアの緋色の顔だ!……」 Marinetti, *Teoria e invenzione futurista*, p. 247.

コクトーのマリネッティ評。*Le rappel à l'ordre* (Paris, 1948), p. 83.

「亀甲状の（testudoform）」Joyce, *Giacomo Joyce*, p. 8.

「文章がうますぎて、真実味に欠ける」Svevo, *Racconti-Saggi-Pagine sparse*, p. 820.

107 その停泊の目撃者の一人とはCarlo Schiffrerで、Angelo Ara and Claudio Magris, *Trieste, un identità di frontiera*, 2d ed., p. 109に引用されている。

タブロー・モール

114 パラッツォ・ボルサへ当時の評価。*Il Palazzo della Borsa vecchia di Trieste 1800–1980*, ed. Franco Firmani, p. 29.

「世の中の流れに異を唱え……」Attilio Tamaro, *Storia di Trieste*, 2:459.

ジョイスの講演会。Ellsworth Mason訳のJoyce, *The Critical Writings*, pp. 153–74.

118–119 ジュゼッペ・ベルナルディーノ・ビゾン《トリエステに自由港の権利を授けるカール六世》。パラッツォ・デル・ボルサ・ヴェッキアの「高貴な階」にある大広間の天井画。写真はNeva Gasparo.

120 「おじいちゃん、知ってるの?」Letizia Svevo Fonda Savio and Bruno Maier, *Iconografia sveviana*, pp. 132–33. ズヴェーヴォはこの挿話の変奏を未完の短篇"Corto viaggio sentimentale,"*Racconti-SaggiPagine sparse*, p. 175でしている。

122 フランツ・ヨーゼフの手紙。F. Fölkel and C. L. Cergoly, *Trieste provincia imperiale*, p. 41に引用。

123 「アイルランドが大挙して集結したようなもの」A. J. P. Taylor, *The Habsburg Monarchy 1809–1918*, p. 22.

128 「男女の精霊……」Richard Burton, *The Book of the Thousand Nights and a Night*, 1:vii, 10:124–25.

129 ベンコが後知恵をはたらかせ、皮肉たっぷりな筆致で書いたもの。Benco, *Trieste*, pp. 106–8.

130 ムージルの「魔法の定式（Ass.）」Robert Musil, *The Man without Qualities*, trans. Eithne Wilkins and Ernst Kaiser, 1:266.

鉄道ターミナルについてのベンコの言葉。Benco, *Trieste*, p. 139.

132–133 *Il Commercio*（商業）と*L'Industria*（工業）。

エウジェニオ・スコンバリーニによる壁画。トリエステの Galleria Nazionale d'Arte Antica にある。

136 駅にあった「文学的」カフェ。Giani Stuparich, *Trieste nei miei ricordi*, p. 194.

フェアヴューのぬかるみ

139 「この町はおそらく、今よりも活気にあふれるようになるでしょう……」Svevo, *Lettere a Svevo*. *Diario di Elio Schmitz*, p. 88.

140 「椰子の木は氷の上には育たない」Umberto Veruda, cited by Benco, *Trieste tra '800 e '900*, p. 244.

142 トリエステのスタンダール。Nora Franca Poliaghi, *Stendhal e Trieste*, pp. 51, 53, 113.

143 リチャード・バートンの日記。Lesley Blanch, *The Wilder Shores of Love*, p. 88 に引用。

エリオ・シュミッツの日記。Svevo, *Lettere a Svevo*, p. 256.

ズヴェーヴォ自身の日記。Svevo, *Racconti-Saggi-Pagine sparse*, pp. 814–15.

143–146 ズヴェーヴォの引用およびパラフレーズは、*Una vita*. Svevo, *Romanzi*, 1:199, 233, 237–39 よりのもの。

144 ショーペンハウアー流の始末。Svevo, "Profilo autobiografico," *Racconti-Saggi-Pagine sparse*, p. 801.

146 「オペレッタの知恵」Hermann Broch, *Hugo von Hofmannsthal and His Time*, trans. Michael P. Steinberg, p. 81.

クンデラによるビーダーマイヤーの定義。Milan Kundera, "Sixty-three Words," *The Art of the Novel*, trans. Linda Asher, p. 124.

ズヴェーヴォの「不屈の意志」Svevo, *Racconti-Saggi-Pagine sparse*, p. 818.

147 「エットレ・シュミッツ氏（*Signor Ettore Schmitz*）」という表現は *Corriere di Gorizia*, 18 Oct. 1898 にある。

『コリエーレ・デッラ・セーラ』紙の『ある人生』評は、Letizia Svevo Fonda Savio and Bruno Maier, *Iconografia sveviana*, p. 143 の引用による。書評者は Domenico Oliva だった。

『老年』からの引用は、*Senilità*. Svevo, *Romanzi*, 1:433–34.

148 『老年』のベンコによる評は、Fonda Savio and Maier, *Iconografia sveviana*, pp. 143–45.

フィレンツェのズヴェーヴォ。Livia Veneziani

Svevo, *Vita di mio marito*, p. 30.

149 ベンコにとってのトリエステ文学。Benco, *Trieste*, pp. 186-89.

150 現代トリエステ文学に関してのジリオット教授。Baccio Ziliotto, *Storia letteraria di Trieste e dell'Istria*, pp. 92-95.

154 「トリエステに暮らす一つの魂の成長ぶり」Slataper, *Il mio Carso*, p. 105.

「生粋のスラヴ人」としてのズラタペル。Slataper, letter 1, *Lettere triestine*.

155 「自分は〈古典的で〉ありたい」Slataper, *Lettere*, 3:138.

「あなたがたに語りたい（*Vorrei dirvi*）」という句については、Angelo Ara and Claudio Magris, *Trieste, un identità di frontiera*, 2d ed., ch. 1 を参照。

「自分のイタリア性が混じり合っていて心もとないこと」Slataper, "Irredentismo," *Scritti politici* pp. 62-63.

156 「黄金の糸」Saba, "Ai miei lettori," *Prose*, p. 665.

「臆病」だといわれるサーバ。Slataper, "Perplessità crepuscolare," *Scritti letterari e e critici*, p. 182.

157 「サン・ジュストの影の下で生まれた」Svevo, "Triestinità di un grande scrittore irlandese: James Joyce," *Scritti su Joyce*, p. 39.

スティーヴンの文学散歩。Joyce, *A Portrait of the Artist as a Young Man*, p. 176.

コンミー神父の散歩。Joyce, *Ulysses* [“The Corrected Text”], p. 182.

158 馬に乗って駆け抜ける（*apace apace*）。Joyce, *Giacomo Joyce*, p. 8.『ユリシーズ』の図書館員ベストと比較。*Ulysses* [“The Corrected Text”], p. 151: “He came a step a sinkapace forward on neatsleather creaking and a step backward a sinkapace on the solemn floor.”

「落ち着きなさい、ジェイムジー!」Joyce, *Giacomo Joyce*, p. 6.『ユリシーズ』のモリー・ブルームと比較。*Ulysses* [“The Corrected Text”], p. 633: “O Jamesy let me up out of this pooh…”

「彼は一人になるために歩く」Svevo, “Mr James Joyce described by his faithful pupil Ettore Schmitz,” [in English] *Racconti-Saggi-Pagine sparse*, p. 748.

159 サーバのめえめえ啼く生け贄の山羊。Saba, “La capra,” *Tutte le poesie*, p. 78. Joseph Cary, *Three Modern Italian Poets: Saba, Ungaretti, Montale*, pp.

64–65を参照。

見出されたトリエステ

161　ロベルト・バズレンのインタヴューからの一節は、*Scritti*（1984）; used by courtesy of Adelphi Edizione S. p. A.

162　「この私の町には…何かがある」Giani Stuparich, *Trieste nei miei ricordi*, in *Cuore adolescente, Trieste nei miei ricordi*（Rome: Editioni Riuniti, 1984）, p. 81. © heirs of Stuparich.

「トリエステはおそらく…唯一の都市だ」*Carteggio Svevo/Montale*, p. 120より。© 1976 Arnoldo Mondadori. Published by courtesy of Arnoldo Mondadori Editore S. p. A.

163　ズラタペルについてプレッツォリーニの見方。*Intellettuali di frontiera*, ed. Marco Marchi et al., p. 157に引用。

『ラ・ヴォーチェ（声）』誌とズラタペルについて。Giuseppe Prezzolini, *La Voce 1908–1913. Cronaca, antologia e fortuna di una rivista*, pp. 44, 80–82, 94–95, 242.

165　「トリエステ書簡」に対するトリエステの反応は、Slataper, *Lettere triestine*, p. 53引用の未刊原稿においてズラタペルが要約している。

168　『カルシーナ』Slataper, *Il mio Carso*, p. 147およびRoberto Damiani, "Introduzione," in ibid., p. 20.

『わがカルソ』のための様々な構想については、Slataper, *Epistolario*, pp. 58, 209.

169　「『わがカルソ』をお読み逃しなく」Saba, *Prose*, p. 441に引用。

自伝的なソネットの最後の三行押韻詩句。Saba, *Autobiografia*, sonnet 10, *Tutte le poesie*, p. 264.

『わたしの眼で』刊行時の版元の怠慢。*Intellettuali di frontiera*, pp. 121–22, 129–30, 139; Saba, *La spada d'amore*, pp. 78–79, *Prose*, p. 441.

170　ベンコによるサーバのポートレートは、*Solaria*〔Saba issue〕（一九二八年五月）に初出、*galleria*〔Saba issue〕のp. 106に再掲。

172　ズラタペルのサーバ評。Slataper, "Perplessità crepuscolare" と "Poesie," *Scritti letterari e critici*, pp. 181–89, 239–42.

ズラタペルの標準がツァラトゥストラにあること。Slataper, *Epistolario*, p. 114.

173　ズラタペルへのサーバの反応。Alberto Spaini, "Umberto Saba e *La Voce*," *galleria*〔Saba issue〕, pp. 163–66.

サーバ自身の『サーバ詩集』観。Saba, *Prose*, p. 406; *Intellettuali di froutiera*, p. 116.

174 ズラタペル宛のサーバの手紙。Saba, *La spada d'amore*, pp. 69–70; Saba, *Prose*, p. 406.

「詩人がなすべきこと」Saba, *Prose*, pp. 751–59.

176 「パスコリがすでにやったこと」Stelio Mattioni, *Storia di Umberto Saba*, p. 57.

「運がなかった」Saba, *Prose*, p. 441.「詩人がなすべきこと」については，Joseph Cary, *Three Modern Italian Poets: Saba, Ungaretti, Montale*, pp. 14–18, 45–46を参照。

ズラタペルと疾風怒濤。Stuparich, *Trieste nei miei ricordi*, p. 152.

177 描かれたジェイムズ・ジョイス氏。Richard Ellmann, *James Joyce*, rev. ed., pp. 272–73.

179 ズヴェーヴォを読むジョイス。Stanislaus Joyce, *The Meeting of Svevo and Joyce* (1965); reprinted by permission of Del Bianco Editore.

『若い芸術家の肖像』についてズヴェーヴォ。Svevo, *Epistolario*, pp. 527–28.

「兄がイタロ・ズヴェーヴォの中に見出したものは……」Stanislaus Joyce, "Introduction" to Svevo, *As a Man Grows Older*, trans. Beryl di Zoete.

180 ズヴェーヴォについてヴィダコヴィッチ。Stanislaus Joyce, *The Meeting of Svevo and Joyce*, p. 8.

181 ズヴェーヴォがなぜ「あれほど下手くそに」書いたのか。Benco, "Italo Svevo" *Pegaso* 1, no. 1 (Jan. 19129): 49.

ズヴェーヴォのイタリア語とドイツ語について。Letizia Svevo Fonda Savio and Maier, *Iconografia sveviana*, pp. 41–43; Giorgio Voghera, "Considerazioni eretiche sulla 'scrittura' di Italo Svevo," *Gli anni di psicanalisi*, pp. 45–51.

ズヴェーヴォの怠惰。Bazlen, *Scritti*, pp. 380–81; Pierantonio Quarantotti Gambini, *Il poeta innamorato*, pp. 31–32.

ジョイスのイタリア語。Alessandro Francini Bruni, *Joyce intimo spogliato in piazza;* Benco, "Ricordi di Joyce," Pegaso 2, no. 8 (Aug. 1930): 152–53. 両者とも *Portraits of the Artist in Exile: Recollections of James Joyce by Europeans*, ed. Willard Potts に英訳されている。

182 モンターレの一節。"Omaggio a Italo Svevo," in *Carteggio Snevo/Montale*, p. 77.

「動名詞の商人」Svevo, "Scritti su Joyce,"

Racconti-Saggi-Pagine sparse, p. 709.

183 戦争によってもたらされたズヴェーヴォの休息。Svevo, “Profilo autobiografico,” *Racconti-Saggi-Pagine sparse*, pp. 807–8.

「昔からの幻想」Svevo, *Epistolario*, pp. 824–25. より完全な全文が Bruno Maier, *Saggi sulla letteratura triestina del Novecento*, p. 74 にある。

184 「もしイタリアが私のところに来なかったなら……」Maier, *Saggi sulla letteratura triestina*, p. 74.

186 ベンコによる『ゼーノの意識』評。Fonda Savio and Maier, *Iconografia sveviana*, pp. 145–47 に引用。

ズヴェーヴォに助言するジョイスの手紙。Joyce, *Letters III*, pp. 86–87.

モンターレの最初のエッセイ。“Omaggio a Italo Svevo,” in *Carteggio Svevo/Montale* pp. 71–82.

「恐るべき文体!」Bazlen, *Scritti*, p. 359.

「ズヴェーヴォ爆弾」Ibid., p. 365.

「…翻訳されたものを読むと…」Giulio Caprin, *Leggere Svevo. Antologia della critica sveviana*, ed. Luciano Nanni, pp. 148–49 に引用。

188 「三人の偉大なトリエステの芸術家たち」Montale, “Umberto Saba,” *Sulla poesia*, pp. 206–7.

ズヴェーヴォ生誕百周年記念のモンターレによる講演。*Carteggio Svevo/Montale*, pp. 120–21.

190 「わたしの歌で、永遠にイタリアに嫁がせた」Saba, “Avevo,” *Tutte le poesie*, p. 510.

「今日では、トリエステ文学というものが存在すると断言できる……」Pietro Pancrazi, “Giani Stuparich triestino,” *Scrittori d'oggi (serie seconda)*, pp. 103–4.

市民庭園の三巨匠

197 「われわれは日々の暮らしに流されているので……」Biagio Marin, *Strade e rive di Trieste*, pp. 210–11.

199 「わが町の作家が作った最も美しい本」Benco, “Su Scipio Slataper,” *Scritti di critica letteraria e figurative*, p. 316.

モンターレにからかわれたストゥパリヒ。Giani Stuparich, *Trieste nei miei ricordi*, p. 176.

「第二のトリエステ人」Montale, “Ricordo di Roberto Bazlen,” in *Carteggio Svevo/Montale*, p. 146.

三つの別れ

204 マクシミリアン大公と蜃気楼。Ville de Trieste/Institute Cultural Italien à Paris, *Portraits pour une ville: Fortunes d'un port adriatique*, p. 225 に引用。

206　『ユリシーズ』あるいは『Sua mare grega』。Livia Veneziani Svevo, *Vita di mio marito*, pp. 101–3. Joyce, *Selected Letters*, pp 275–77, Richard Ellmann's editor's notes も参照。Brenda Maddox は、この包みには「一九〇九年にノラが書いた猥褻な手紙」も入っていたことを示唆している（*Nora, the Real Life of Molly Bloom*, p. 204）.

208　「黄金が光を集めていた」Ezra Pound, canto XI, *The Cantos*（London, 1986）, p. 51 を参照。

210　トリエステのカモメ。Svevo, *Una vita, Romanzi*, 1:207–8.

登場人物一覧

216　バズレンについてモンターレ。"Ricordo di Roberto Bazlen," *Carteggio Svevo/ Montale*, pp. 145–47.

217　「正気かい？」Bazlen, *Scritti*, p. 363.

218　「本を書くことなどもはや不可能だ」Ibid., p. 203.

220　「碧い目を喜びにきらめかせながら……」Aurelia Gruber Benco, "Between Joyce and Benco," *James Joyce Quarterly*［Trieste issue］9, no. 3（Spring 1972）: 328.

「骨の髄まで典型的なイギリス人」Isabel Burton, *Life of Captain Sir Richard F. Burton*, 2:512.

221　トリエステ人についてフロイト。Che brutti, i triestini," *Il Piccolo*, 12 Dec. 1989［フロイトからエドゥアルド・シルバースタイン宛の手紙より抜粋］

「トリエステはウィーンではない」"On Concept and Object," *Translations from the Writings of Gottlob Frege*, ed. P. T. Geach and Max Black, Oxford 1970, p. 50.

フロイトについてズヴェーヴォ。Svevo, *Racconti-Saggi-Pagine sparse*, pp. 685–86, 807.

222　ウェイスとトリエステの知識人については、Giorgio Voghera, *Gli anni di psicanalisi*, pp. 3–42 を参照。

223　詩の言語についてジョッティ。Pier Paolo Pasolini, "La lingua della poesia," in Giotti, *Opere*, pp. 30–31.

ジョッティの言語についてベンコ。Benco, "Un giorno con Giotti," *Scritti di critica letteraria e figurative*, p. 343.

224　ジョッティのぴったり合った言語についてモンターレ *Sulla poesia*, p. 232.

ジョッティとサーバの関係。Giotti, "Appunti inutili," *Opere*, pp. 391– 92; Stelio Mattioni, *Storia di Umberto Saba*, pp. 112, 159 -60, 173–74;Giani

Stuparich, *Trieste nei miei ricordi*, p. 75; Ettore Serra, *Il tascapane di Ungaretti. Il mio vero Saba*, p. 200; Pierantonio Quarantotti Gambini, *Il poeta innamorato*, pp. 72–77.

225 イストリアについてジョイス。Richard Ellmann, *James Joyce*, rev. ed., p. 186.

227 ジョイスのイタリア語についてベンコ。Benco, "James Joyce a Trieste," *Trieste tra '800 e '900*, pp. 272–73.

「イタリア語で何か書くのはいつになるでしょう?」Svevo, *Epistolario*, p. 692.

229 スタニスロースの役割についてエルマン。Introduction to Stanislaus Joyce, *My Brother's Keeper*, p. 16.

「私は二頭目の荷役馬として働いた」*Recollections of James Joyce by His Brother Stanislaus*, trans. Ellsworth Mason, p. 24.

「目下、難所にさしかかっています」Stelio Crise, *Epiphanies & Phadographs*, p. 12.

スタニスロースのトリエステ日記については、Brenda Maddox, *Nora, the Real Life of Molly Bloom*, p. 411 n. 39 を参照。

230 マリンの一九五〇年の序文は、Biagio Marin, *Parola epoesia*, p. 15 に所収。

232 「巡礼者の魂の持ち主として」"Italo Svevo, nel centenario della nascita," in *Carteggio Svevo/Montale*, p. 143.

233 「ジバルドーネ」叢書の巻頭言。Anita Pittoni, *Catalogo generale dello Zibaldone 1949–1969*, p. 3.

234 サーバの手紙。*Il vecchio e il giovane: Umberto Saba/Pierantonio Quarantotti Gambini, Carteggio 1930–1957*, pp. 38–39.

238 「サーバ」についてファーノ。Anna Fano, "L'amicizia tra gli scaffali della Libreria Antiquaria," *Il Piccolo*, 25 Aug. 1967, 3.

241 エリオの日記。Svevo, *Lettere a Svevo. Diario di Elio Schmitz*, pp. 199, 295.

242 娘からみた「イタロ・ズヴェーヴォ」Letizia Svevo Fonda Savio and Bruno Maier, *Iconografia sveviana*, p. 79.

243 「ポコ・イタロ・エ・トロッポ・ズヴェーヴォ」Fulvio Anzellotti, *Il segreto di Svevo*, p. 178 に引用。

243-244 サーバが書いたズヴェーヴォの墓碑銘。Saba, *Tutte le poesie*, p. 970 に所収。

245 ズラタペルについてマリン。Marin, *I delfini di Scipio Slataper*, pp. 13, 34, 59–60.

246 「手軽な金言というものは……」Stuparich, "Continuità," *Il ritorno del padre*, p. 125.

参考文献

トリエステと周辺のガイドブック

Agapito, Girolamo. *Compiuta e distesa descrizione della fedelissima città e porto-franco di Trieste*. Vienna, 1824.

Baedeker, Karl. *Baedeker's Austria-Hungary, with Excursions to Cetinse, Belgrade, and Bucharest*. Leipzig, London, and New York, 1911.

Benco, Silvio. *Trieste*. Trieste, 1910.

Bevilacqua, Matteo di. *Descrizione della fedelissima imperiale regia città e portofranco di Trieste*. Venice, 1820; reprint Trieste, 1982.

Formiggini, S., et al., eds. *Tre giorni a Trieste*. Trieste, 1858; reprint Trieste, 1982.

Ruaro Loseri, Laura. *Guida di Trieste: La città nella storia, nella cultura e nell'arte*. Trieste, 1985.

Touring Club Italiano. *Friuli-Venezia Giulia*. Milan, 1982.

Weaver, William. "Trieste: Between the Two Europes," *New York Times*, 23 Jan. 1983, Sunday travel section.

トリエステの歴史

Apih, Elio, with Giulio Sapelli and Elvio Guagnini. *Trieste*. Bari, 1988.

Bettiza, Enzo. *Mito e realtà di Trieste*. Milan, 1966.

Botteri, Guido. *Il portofranco di Trieste: Una storia europea di liberi commerci e traffici*. Trieste, 1988.

Cusin, Fabio. *Appunti alla storia di Trieste*. Milan, 1930.

Fölkel, F., and C. L. Cergoly. *Trieste provincia imperiale: Splendore e tramonto del porto degli Asburgo*. Milan, 1983.

Godoli, Ezio. *Trieste*. Rome and Bari, 1984.

Ireneo della Croce. *Historia antica e moderna, sacra e*

profana della città di Trieste ftno a quest'anno 1698. Venice, 1698.

Kandler, Pietro. *Storia del Consiglio dei patrizi di Trieste dall'anno MCCCLXXXII all'anno MDCCCIX*. Trieste, 1868.

Mihelic, Dusan. *The Political Element in the Port Geography of Trieste*. Chicago, 1969.

Novak, Bogdan C. *Trieste 1941–1954: The Ethnic, Political, and Ideological Struggle*. Chicago, 1970.

Powell, Nicolas. *Travellers to Trieste. The History of a City*. London, 1977.

Rossetti, Domenico. *Meditazione storica-analitica sulle franchigie della città e porto franco di Trieste*. Venice, 1815.

Rutteri, Silvio. *Trieste, spunti dal suo passato*. Trieste, 1950.

Tamaro, Attilio. *Storia di Trieste*. 2 vols. Trieste, 1924; reprint Trieste, 1976.

Vivante, Arturo. *Irredentismo adriatico. Contributo alla discussione*. Florence, 1912.

トリエステ、イタリア、中欧の知識史・社会史関連史料

Ara, Angelo, and Claudio Magris. *Trieste, un identità di frontiera*. 2d ed. Turin, 1987.

Ash, Timothy Garton. "Does Central Europe Exist?" *New York Review of Books*, 9 Oct. 1986, 45–52.

Broch, Hermann. *Hugo von Hofmannsthal and His Time: The European Imagination 1860–1920*. Trans. Michael P. Steinburg. Chicago, 1984.（ヘルマン・ブロッホ『ホフマンスタールとその時代：二十世紀文学の運命』菊盛英夫訳、筑摩叢書、一九七一）

——. *The Sleepwalkers. A Trilogy*. Trans. Willa and Edwin Muir. New York, 1947.（ヘルマン・ブロッホ『夢遊の人々』菊盛英夫訳、ちくま文庫、二〇〇四）

Caprin, Giuseppe. *I nostri nonni. Pagine della vita triestina dal 1800 a! 1830*. Trieste, 1888.

Coons, Ronald E. *Steamships, Statesmen, and Bureaucrats: Austrian Policy towards the Steam Navigation Company of the Austrian Lloyd*. Weisbaden, 1975.

Crankshaw, Edward. *Maria Theresa*. New York, 1970.

——. *The Fall of the House of Habsburg*. New York, 1983.

David, Michael. *La psicanalisi nella cultura italiana*. Turin, 1966.

Gasparini, Linda, ed. *21 Autori: Impressioni su Trieste 1793–1887*. Trieste, 1951.

Goethe, Johann Wolfgang von. *Autobiography*. 2 vols. Trans. John Oxenford. Chicago, 1974.（ゲーテ『詩と真実』第一部～第四部、山崎章甫訳、岩波文庫、一九九七）

Hatfield, Henry C. *Winckelmann and His German Critics 1755–1781*. New York, 1943.

Hofmannsthal, Hugo von. *Selected Prose*. Trans. Mary Hittinger and Tania and James Stern. New York, 1952.

Honour, Hugh. *Neo-classicism*. Harmondsworth, 1968.

Hughes, H. Stuart. *Prisoners of Hope: The Silver Age of the Italian Jews 1924–1974*. Cambridge, Mass., 1983.

Janck, Allan, and Stephen Toulmin. *Wittgenstein's Vienna*. New York, 1973.

Johnston, William M. *The Austrian Mind: An Intellectual and Social History 1848–1938*. Berkeley and Los Angeles, 1983.

Kundera, Milan. *The Art of the Novel*. Trans. Linda Asher. New York, 1988.（ミラン・クンデラ『小説の技法』西永良成訳、岩波文庫、二〇一六）

——. "The Tragedy of Central Europe," *New York Review of Books*, 24 Apr. 1984, 33-38.

Mack Smith, Denis. *Italy, a Modern History*. Ann Arbor, Mich. 1969.

Mann, Vivian B., ed. *Gardens and Ghettos: The Art of Jewish Life in Italy*. Berkeley and Los Angeles, 1989.

Moodie, A. E. *The Italo-Yugoslav Boundary. A Study in Political Geography*. London, 1945.

Morris, Jan. *Destinations*. New York, 1980.

Musil, Robert. *The Man without Qualities*. 3 vols. Trans. Eithne Wilkins and Ernst Kaiser. London, 1979.（ロベルト・ムージル『特性のない男』加藤二郎訳、松籟社、一九九二～一九九四）

——. *Precision and Soul. Essays and Addresses*. Trans. and ed. Burton Pike and David S. Luft. Chicago, 1990.

Pârvan, Vasile. *Dacia, an Outline of the Early Civilization of the Carpatho-Danubian Countries*. Cambridge, 1928.

Pater, Walter. *The Renaissance*. Cleveland and New York, 1961.（ウォルター・ペイター『ルネサンス：美術と詩の研究』富士川義之訳、白水社、一九八六）

P.E.N. Club International. *Scrittori e letterature di frontiera*. Lugano, 1987.

Quarantotti Gambini, Pierantonio. *Primavera a Trieste*. Milan, 1967.

Roberti, Mario Mirabella. *San Giusto*. Trieste, 1970.

Rossetti, Domenico. *Il sogno di Corvo Bonomo*. Trieste [1814], 1882.

Roth, Joseph. *The Radetzky March*. Trans. Eva Tucker and Geoffrey Dunlop. Woodstock, N.Y., 1983.（ヨーゼフ・ロート『ラデツキー行進曲』平田達治訳、岩波文庫、二〇一四）

Schorske, Carl E. *Fin-de-Siècle Vienna, Politics and Culture*. New York, 1981.（カール・E・ショースキー『世紀末ウィーン：政治と文化』安井琢磨訳、岩波書店、一九八三）

Seri, Alfieri. *Trieste nelle sue stampe*. Trieste, 1980.

Taylor, A. J. P. *The Habsburg Monarchy 1809 A History of the Austrian Empire and Austria-Hungary*. Chicago, 1976.（A・J・P・テイラー『ハプスブルク帝国1809〜1918：オーストリア帝国とオーストリア＝ハンガリーの歴史』倉田稔訳、筑摩書房、一九八七）

——. “Trieste or Trst?” *The New Statesman and Nation*, 9 Dec. 1944, 386.

Varnadoe, Kirk. *Vienna 1900: Art, Architecture and Design*. New York, 1986.

Ville de Trieste/Institute Cultural Italien à Paris. *Le Bateau blanc. Science technique, design: La construction navale à Trieste*. Trieste, 1985.

Ville de Trieste/Institute Cultural Italien à Paris. *Portraits pour une ville: Fortunes d'un port adriatique*. Trieste, 1985.

Ville de Trieste/Institute Cultural Italien à Paris. *Un Regard retrouvé: Auteurs et acteurs du cinéma de Trieste*. Trieste, 1985.

Zuccotti, Susan. *The Italians and the Holocaust: Persecution, Rescue and Survival*. New York, 1987.

文学的・文化的トリエステ

（ベンコ、ジョイス、サーバ、ズラタペル、ズヴェーヴォの作品および研究は、この後に特に別立てで記載してある）

Anonimo triestino [Guido Voghera]. *Il segreto*. Turin, 1961.

Anonymous. *Eugenio Scomparini. Pittura ed altro da Sedan a Sarajevo*. Trieste, 1984.

Bazlen, Roberto. *Scritti*. Milan, 1984.

Bettiza, Enzo. *Il fantasma di Trieste*. Milan, 1958.

Bianchi, O. H., et al., eds. *Scrittori triestini del Novecento*. Trieste, 1968.

Blanch, Lesley. *The Wilder Shores of Love*. London, 1954.（『双頭の鷲：バートン夫妻』大場正史訳、筑摩書房、一九七三）

Burton, Isabel. *Life of Captain Sir Richard F. Burton, K.C.M.G., F.R.G.S.* 2 vols. London, 1893.

Burton, Richard. *The Book of the Thousand Nights and a Night*. 10 vols. London, n. d.（『バートン版 千夜一夜物語』大場正史訳、ちくま文庫、二〇〇五）

Cangiullo, Francesco. *Le serate futuriste. Romanzo storico vissuto*. Milan, 1961.

Cantoni, Ettore. *Quasi una fantasia*. Milan, 1926.

Carducci, Giosué. *Opere*［*Edizione nazionale*］. 20 vols. Ed. Luigi Federini et al. Rome, 1889–1909.

Critique［special issue, *Le Mystère de Trieste*］39, no. 435–36（Aug.-Sept. 1983）.

Del Giudice, Daniele. *Lo stadio di Wimbledon*. Turin, 1983.

Fernandez, Dominique. *Signor Giovanni*. Paris, 1981.（ドミニク・フェルナンデス『シニョール・ジョバンニ』田部武光訳、創元推理文庫、一九八四）

Firmiani, Franco, ed. *Il palazzo della Borsa vecchia di Trieste 1800–1980. Arte e storia*. Trieste, 1981.

Giotti, Virgilio. *Opere: Colori-Altre Poesie-Prose*. Trieste, 1986.

Haller, Hermann W. *The Hidden Italy: A Bilingual Edition of Italian Dialect Poetry*. Detroit, 1986.

Hulton, Pontus, ed. *Futurismo e futurismi*. Milan, 1986.

Larbaud, Valery. *Journal intime de A. O. Barnabooth*. Paris, 1913.（ヴァレリー・ラルボー『A・O・バルナブース全集』岩崎力訳、岩波文庫、二〇一四）

Leppmann, Walter. *Winckelmann*. New York, 1970.

Maier, Bruno. "La letteratura triestina del Novecento," introductory essay to *Scrittori triestini del Novecento*. See Bianchi, O. H., et al.

——. *Saggi sulla letteratura triestina del Novecento*. Milan, 1972.

Marchi, Marco, et al., eds. *Intellettuali di frontiera: Triestini a Firenze*（*1900–1950*）. Florence, 1983.

Marin, Biagio. *I delfini di Scipio Slataper*. Milan, 1965.

——. *Parola e poesia*. Genoa, 1984.

——. *Poesie*. Ed. Claudio Magris and Edda Serra. Milan, 1981.

——. *Strade e rive di Trieste*. Milan, 1987.

Marinetti, F. T. *Teoria e invenzione futurista*. Milan, 1968.

Masiero, Roberto, ed. *Il mito sottile: Pittura e scultura nella città di Svevo e Saba*. Trieste, 1991.

Michelstaedter, Carlo. *Il dialogo della salute e altri dialoghi*. Milan, 1988.

——. *La persuasione e la rettorica*. Milan, 1982.

Montale, Eugenio. *L'opera in versi*. Turin, 1980.

——. *Sulla poesia*. Milan, 1976.

Pancrazi, Pietro. "Giani Stuparich triestino," *Scrittori d'ogi* (*serie seconda*). Bari, 1946.

——. "Giotti poeta triestino," *Scrittori d'oggi* (*serie quarta*). Bari, 1946.

Pellegrini, Ernestina. *La Trieste di carta. Aspetti della letteratura triestina del Novecento*. Bergamo, 1987.

Pittoni, Anita. *Catalogo generale dello Zibaldone 1949–1969*. Trieste, 1969.

Poliaghi, Nora Franca. *Stendhal e Trieste*. Florence, 1984.

Prezzolini, Giuseppe. *La Voce 1908–1913. Cronaca, antologia efrrtuna di una rivista*. Milan, 1974.

Quarantotti Gambini, Pierantonio. *Il poeta innamorato. Ricordi*. Pordenone, 1984.

——. *L'onda dell'incrociatore*. Turin, 1947.

——. *Luce di Trieste*. Turin, 1964.

Rocco-Bergera, Niny, with Carlina Rebecchi-Piperata. *Itinerary of Joyce and Svevo through Artistic Trieste*. Trieste, 1971.

Stuparich, Giani. *Cuore adolescente. Trieste nei miei ricordi*. Rome, 1984.

——. *Il ritorno del padre*. Turin, 1961.

——. *Ricordi istriani*. Trieste, 1964.

——. *Sequenze per Trieste*. Trieste, 1968.

Tomizza, Fulvio. *Trilogia istriana*. Milan, 1968.

Vaccari, Walter. *Vita e tumulti di F. T Marinetti*. Milan, 1959.

Verne, Jules. *Mathias Sandorf*, Paris, 1885.（『アドリア海の復讐』金子博訳，集英社文庫，一九九三）

Voghera, Giorgio. *Gli anni di psicanalisi*. Pordenone, 1980.

Wostry, Carlo. *Storia del Circolo artistico di Trieste*. Udine, 1934.

Ziliotto, Baccio. *Storia letteraria di Trieste e dell'Istria*. Trieste, 1924.

シルヴィオ・ベンコ

小説

Il castello dei desideri. Milan, 1906.

La fiammafredda. Milan, 1904.

Nell'atmosfera del sole. Milan, 1921.

歴史エッセー

Contemplazione del disordine. Udine, 1946.

Gli ultimi giorni della dominazione austriaca a Trieste. 3 vols. Rome, Milan, and Trieste, 1919.

Trieste. Trieste, 1910.

評論

La corsa del tempo. Trieste, 1922.

"*La coscienza di Zeno*, romanzo di Italo Svevo," in *Iconografia sveviana*. See Fonda Savio, Letizia Svevo, and Bruno Maier (under Svevo).

"Italo Svevo," *Pegaso* 1, no. 1 (Jan. 1929): 48–57.

"Prefazione," *Poesie di Umberto Saba*. Florence, 1910.

"Ricordi di Joyce," *Pegaso* 2, no. 8 (Aug. 1930): 150–65.

Scritti di critica letteraria e figurative. Ed. O. H. Bianchi, B. Maier, and S. Pesante. Trieste, 1977.

"*Senilità* di Italo Svevo," in *Iconografia sveviana*. See Fonda Savio, Letizia Svevo, and Bruno Maier (under Svevo).

"*Senilità* di Italo Svevo dopo trent'anni," *Piccolo della Sera*, 6 Sept. 1926, reprinted in *Scritti di critica*, 324–28.

Trieste tra '800 e '900: una città tra due secoli. Bologna, 1988.

"*L'Ulisse* di James Joyce," *La Nazione*, 1 Apr. 1922.

"Un 'Ulisse' irlandese," *Il Secolo*, 18 Nov. 1921.

"*Umberto Veruda*. Trieste, 1907.

ジェイムズ・ジョイス

作品

Collected Poems. New York, 1965.

The Critical Writings. Ed. Ellsworth Mason and Richard Ellmann. New York, 1959.

Dubliners. New York, 1962.（『ダブリナーズ』柳瀬尚紀訳、新潮文庫、二〇〇九）

Exiles. New York, 1945.（『さまよえる人たち』近藤耕人訳、彩流社、一九九一）

Finnegans Wake. New York, 1966.（『フィネガンズ・ウェイク』柳瀬尚紀訳、河出文庫、二〇〇四）

Giacomo Joyce. Ed. Richard Ellmann. New York, 1968.（『ジアコモ・ジョイス』丸谷才一訳、集英社、一九

八五)
Letters I. Ed. Stuart Gilbert. New York, 1966.
Letters II and III. (2 vols.). Ed. Richard Ellmann. New York, 1966.
A Portrait of the Artist as a Young Man. New York, 1966.(『若い芸術家の肖像』大澤正佳訳、岩波文庫、二〇〇七)
Selected Letters. Ed. Richard Ellmann. New York, 1975.
Stephen Hero. New York, 1944.(『スティーヴン・ヒーロー』永原和夫訳、松柏社、二〇一四)
Ulysses [“The Corrected Text” l. New York, 1986.(『ユリシーズ』丸谷才一・永川玲二・高松雄一訳、集英社文庫、二〇〇三)

批評/伝記研究

Bollettieri, Rosa Maria Bosinelli. “The Importance of Trieste in Joyce’s Work, with Reference to His Knowledge of Psychoanalysis,” JamesJoyce *Quarterly* 7, no. 3 (spring 1970): 177–85.
Budgen, Frank. *James Joyce and the Making of Ulysses*. Bloomington, Ind., 1961.
Crise, Stelio. *Epiphanies & Phadographs. James Joyce e Trieste*. Milan, 1967.
Ellmann, Richard. James *Joyce*. Rev. ed. Oxford and New York, 1972.(リチャード・エルマン『ジェイムズ・ジョイス伝』宮田恭子訳、みすず書房、一九九六)
Francini Bruni, Alessandro. *Joyce intimo spogliato nel piazza*. Trieste, 1922.
James Joyce Quarterly [Joyce and Trieste Issue] 9, no. 3 (spring 1972).
Joyce, Stanislaus. “Introduction” to Svevo, *As a Man Grows Older*. Trans. Beryl de Zoete. New York, 1968.
——. *My Brother’s Keeper*. London, 1958.(スタニスロース・ジョイス『兄の番人:若き日のジェイムズ・ジョイス』宮田恭子訳、みすず書房、一九九三)
——. *Recollections of James Joyce by His Brother Stanislaus*. Trans. Ellsworth Mason. New York, 1950.
——. *The Meeting of Svevo and Joyce*. Udine, 1965.
Maddox, Brenda. *Nora, the Real Life of Molly Bloom*. Boston, 1988.
Melchiori, Giorgio, *ed. Joyce in Rome: The Genesis of Ulysses*. Rome, n.d.
Mottola, Alfonso. *Immagini triestine per Giacomo Joyce*.

Supplement to *James Joyce Quarterly* 28, no. 3 (Spring 1991).
Pinguentini, Gianni. James *Joyce in Italia*. Florence, 1963.
Potts, Willard, ed. *Portraits of the Artist in Exile: Recollections of James Joyce by Europeans*. San Diego and New York, 1986.
Scholes, Robert, and Richard M. Kain, eds. *The Workshop of Daedalus: James Joyce and the Raw Materials of a Portrait of the Artist as a Young Man* [contains Joyce's "Trieste Notebook"]. Evanston, Ill., 1965.
Staley, Thomas. "James Joyce in Trieste," *Georgia Review* i6 (Winter 1972): 446–49.
Tuoni, Dario di. *Ricordo di Joyce a Trieste*. Milan, 1966.

ウンベルト・サーバ

作品

Il canzoniere 1900–1954. Turin, 1965.
Ernesto. Turin, 1975.
Prose. Ed. Linuccia Saba. Milan, 1964.
Tutte le poesie. Ed. Arrigo Stara. Milan, 1988.
L'adolescenza del Canzoniere e undici lettere. Ed. Folco Portinari. Turin, 1975.
Amicizia. Storia di un vecchio poeta e di un giovine canarino. Ed. Carlo Levi. Milan, 1976.
Il canzoniere 1921. Ed. Giordano Castellani. Milan, 1981.
Coi miei occhi. Ed. Claudio Milanini. Milan, 1981.
Poesie di Umberto Saba. Pref. by Benco. Florence, 1910.（『ウンベルト・サバ詩集』須賀敦子訳、みすず書房、一九九八）

書簡

（詩人の娘である故リヌッチアにより編まれた全書簡集はこれまで未刊である）

Atrocepaese che amo. Lettere famigliari（*1945–1953*）. Ed. Gianfranca Lavezzi and Rossana Sacconi. Milan, 1987.
Lettere a un'amica（*74 lettere a Nora Baldi*）. Turin, 1966.
Lettere a un amico vescovo. Vicenza, 1980.
Lettere sulla psicanalisi. Carteggio con Joachim Flescher 1946–1949. Ed. Arrigo Stara. Turin, 1991.
Saba Svevo Comisso（*lettere inedite*）. Ed. Mario Sutor. Padua, 1967.
Serra, Ettore. *Il tascapane di Ungaretti. Il mio vero*

Saba. Rome, 1983.

La spada d'amore. Lettere scelte 1902–1957. Ed. Aldo Marcovecchio. Milan, 1983.

Il vecchio e il giovane: Umberto Saba/Pierantonio Quarantotti Gambini, Carteggio 1930–1957. Ed. Linuccia Saba. Milan, 1965.

See also Lavagetto, Mario, ed. *Per Conoscere Saba*.

批評／伝記研究

Atti del Convegno Internazionale. *Il punto su Saba*. Trieste, 1985.

Baldi, Nora. *Il paradiso di Saba*. Milan, 1958.

——, and Alfonso Mottola. *Immagini per Saba*. Trieste, 1983.

Cary, Joseph. *Three Modern Italian Poets: Saba, Ungaretti, Montale*, 2d ed., revised and enlarged. Chicago and London, 1993.

Cecchi, Ottavio. *L'aspro vino* (*Ricordi di Saba a Firenze' 43–44*). Milan, 1967.

Debenedetti, Giacomo. *Saggi critici*. Milan, 1952.

——. "Ultime cose su Saba," *Intermezzo*. Milan, 1963.

Fano, Anna. "L'amicizia tra gli scaffali della Libreria Antiquaria," *Il Piccolo*, 25 Aug. 1967, 3.

galleria [*fasciolo dedicato ad Umberto Saba*] (Jan.-April 1960).

Lavagetto, Mario. *La gallina di Saba*. Turin, 1974.

——. "Nascere a Trieste nel 1883," *Paragone* (June 1972): 4–32.

——. ed. *Per Conoscere Saba*. Milan, 1981.

Mattioni, Stelio. *Storia di Umberto Saba*. Milan, 1989.

"Omaggio a Saba," *Nuovi argomenti* (*nuova serie*) no. 57 (Jan.-Mar. 1978): 993.

Pittoni, Anita. *Caro Saba*. Trieste, 1977.

Solaria [Saba issue] (May 1928).

Zorn Giorni, Lionello. *Saba e il cinese e altri racconti*. Gorizia, 1987.

シピオ・スラタペル

Alle tre amiche. Milan, 1958.

Epistolario. Ed. Giani Stuparich. Milan, 1950.

Il mio Carso. Ed. Roberto Damiani. Trieste, 1988.

Lettere. 3 vols. Ed. Giani Stuparich. Turin, 1931.

Lettere triestine. Ed. Elvio Guagnini. Trieste, 1988.

Scritti letterari e critici. Ed. Giani Stuparich. Rome, 1920.

Scrittipolitici [includes *Lettere triestine*]. Ed. Giani Stuparich. Milan, 1954.

Stuparich, Giani. *Scipio Slataper*. Florence, 1922.

イタロ・ズヴェーヴォ

作品

Opera omnia

1. *Epistolario*. Ed. Bruno Maier. Milan, 1966.
2. *Romanzi*. 2 vols. Ed. Bruno Maier. Milan, 1969.
（このうち、『ゼーノの意識』〔『ゼーノの苦悶』清水三郎治訳、「世界の文学1ジョイス／ズヴェーヴォ」所収、集英社、一九七八〕および『老年』〔『トリエステの謝肉祭』堤康徳訳、白水社、二〇〇二〕の邦訳がある）
3. *Racconti-Saggi-Pagine sparse*. Ed. Bruno Maier. Milan, 1968.
4. *Commedie*. Ed. Ugo Apollonio. Milan, 1969.
5. *Lettere a Svevo. Diario di Elio Schmitz*. Ed. Bruno Maier. Milan, 1973.
6. *Carteggio con James Joyce, Valery Larbaud, Benjamin Crémieux, Marie Anne Comène, Eugenio Montale, Valerio Jahier*. Ed. Bruno Maier. Milan, 1965.

Carteggio Svevo/Montale con gli scritti di Montale su Svevo. Ed. Giorgio Zampa. Milan, 1976.

Samigli E. ［pseud. Svevo］, "Una lotta," *Paragone* 30 (1970) : 61–72.

Scritti su Joyce. Ed. Giancario Mazzacurati. Parma, 1986.

批評／伝記研究

Anzellotti, Fulvio. *Il segreto di Svevo*. Pordenone, 1985.

Cahiers pour un temps: Italo Snevo et Trieste. Paris, 1987.

Debenedetti, Giacomo. *Saggi critici* (*seconda serie*). Milan, 1971.

Fonda Savio, Letizia Svevo, and Bruno Maier. *Iconografia sveviana*. Pordenone, 1984.

Furbank, P. N. *Italo Svevo, the Man and the Writer*. London, 1966.

Gatt-Rutter, John. *Italo Svevo: A Double Life*. Oxford, 1988.

Kezich, Tullio. *Svevo e Zeno, vite parallele*. Milan, 1970.

Lavagetto, Mario. *L'impiegato Schmitz e altri saggi su Svevo*. Turin, 1975.

Modern Fiction Studies ［Italo Svevo issue］ 18, no. 1 (spring 1972).

Nanni, Luciano, ed. *Leggere Svevo. Antologia della*

critica sveviana. Bologna, 1974.

Russell, Charles C. *Italo Svevo, the Writer from Trieste. Reflections on His Background and His Work*. Ravenna, 1978.

Veneziani Svevo, Livia. *Vita di mio marito*. Ed. Lina Galli. Milan, 1976.

謝　辞

この冒険を祝福してくれた、わが姉Dino Readの思い出に。

トリエステのDonatella PironaとJames Daveyに、寛容に迎えてくれたAnnaとDorianに。

旅費を補助してくれたResearch Foundation of the University of Connecticutに。

その思いやりと手助けに対して、the Homer Babbidge Library of the University of Connecticut のScott Kennedy, Mohini Mundkur, Lynn Sweet, Robert Vrecenakに。

計り知れないプロの技量に対して、The University of Cicago PressのRandolph Petilos, Joan Sommersに。

惜しみない助力に対して以下の方々に。故William Arrowsmith（本書にぴったりの書名を下さった）、Jane Blanshard, Maria Romagnoli Brackett とJohn Brackett, Nathaniel Brackenridge Cary, Jack Davis, Dario Del Puppo, Robert Dombroski, Louise Guiney, Margaret Hemphill, W. E. Kennick, Alicé Andreina Montera, Anne Renfro Read, Paul Ryan, Stephanie Terenzio と Eve Webster.

画家としての才能に加えて、三週めの滞在中ともに過ごしてくれた、名付け子のNick Readに。

そして、誰にもましてもう一度あらためて、親愛なる妻のEdith Howes Caryに、彼女は出かける私を送り出し、帰る私をあたたかく迎えてくれた。

J. C.

トリエステ、イタリア
マンスフィールド・センター、コネティカット州
一九八五年―一九九三年

トリエステ関連年表補遺（訳者あとがきに代えて）

一七九九年

六月七日、フランス国王ルイ十五世の五女ヴィクトワール、亡命先のトリエステで死去。

一八〇〇年

二月二十七日、フランス国王ルイ十五世の四女マリー・アデライード、亡命先のトリエステで死去。亡命の地、流謫の地としてのトリエステ。国王の二人の娘たちは、トリノ、ローマ、ナポリ、ギリシアのコルフ島へと亡命先を転々と変えた末にトリエステにたどりつくも、この町で相次いで世を去った。

一八〇六年

七月二十九日、フランソワ゠ルネ・ド・シャトーブリアンが、取材旅行の途次、トリエステに立ち寄る。一八一一年に発表されて人気を博した旅行記『パリからイエルサレムへの道程』に綴られたトリエステの印象は、「不毛な山々の麓に座したこの町は整然と建設されており、気候は大変すばらしいが、古代のモニュメントといったものは一切ない。イタリアの最後のそよ風がこの海辺で息絶え、ここから先は野蛮の帝国が始まる」。それにしても、わずか三日ばかりの滞在期間で、この決めつけぶりはいかがなものか。

貴族の生まれのシャトーブリアンは、この地でルイ十五世の二人の娘の墓に詣でている。

一八二〇年

八月七日、ナポレオンの妹エリーザ・ボナパルト・バチョッキ、トリエステで死去。ヴィクトワール同様、死因は癌。

ふたたび、亡命の地、流謫の地としてのトリエステ。フランス革命期の王政側と革命側、双方の支配者一族の子女が奇しくもトリエステで客死する。

一八三〇年

十一月二十五日、アンリ・ベール（筆名スタンダール）、トリエステ領事として着任。シャトーブリアンの『パリからイエルサレムへの道程』の文体には反感を隠さなかったスタンダールだが、トリエステに抱く悪印象は共通する。不快な風にさらされ（「週の二日はボーラが吹き、残りの五日は強風日」）、常時オーストリア警察の監視下に置かれ、トリエステ料理は口に合わず、気晴らしに出入りしていた歌劇場のお気に入りの歌手カロリーネ・ウンガーにも相手にされず。あげくに、彼の紀行文『ローマ、ナポリ、フィレンツェ』の内容に警戒を強めたメッテルニヒの横槍で、領事認可状は受取りを拒否される。翌年の四月、教皇領の小さな港町チヴィタヴェッキアの領事に転任する形で、スタンダールの四か月ほどの不幸なトリエステ生活は打ち切られる。

一八三九年

十一月五日と十一日、テアトロ・グランデ（現ヴェルディ歌劇場）において、フランツ・リストは、「南の情熱、北の活力、青銅の肺、銀の声、金の才能の持ち主」とロッシーニが讃えたアルト歌手カロリーヌ・ウンガー、イタリア人テノール歌手ナポレオーネ・モリアーニと共に、二回の演奏会を催す。スタンダールを相手にもしなかったウンガーだが、投宿するホテルでリストを歓待。格好の新聞ネタになったが、リスト自身は、トリエステには社交界というものがないのでウンガーの招きを「やむなく受けた」と釈明した。また、トリエステの観客への次のような不満も洩らした。「偉大な演奏家に対しても、なんでもないことで責め立てる。事実を確かめる労もとらずに、行き過ぎた口笛を吹き鳴らすこともしばしば。土地の慣わしにちょっとはずれただけでも容赦はない……」リストの懸念をよそに、演奏会は大成功となった。

一八五七年

特派員カール・マルクス、一月九日と八月四日の『ニューヨーク・トリビューン』紙に、自由港トリエステに関する記事を寄稿。

ロイド・アウストリアコ保険会社が設立される前年の一八三五年、「トリエステの」人口はすでに五万人を数え、ほどなくトルコとの交易ではイギリスに次ぐ二位、エジプトとの交易では首位を占めるにいたった。なぜヴェネツィアではなく、トリエステなのか？　ヴェネツィアは記憶の町である。だが、トリエステはアメリカ同様、過去をもたないという強みがあった。イタリア人、ドイツ人、イギリス人、フランス人、ギリシア人、アルメニア人、ユダヤ人の商人や投機家たちが彩りゆたかに混じり合い、伝統に屈することがなかった。ヴェネツィアの穀物貿易が古い取引関係から抜け出せずにいる間に、トリエステはその命運をオデッサの新星に託し、十九世紀の初めには地中海の穀物貿易からライバルを駆逐した……

孤立した浮島であるヴェネツィアに対して、広大な後背地を擁するトリエステは、「オーストリア帝国の支配下にある数多くの国々の間での生産と輸送のエネルギーから」繁栄を引き出したのである。

一八八五年

ジュール・ヴェルヌ、長篇小説『マーチャーシュ・サンドルフ』（邦題『アドリア海の復讐』）を刊行。時代設定は一八六七年、オーストリア帝国支配下のトリエステ。ハンガリーの独立を志すサンドルフ伯爵の復讐を描く大冒険活劇は、冒頭いきなりの暗号文書の登場につづき、モンテ・クリスト伯爵ばりの脱獄劇あり、催眠術あり、電気で駆動する船ありの、大盤振る舞い。とりわけ、主人公たちの地下活動や陰謀が似合う多民族都市トリエステの臨場感はなかなかのもの。「魔都」、「妖都」とまではいかないものの、過ぎ去りし日の「異都」トリエステのコスモポリタンな雰囲気が楽しめる。

一八七二年

稀代の冒険家リチャード・フランシス・バートン卿、領事としてトリエステに着任。レスリー・ブランチ（『双頭の鷲　バートン夫妻』）によれば、バートン卿はトリエステを死ぬまで嫌っており、一八八三年十二月の日記にこう記した。「十一年前の今日、私はこの地にきた。なんという不面目！」流謫の地としてのトリエステの一変奏。

トリエスト［原文ママ］は三つのものの町だった。イタリア人、オーストリア人、それにスラヴ人の三つの種族。旧と新と港の三つの街区、氷のような「ボラ」、それ以上にひどい「コントラステ」の三種の風、といったぐあいだ。スラヴ人は他から超然としていた、イタリア人はオーストリア人の統治者たちに腹を立てては弄んだ。交易はユダヤ人とギリシア人の掌中ににぎられていた。（大場正史訳）

自分が男だったらよかったのに。男だったらリチャード・バートンになったでしょう。でも私はただの女ですから、リチャード・バートンの妻になります。

（イザベル・バートンが母に宛てた手紙より）

こう言い切って一族の反対を押し切り、妻となったイザベルと共に、冒険への思いを胸に無聊の晩年を過ごす「世界収集家」バートンのトリエステ生活は、憂愁の町、灰色の都にあってもなお、「千一夜物語」の英訳という官能にあふれた輝かしい実りを生みだす。

一九〇七年

八月三十日、ブエノスアイレスにおいて、アルゼンチンの地主エルミニオ・フィニとトリエステ出身のマルヴィーナ・ブラウンの間に、レオノール・フィニ生まれる。

尾形希和子『レオノール・フィニ　境界を侵犯する新しい種』によれば、結婚生活の破綻後、トリエステで暮らす娘を取り戻そうとした父親は誘拐者を差し向ける。二歳のレオノールを救出したのは、トリエステ駐屯の守備隊だった。再度の誘拐を警戒した母親はレオノールの髪を短く切り、男装させた。その後は弁護士の母方の伯父ブラウンと父親の間で親権と養育費をめぐる法廷闘争が行われる。

一九〇八年

三月九日、トリエステ楽友協会ホールにおいて、マリネッティの詩「自動車への讃歌」の朗読会が開かれる。

翌年二月二十日の『フィガロ』紙に掲載された「未来派宣言」に先立つ、未来派としての最初の具体的行動と位置づけられる。

一九一〇年

一月十二日、トリエステのロッセッティ劇場で、マリネッティ、パラッツェスキらによるパフォーマンス集会「未来派の夕べ」が開かれる。この頃、学生たちによるトリエステの大学建設運動も合わせて行われたことが注目される。

一九一二年

エゴン・シーレは、未成年の少女の誘拐と強制猥褻の容疑で逮捕・勾留され、三日間の禁固刑を科せられた「ノイレングバッハ事件」後、気分転換のためにトリエステを訪れる。

五月十四日、トリエステのエクセルシオール・パレス・ホテルからアントン・ペシュカに宛てた手紙より。

> それでぼくはまたこのホテルでいちばんいいカフェにいる。ここは国際的な滞在客ばかりだから、とても興味が持てる。[…] 戸外には青い海、灰色の、バラ色の、紫の、また緑の埃っぽい石、大きな翻るカーテンをつけた市街電車、そしてその中には色とりどりの人々が座っているんだ。——昨日ぼくは漁船の港でいくつかの漁船をスケッチした […] 蒸気船カルパチア号がここの港に入っている。（大久保寛二訳）

ボヘミアの生地の暗鬱さやウィーンの閉塞感に対する反動だろうか、灰色の町とされるのがステレオタイプのトリエステの風景に対して、シーレは敏感な感受性を働かせて魅力と色彩を感じ取る。この六年前には親に無断で四歳下の妹ゲルトルーデとトリエステに出かけ、一泊したことがある。なお、カルパチア号とは、同年四月十四日のタイタニック号の沈没事故の際に救助にあたったカルパチア号のことだろう。

一九一四年

七月二日、五日前にサラエヴォで暗殺者の凶弾に倒れたオーストリア皇太子フランツ・フェルディナントとゾフィー夫妻の遺体が、トリエステで建造された二万二千トンの軍艦「フィリブス・ウニティス」(力を合わせての意)によってサン・カルロ埠頭に運ばれる。夫妻の柩はトリエステの町での追悼行進の後、鉄道でウィーンに移送された。

一九二八年

レオノール・フィニ、イタロ・ズヴェーヴォの肖像画を制作。

トリエステ生まれの美術評論家・画家・哲学者ジッロ・ドルフレスの回想録によれば、

エルサ・ドブラ——シピオ・ズラタペルにインスピレーションを与えた三人の女性のうちの一人エロディ・ストゥパリヒ[ジャーニの妻]の姉妹——が温かくもてなす家では、多くの集まりが催され、多くの議論が戦わされた。彼女のサロンには、一九三〇年代のトリエステの知識人たちで形作られるあの奇妙なコンメディア・デラルテの登場人物たちが頻繁につどった。その中には、ジェルティ・トラッツィ、画家のアルティ・ナタン、シルヴィオ・ベンコの娘グルーバー、レオノール・フィニらの姿があった。フィニはちょうどその頃、イタロ・ズヴェーヴォのじつに美しい肖像画を描いていた。そして、私とボビ［バズレン］、さらには今や記憶の虚空に姿を消した大勢の仲間がいた。

この肖像画においてとりわけ印象的なのはその背景であり、延べ棒のように並ぶ埠頭の向こうに、イヴ・タンギー風の不定形なオブジェの集合体と化した町の姿が、幻想的かつコミカルに描かれている。

トリエステでのフィニの交遊関係について、尾形希和子は、「作家イタロ・ズヴェーヴォや詩人ウンベルト・サーバたちはブラウン家の友人であり、フィニも幼くして彼らに会っている……トリエステで『ユリシーズ』を執筆していたジェイムズ・ジョイスはフィニの年長の友人である評論家シルヴィオ・ベンコと非常に親しかった」と記している。ドルフレスも、このきわめて厳格なブラウン伯父と会うのがじつは怖くてならなかったと振り返る。

こうした彼女の交友関係のネットワークの幅広さを考えると、本書において著者が思い描いた「リテラリー・トリエステ」のコンセプトも、幻に終わったジョイス＝ズヴェーヴォ＝サーバが作りあげる三角形の相関図も、フィニという補助線を引くことでまた違った広がりと意味合いを帯びていたかもしれない。フィニという色めく個性を加えることで、くすんだ色合いの相関図は、もっと華やかに彩られていたのではないだろうか。

一九三二年

シルヴィオ・ベンコ、『トリエステ』刊行。

八十年以上も前の著作ではあるが、今も色あせないトリエステの案内書の名著。センスの良い修辞がほどほどに案配されており、ガイドブックとしての情報量も申し分ない。

一九三三年

ハンガリー出身のフランチェスコ・イリー、トリエステにイリーカフェ社を創業。

独自のパッケージング技術を開発し、ヨーロッパ有数のコーヒー豆の取引港トリエステを代表する企業へと成長する。フランチェスコの孫のリッカルドは、トリエステ市長やフリウリ・ヴェネツィア・ジューリア州知事も務めた。

一九九六年に刷新された現在のロゴマークを手がけたのは、ポップアートの巨匠ジェームス・ローゼンクイスト。

一九八三年

ダニエーレ・デル・ジュディチェ、『ウィンブルドン・スタジアム』出版。

イタロ・カルヴィーノが見出した小説家の処女作。ヴィアレッジョ賞受賞。

稀なる文学の目利きでありながら、ボビ・バズレンはなぜ自らの著作を書こうとせず、沈黙を守ったのか。主人公の青年は、その理由を求めてトリエステとロンドンを訪ね歩く。本書にも言及されるアニータ・ピットーニ（と思われる女性）や、モンターレの詩にインスピレーションを与えたミューズたち、ジェルティ・フランクル・トラッツィ（実名で登場）やリューバ・ブルメンタール（実名で登場）らが主人公と会話を交わす。タブッキ風のクールな文体が魅力的。

一九八四年

ロベルト・バズレン、『著作集』刊行。

生前は著作を一切発表しなかった「バートルビー症候群」のバズレンだが、死後約二十年を経て、編集者宛ての書簡、文学書評、メモ、ドイツ語による未刊の小説『遠洋航海の船長』などからなる三冊の没後刊行物に新たにモンターレ宛ての書簡を加えた形で、アデルフィ社の現社長で作家のロベルト・カラッソが再編集した『著作集』が刊行された。

一九五一年六月十二日付のエイナウディ社編集部長で文芸評論家ルチャーノ・フォア宛ての書簡の中でバズレンは、ムージルの『特性のない男』について、「目をつぶってでも出版すべき」作品と太鼓判を押したが、その一方で、売れ行きを期待するには「長すぎる、断片的すぎる、遅すぎる、オーストリア的すぎる」と釘を刺すことも忘れなかった。

クリスティーナ・バットッキによれば、一九五一年から六二年までは、バズレンが自宅のベッドの上で煙草をふかしながら編集のアイデアをひねり出すと、ルチャーノ・フォアがそれをエイナウディ社の編集会議に持ち込み、パヴェーゼ、カルヴィーノ、ヴィットリーニらとともに検討するという生活が続いた。ブロッホ、ゴンブロヴィッチ、ホフマンスタール、ヘルダーリン、リルケ、ツヴァイクといった作家を通して中欧の文化をイタリアに紹介したのはバズレンの功績である。一九六二年、エイナウディ社を去ったフォアは、バズレンと共にアデルフィ社を創設する。バズレンのリーディングチームの中にはマリオ・プラーツ青年の姿もあった。アデルフィ社の叢書のためにバズレンは、ゲオルク・ビューヒナー、デフォーの『ロビンソン・クルーソー』、ゴットフリート・ケラーなどをチョイスする。また、一九六五年七月にホテルの一室で急死したために出版をみずから見届けられなかった作品としては、アルフレート・クビーンの『裏面』、ヤン・ポトツキの『サラゴサ手稿』などがある。

一九九三年

ジョーゼフ・ケアリー、本書『トリエステの亡霊』（原題 *A ghost in Trieste*）刊行。

ケアリーはコネティカット大学の英文学・比較文学の名誉教授。著書は他に、『三人の現代イタリア詩人　サーバ、ウンガレッティ、モンターレ』（シカゴ大学出版）。

一九九四年

スザンナ・タマーロ、『心のおもむくままに』刊行。

全世界で累計千五百万部以上の販売部数を記録。トリエステ出身の作家の作品としてはおそらく最大のベストセラー小説。スザンナの曾祖父は、本書でも言及されている歴史家アッティリオ・タマーロ。ズヴェーヴォの遠い親戚でもあるらしい。

一九九七年

クラウディオ・マグリス、『ミクロコスモス』刊行。

トリエステ生まれの作家マグリスが、故郷の町を舞台に書き上げた、ストレーガ賞受賞の長篇小説。あるいは小説の名を借りたトリエステ論、さらにはヨーロッパ文化論でもある。「カフェ・サン・マルコ」の章では社会的相互作用と孤独な瞑想とが混じり合う場としてのカフェの存在意義が論じられ（「サン・マルコはノアの方舟。すべての人に居場所がある」）、「市民庭園」の章では、本書『トリエステの亡霊』同様、胸像となったジョイスやベンコらの姿が洒脱に描かれる。「ジョイスの胸像が私たちに目配せをしているのはたぶん、ハプスブルク期トリエステの令名高い歴史家ピエトロ・カンドラーの胸像が公衆便所の真向かいに立つことへの祝意を伝えているのだろう。」

マグリスはより精緻なトリエステ論を、一九八二年刊行のアンジェロ・アーラとの共著『トリエステ』で展開している。

二〇〇六年十二月

鈴木昭裕

著者略歴

(Joseph Cary)

1927年生まれ. コネティカット大学, 英文学・比較文学の名誉教授. 本書のほか, 著書に『三人の現代イタリア詩人　サーバ, ウンガレッティ, モンターレ』(シカゴ大学出版)がある.

訳者略歴

鈴木昭裕〈すずき・あきひろ〉 翻訳家. 1959年, 東京生まれ. 仙台市在住. 東京大学大学院修士課程中退 (イタリア文学専攻). 訳書　タブッキ『レクイエム』, バリッコ『絹』, マウレンシグ『復讐のディフェンス』(以上, 白水社), ペトリニャーニ『ヴェネツィアを思う母』(文藝春秋), メレゲッティ『MOVIE:BOX　映画がひらく夢の扉』(青幻舎) ほか. 共著に『古楽CD100ガイド』(国書刊行会)

ジョーゼフ・ケアリー
トリエステの亡霊
サーバ、ジョイス、ズヴェーヴォ
鈴木昭裕訳

2017年 1 月 30 日　印刷
2017年 2 月 10 日　発行

発行所 株式会社 みすず書房
〒113-0033 東京都文京区本郷 5 丁目 32-21
電話 03-3814-0131(営業) 03-3815-9181(編集)
http://www.msz.co.jp

本文組版 キャップス
本文印刷所 萩原印刷
扉・表紙・カバー印刷所 リヒトプランニング
製本所 松岳社

ISBN 978-4-622-08540-9
[トリエステのぼうれい]